還珠樓主——著
還珠樓主
近代武俠經典復刻版
青城十九俠
二・魔宮風暴

目錄

第一章　守山靈猿　5
第二章　身陷魔宮　37
第三章　千里御風　77
第四章　初逢伏蟒　161
第五章　瘴雨蠻煙　209
第六章　古洞誅蟒　223
第七章　續命無方　285

第一章　守山靈猿

話說這時老猿已將手彎中所夾的死梅花鹿放下，只一縱身，便已縱向峭壁上面。略一攀援，耳聽咔嚓兩聲，山石裂斷之聲，老猿已從離地高有數十丈的峭壁半腰飛身下來。手裡捧著與出口大小相仿的一塊石頭，走向洞中比了比，有的地方還略大了些。元兒方要拔劍相助，老猿已伸出一雙比鐵還堅的前掌，向石角上劈去，掌到處石便紛裂，真是比刀還快。只幾下，便與山口相合，就堵了進去。老猿端著那一塊重有千百斤的大石，如弄泥丸一般，宛轉隨心，無不應手。眾人看了，俱覺駭然。

司明道：「猿仙，你還沒回去，便把洞堵死，少時怎樣回去呢。」方環等道：「你真呆子，牠比我們麼？你沒見猿仙一縱就是數十丈高，那麼大石頭隨牠舞弄，這一個小洞還攔得了牠？」

司明方要爭論，老猿已作了個手勢，意思叫眾人先走。雷迅便將死鹿搭在虎背上，隨從步行，五人走沒幾步，回望猿仙，並未跟來，卻又向叢林中躥去，以為牠是送到此間為止，因為沒有向牠謝別，甚是歉然。

五人且行且談，腳底自是加快。行近金鞭崖不遠，忽聞後面猿嘯。回頭一看，正是老猿，兩條長臂捧著許多暗器和雷迅用的那兩截斷劍，飛也似地追來。到了眾人面前，交給雷迅。除鐧已斷外，所發暗器一些也不短少。雷迅接過謝了。再一同剛剛轉過山角，便見雷春和銅冠叟正從門外轉背往崖洞內走進。方端猜二老不甚放心，出門瞭望，連忙高聲喊道：「雷老伯、姑父，我們回來了。」方環、司明，元兒三人也跟著高聲呼喚，一面忙著飛奔過去。

銅冠叟、雷春聞聲回望，見是小弟兄五個同時平安回來，心中甚喜。剛要應聲，猛一眼看到五人身後不遠，還有一個身高一丈開外，長臂垂地，似猿非猿的怪物正待退去，不禁大吃一驚。雷春首先喝道：「迅兒，快留神後面的東西。」言還未了，那怪物已經旋轉身子，攀樹穿枝，沿岩縱壁，晃眼轉過山腳。五人聞聲回頭，原來是那隻護送的老猿業已走遠，只望見了一個後影。

方環、司明口裡喊著：「猿仙留步。」拔步追過去，轉過山腳一看，哪裡有絲毫蹤跡。當時只顧和銅冠叟答話，第二次又未及送別。司明更因想了一路心事，想請老猿代他向師父陳說，不想去得這麼快，好生後悔。

及至回到洞前，方端已將老猿來歷和二老說了個大概。又同小弟兄依次與二老行完了禮。再同入洞內見了方母。方端因大家都在腹饑，三老又急於知道細情，小弟兄三個口齒不清，便命方環、司明將虎背回來的死鹿拿往溪邊開剝。元兒問明了烤肉傢伙的藏處，也跟著幫忙取出，洗滌調理，準備鹿肉洗回，好烤來吃。只雷迅一人，因斬蛟之時不曾在場，留他聽自己說那涉險之事。三個小弟兄各去做事。

方端一面先就著桌上用殘酒肴，與三位老人家敬上，口裡便細說經過。三老俱想不到這幾個小孩，半日工夫經了若許奇險。雖然事已過去，也代他們捏著一把冷汗，索性連酒菜也不想用，只催方端快說。直說到銀髮叟收方環、司明為徒，又派仙猿護送回來，路遇雷迅，幾乎又出變故，仙猿二次護送到金鞭崖，離家不足半里，不辭而別為止。方端說完，雷迅又將騎虎去尋眾人，路遇仙猿，因奪鹿幾乎發生誤會之事補敘一遍，才罷。

這一席話，只聽得三老驚喜交集。

雷迅則因自己不該回家，耽誤了一宵，誤了仙緣。一面代方環、司明二人心喜豔羨；一面又悔恨自己無福，把千載良機失之交臂，只管呆呆出神。

銅冠叟本常為司明不肯用功學武著急，一聽說司明竟蒙仙人垂青，收歸門下，好不喜出望外。

方母也因方環拜了仙師，將來可以指望他手刃仇敵，與亡夫報仇，心喜之中，又藏著幾分傷感，竟流下淚來，方端一見大驚，以為方母不捨愛子遠離，及至問出真意，才放了心。銅冠叟也幫著勸慰了一陣，方端見方母有了喜容，才與雷迅同去相助方環等三人料理一切。

一會工夫，將火盆升起，鐵絲架子安好，折了大把松枝，又切了兩大盤鹿肉，正要端進洞來，方母忙道：「今日雷兄嘉客新到，天又不冷，這幾個小孩子都能吃，要吃好一會，如在洞裡吃，弄得滿洞煙味，還沒有外邊爽亮。難得這兩天洞外紅蕊正當鮮豔，我的頑軀也較前健朗，何不連這殘肴都挪在洞外老松下那塊磐石上面，去吃喝個盡興？」

雷春、銅冠叟聞言，俱都撫掌稱善。

其時元兒正在側洗烤肉叉子，一聽此言，連忙奔出洞去，說與洞外四人知道。小弟兄一聽，正合心意，忙將大松下磐石打掃乾淨。分別進洞，將殘肴杯著全數搬出，又給三位老人搬了三塊石凳，鋪上被褥。將火盆鐵絲架連鹿肉各都安好。然後扶了方母，請出銅冠叟與雷春，圍著磐石坐定，人多手快，沒有半盞茶時，全都妥當，先給三老各烤了些鹿肉，斟滿了酒，小弟兄五個才各自揀大塊，蘸了佐料，連酒帶烤肉吃喝起來。

這半日工夫，五人連驚帶累，個個餓得腹內直叫。酒落歡腸，菜歸餓肚，一路說笑吃喝，個個快樂非常。就連三老先時雖已吃喝了些，終因小弟兄們一出不歸，難免事不關心，關心者亂，口裡雖說著無礙，終是思念，沒有吃喝得舒服。忽見全數平安回來，還帶了意想不到的喜信，加上那鹿脯又嫩又香，故俱比往常要多用了些。不過半個時辰工夫，一隻大鹿肉的脊脯，便被吃得和風捲殘雲一般，已是所剩無幾。

方環才將隔夜燉好一大缽山雞，連湯端上，與方母盛了小半碗飯泡好，佈了些銅冠叟由山外帶來的兜兜鹹菜。方環、司明也替銅冠叟、雷春二人添了飯。小弟兄們鹿肉、鍋魁已都吃飽，哪裡還吞吃得下，只略為喝了點雞湯。伺候二老吃好，方端便命小弟兄們幫同撤去殘肴杯著。自又去取了些雲南女兒茶，在瓦壺內略煮了煮，端上來分別斟了。

雷春笑對銅冠叟道：「山居之樂，一至於此。小弟在家雖然常有門人走動歡會，可惜只生犬子一人，哪有這般鬧熱。如非他們不久分別，小弟又是安土不便重遷，加之這裡土地太少，難養多人的話，恨不能連小弟的家也搬了來，學二位一樣，與岩上仙人比鄰而居了。」

方母道：「我和司兄流離逃亡，雖然衣食不愁，哪比雷兄早就高隱，與世無爭，與人無隙。雷兄雖以攏畝自給，不過略問農事，不勞躬耕，凡百用物，俱有門人孝敬。春秋佳日，隨意留連，避暑卻寒，盡都勝事。無殊塵外神仙，享盡人間清福。先夫在日，若早學雷兄一般，急流勇退，又何致命喪妖人之手，不得善終呢！」

銅冠叟見方母又提起心事，忙用言語岔開。方母聞言知旨，也不願嘉客新來，使人無歡，便也強為歡笑，不再提起。

方端將諸事收拾停當，大家又幫著將晚菜弄好。想起還剩有一些鹿脯和四條鹿腿。值元兒辦完事走來，正要喚了元兒相助，將那鹿的兩條後腿醃臘做年貨；兩條前腿，一條仍準備明日烤來吃，一條半紅燒，半白煮，當菜用。卻聽銅冠叟喚二人暫且停手，去將雷迅、司明、方環全部喚來，有話吩咐。

方端、元兒並肩走後，銅冠叟對雷春道：「端兒不但精細老成，而且天性純孝，方兒可謂有子，自不必說。我近日常說他們小弟兄幾個，除甄濟不計外，若論天資，自以元兒為魁。除了他，論哪樣都數令郎和端兒。不知怎的，這位銀髮叟仙人偏看中了環兒和犬子，真令人意想不到。起初因朱真人只垂青元兒一人，我也不便向紀道兄強求。以為小弟兄們若是生來質地不夠，便罷，如有遇合，第一得讓端兒，誰知他偏無份。我想決無是理，許是大器晚成，也說不定。令郎當時不在場，暫且不說。你看他見小弟兄幾個，除令郎外，忽然都有了奇遇，只他向隅，他卻一絲也不在意，反以奉母為樂，即此已是難得。若我是個仙人，這等好子弟，便決不放過。

「其實方仁嫂病體初癒，也真離他不得。環兒有兄侍母，一旦遇見仙緣，加上父仇在身，心喜原是應該。小弟只生有一兒一女，小女早就出家學劍，也還情有可原。只是犬子見我膝前無人，我雖不用他侍奉，他豈能毫不掛心？你看他只有心喜，一句話也沒得和我說。適才小弟聞信，原頗高興，這一來又擔心他異日無所成就呢。」

正說之間，元兒等也隨了方端走進。銅冠叟道：「適才雷迅賢侄往紅菱磴去尋你們的蹤跡時，我與雷兄久等不歸，正在懸念。忽見紀道兄從金鞭崖走來，言說朱真人本意，想命元兒拜師之後積修外功，五年後再行傳授本門心法。

「不料昨日朱真人接了峨嵋掌教乾坤正氣妙一真人的飛劍傳書，約請朱真人冬至節前去往峨嵋後山凝碧仙府大元洞內，相助練那兩儀微塵陣法，以備峨嵋與曉月禪師、華山、五台諸異派三次門法之用。此陣共分生、死、幻、滅、晦、明六門，有無窮妙用。除峨嵋掌教主持全陣外，每一門上俱有一位道行高深的前輩真人主持。另外還請有九華追雲叟白谷逸、滇西大雪山青螺峪怪叫花窮神凌渾、東海玄真子、黃山餐霞大師，連同峨嵋本門兩位仙長，共是六人，要練三年零三個月之久。

「如今峨嵋眾弟子俱都奉命在外積修外功。朱真人因元兒是異日傳授衣缽的末代弟子，此去又為時甚久，雖然有那鑄雪、聚螢兩口寶劍，終因不諳劍術，一旦見了峨嵋門下，有些相形見絀，又恐他行道時節遇見厲害敵人，不是對手。特加殊恩，命元兒三日後到金鞭崖上拜師，略傳劍術。等朱真人走後，再隨紀、陶二位練習一年本領，即下山積修外功。一俟功行圓滿，並無過錯，那時再傳本門心法等語。

「我與雷兄送紀道兄走後，便遇你小弟兄幾個回轉，一時忙著飲食，無暇說起。我想元兒天資心地自不必說，不過此番仙緣，不勞而獲，此去金鞭崖，務要敬謹修持，不可絲毫大意，以免有犯教規。元兒去後，除端兒與雷賢侄外，環兒、明兒大約不久也須前往紅菱磴拜師，此別俱非十天半月，你們弟兄五人拜盟一場，情同骨肉。你三人俱蒙仙師青眼，獨有端兒與雷賢侄向隅，你三人異日如有成就，遇見良機，務須將他二人引進，方是正理。」

言還未了，司明忽然含淚向前，跪下說道：「孩兒情願隨侍爹爹，不去紅菱磴投師了。」

銅冠叟驚問何故，司明便將適才心意說出。銅冠叟才知適才錯疑了他，便笑說道：「你這癡兒，也太把仙緣看得輕了。為父在江湖上枉自縱橫半生，都道我飛行絕跡，也未遇到仙緣。就連你雷伯父也算上，以他那樣驚人本領，真正出入青冥的飛仙劍俠，也未遇見過一次。你表舅僅遇見一個異派妖人，便送了性命。我求了多少年，也僅只遇見你姊姊的師姊縹緲兒石明珠和那日岩前所遇，死在百丈坪的那兩個妖人罷了。自從金鞭崖下遇見你紀伯父，得知朱真人在崖上修煉，因知仙緣遇合極難，不可強求，元兒一人獨得朱真人垂青，已覺僥倖，並不敢代你們也妄自希冀。

「不想一日之間，你和環兒俱有遇合，真是做夢也不曾想到。此去拜銀髮叟為師，學成之後，不特將來環兒報那殺父之仇，無須假手外人，連你也可希冀成就，豈非萬分之幸，你怎倒不願起來？至於我雖然上了年紀，身體尚健，無須有人服侍。我正想和你雷伯父商量，連我兩家俱移居在且退谷去。一則谷中溫和，不比這裡氣候高寒；二則你三人一經拜師之後，不是在山中學藝，便是下山積修外功，不能時常相見。這樣既省得寂寞，又免往來不便。常言說得好：『一人得道，九祖升天。』你如不去，便是不孝。」

司明方要答言，猛聽見元兒道：「猿仙來了。」

眾人回頭一看，果然是猿仙從後山腳飛奔而來，肩上還騎著一個白毛小猿。

三老已然知牠是銀髮叟洞中守山靈猿，連忙立起。眾小弟兄已迎上前去，一會工夫，陪著牠到了跟前。

分別見禮之後，猿仙便把肩上小猿放下，朝著司明連叫帶比。司明知適才路上，求猿仙借個小猿來服侍父親，已獲允准，好不心喜。忙問：「猿仙可是將小猿相借？」猿仙點了點頭。銅冠叟知猿猴多愛飲酒，便命方端將月前帶回來的好大麯酒取幾瓶來。方端將酒取到，猿仙接過，嘴對瓶口吸了幾下，猶自點頭咂舌，似甚香甜。轉眼喝完一瓶，向銅冠叟舉掌點頭，叫了幾聲，意思是在稱謝。

銅冠叟正想托牠代向銀髮叟致意，猿仙已將餘剩的幾瓶酒夾在腋下，朝小猿叫了幾聲，又朝眾人舉手，長嘯一聲，腳不沾塵，如飛而去。

眾小弟兄隨後追趕，晃眼工夫轉過山腳，哪裡還有影子。回看那小猿，卻未跟去，緊隨在銅冠叟身側，神情甚是馴善。方環滿心想問何時入山，也未及問，銅冠叟雖聽司明向猿仙詢問，仍是不明就裡。猿仙走後，才聽司明說了經過。

未及還言，雷春先已答道：「司賢侄孝思不匱，連猿仙也受感動，真是難得。自古只聞婦代子職，還沒有見請猿仙來代子職的呢，這真是一個佳話了。」

那小猿本站在銅冠叟身後，聞言便自走開。司明也跟著趕了過去。

方母先見猿仙生相甚是高大凶惡，這小猿身體卻長得和方端不相上下，渾身盡是白毛，腰間還圍著一片鹿皮，臂也不長。細看面貌，也和人相似，不類猿猴。胸前隆起，腰肢甚是窈窕。除了通體長著長毛外，竟有七八分像人，及至見她聽了雷春那一番無心的話，便已避過一旁，大有害羞神態。走得雖快，上身筆直，也不似猿猴跳縱行路。心中奇怪，當時也未說破。

銅冠叟正向雷春謙謝，見司明隨了小猿跑去，便笑說道：「雷兄還誇獎他，你看他連話俱未聽完，便已走開。也是小弟平時慣了他，連個規矩都不懂。環兒去給我將他喚了回來，還有話吩咐呢。」

方環見那小猿到來，也甚高興，聞言拉了元兒一同追去。尋到一看，那小猿正和司明手拉手，並坐在一棵老樹根上，各拿著一個碧綠的野果在吃呢。

元兒方喊一聲：「明弟，師父叫你呢。」

那小猿也站起身來，朝司明說道：「師父叫你呢。」雖是學著元兒說話，其音嬌婉，入耳清脆，宛如少女，不禁驚異。

司明見二人尋來，也已聞聲站起，歡呼道：「她還會說人話呢，我們快對爹爹說去。」

那小猿也學司明說了一句：「我們快對爹爹說去。」

元兒、方環見她學人說話，隨口而出，雖甚驚喜，並未疑到別的。那小猿隨著三人到了三老面前，先朝銅冠叟叫了一聲：「爹爹。」

司、雷二老方在驚異，方母早已留心，聞聲站起身來，朝小猿渾身上下定睛看了又看，猛地失驚「咦」了一聲。

銅冠叟也猛地靈機一動：「她是人麼？」

方母道：「一點也不差。」又朝小猿道：「你和我們都是一樣，快隨我們到裡面穿衣服去。」說罷，拉了小猿，往岩洞中便走。

方端、方環要上前攙扶，方母說道：「無須，你們不要進去。」那小猿已伸出手，扶著方母往洞中走去。

雷春問道：「這莫非是秦時毛女的故事麼？」

銅冠叟道：「誰說不是？我見她與常猿有異，只因心目中印著她是猿仙的子孫，沒有想到別處，適才聽她一吐人言，簡直和人說話一般。可惜我們不通猿仙的言語，不知她的來歷。」

雷春道：「我看此女一片天真，定是自幼生長山中，被猴撫養，多食靈藥，才長出這一身長毛。她這等聰明，什麼話一學便會，不消多日，定可問出根底，猿仙送她到此，必然還有別的深意呢。」銅冠叟點了點頭。

司明正要說話，小猿已經穿了衣服，隨了方母出來。只一雙腳太大，連方端的鞋都穿不下，仍是赤著。

還未近前，方母便笑對司、雷二老說道：「此女真個通靈，善解人意。就這一會工夫，人話已學會了好些。只消幾天，便可問她的來歷了。我看她眉目清秀，身上的毛長而柔細，必是自出娘胎，便被人遺棄在深山窮谷之中，為猿仙所遇，帶去撫養長大。因為吃了獸乳，成人後與猿仙在一處飲食，吃的又盡是山中果實芝草黃精之類，所以成了這般形狀。以後和我們在一處久了，如肯常食煙火熟物，許能恢復人形，也說不定。」司、雷二老聞言，點了點頭。

再看那小猿，頭上亂髮已經方母整理，身上穿了衣服，簡直換了一個樣兒，除那滿臉長白毛外，側背面看去，竟然與人無異。這時亭亭靜立，垂手侍側，聽見眾人談笑問答，也不學嘴，只管凝神諦聽，俯首沉思，若有所悟。不時又注定司明，看上幾眼，彷彿對司明一人特別在意似的。

銅冠叟越看她，越覺出乍看雖然是個毛人，看久了，竟是其秀在骨，渾然一片天真。額際茸毛披拂中隱藏著的那一雙剪水雙瞳，尤其黑白分明，精華朗潤。五官也極端正。只可惜為滿身長毛所掩，有如明珠未昭，美玉在璞，難邀俗眼一顧罷了。

正在驚奇之間，見她睜著一雙秀目，又在注視司明，猛地心中一動，不禁「噯」了一聲。雷春見銅冠叟忽然失色驚訝，忙問何故。又聽銅冠叟輕輕道了個「罷」字，面容也跟著轉變過來，眾人俱都不解。

雷春還要再問時，忽聽銅冠叟對方母道：「這都是明兒一時愚孝，惹出來的事。她既非猿仙一類，早晚如代明兒服勞，自是不便。此後教化一切，相勞之處正多呢。」方母先也未悟出銅冠叟心意，聞言猛地觸動靈機，眼望司明，朝銅冠叟含笑點了點頭。

雷春這才恍然大悟，自然不便再問，便對方母道：「司兄意解甚為高曠，小弟非常佩服。以小弟看來，猿仙既命此女來代子職，也不可負其厚意。同居一屋，既嫌不便，適才司兄又說這裡高寒，冷熱氣候相差甚多。好在三位賢侄俱都各有曠世仙緣，此別至少數年。這裡雖說仙鄉咫尺，也只是可望而不可及，無甚意思，我們既年華老大，自知不能再從赤松子遊，也該享一點晚年舒服才是。且退谷中景致雖無這裡幽靜清奇，經小弟多年苦心經營，倒也食用不缺。閎來時有花可種，有山可看，林石雲水，樣樣湊趣。

「況且地勢深藏亂山環谷之中，外人也不易發現。那裡閒房甚多，何不就今日之聚，便作定局？待二位令高足賢郎入山之後，一同移居舍間，彼此都有個照應，又解了岑寂，豈非兩全其美？」

銅冠叟道：「小弟適才便有此意，承蒙不棄，再好不過。彼此新交至好，無須客氣，能假我兩家三間茅屋足矣。」

雷春道：「舍間因以前門人從居者多，房舍盡有，能與小弟同居一處更妙。且待方仁嫂與司兄看了再定如何？」

方母道：「雷兄高義，萬分感謝。小兒日前曾和迅世兄商議，要向雷兄學那獨門傳授七步劈空掌，以後同居一處，正好求教了。」

雷春道：「小令郎不久已是劍仙一流，小弟哪一點微末小技，何足一顧？端世兄要學，以他那般品端性厚，豈有吝惜之理？倒是此女既非仙猿一類，應該給她取個姓名，也好稱謂才是。」

銅冠叟道：「適才已曾想過，因想等她幾日熟通人言，看她知道自己家世不知道，再行與她定名。雷兄這一提議，我倒想起，明兒原是向猿仙借一子孫來陪伴我；她又是猿仙送來，雖未必便是猿仙之女，必然有些關聯。莫如將『猿』字犬旁不用，暫時作為她是姓袁，以示不忘她本來面目。取名一層，我想人為萬物之靈，她的出身又不出人猿之間，暫時就叫她作靈姑何如？」雷春、方母俱都撫掌稱善不置。

這時這些小弟兄們見了靈姑，俱都覺著新奇。方端、雷迅畢竟年長一些，早看出三老對於靈姑的一番深意。偏偏那靈姑天真爛漫，憨不知羞；事前又是受了猿仙之命而來，只管侍立在側，有一眼無一眼地看著司明。

司明卻是只覺靈姑來得湊趣，小孩子心裡又感激，又喜歡。見靈姑老看他，彷彿對他比別人親熱得多，心裡一高興，也憨憨地老看著靈姑。

雷迅看在眼裡，幾番要笑出聲來。末後忍不住，悄對方端道：「明弟外號火眼仙猿，今番快要名副其實了。」

方端老成知禮，聽了還不怎樣。元兒何等聰明，早因三老說話吞吐不盡，有些奇怪。雷迅說時，正站在他的身後，正好聽見，一眼看到司明和靈姑對看神氣，猛然大悟。想起靈姑周身長而又白的毛，再看司明呆呆呆的神氣，不由撲哧一笑。招得雷迅再也忍不住，又因老父嚴厲，笑又不敢，不笑又忍不住，拚命用牙咬住下唇，不敢出聲。元兒見他窘狀，本來想笑，又見銅冠叟因他笑了一聲，正拿眼望他，心裡一害怕，也是和雷迅一樣，不敢出聲，拚命用牙去咬那下唇皮。

這時只方環和司明蒙在鼓裡。先是站在磐石前，聽三老問答，都出了神，偶一聞聲回視，見雷迅、元兒互咬下唇，挺直身體站在那裡，臉皮不住使勁，狀甚醜怪。便不約而同地蹇將過去，想問什麼原因。

二人見司明挨將過來，更是難忍難耐，口裡不由自主地發出哧哧之聲，神態越發可笑。方端一見不好，忙以稍高一點聲說道：「天快黑了，姑父吩咐已完，我們去醃醺那兩條鹿腿去吧，雷老伯來了，晚間還要痛飲一回呢。」說罷，領了頭就走。

這時小弟兄們各人有各人的話想說想問，便都跟去。離三老坐處走了幾步，便撒腿跑了下去。到了一塊站定，元兒、雷迅再也忍耐不住，便哈哈大笑起來。方端恐元兒洩露機關，司明平時有些呆氣，以後和靈姑難處，不等方環、司明詢問，忙向雷迅、元兒使了個眼色道：「靈姑本是山野生長，穿上人衣，自然不稱，我恐大哥、元弟笑出聲來，一則當著長輩狂笑失儀，二則又恐惱了靈姑，才藉故退了下來。天已不早，我們動手收拾晚飯吧。」

司明一聽元兒、雷迅是笑靈姑臉上有毛難看，心裡老大不服，鼓著嘴問道：「這有什麼好笑？你們看她臉上有毛難看，我還覺著她更有趣呢，別的猴子哪有那麼靈？我真愛她極了。」司明憨頭憨腦，這幾句話一出口，休說雷迅、司明，連方端也招得繃不住勁，笑將起來。司明一賭氣，連元兒也不理，拉了方環便走。他二人始終也不明白元兒等三人為什麼發笑。等他二人走遠，元兒等三人又笑將起來。彼此囑咐，誰也不許向方環、司明說破，各自前去做事不提。

三老見五小弟兄走後，靈姑也要跟去，方母攔住道：「今日你先不要做事，我們還有話問你呢。」

靈姑也真聽話，聞言便即止步。方母知雷迅、元兒看出原委，一面喚住靈姑，一面想起喚回方端囑咐，以防小孩子家有口無心胡說。才喊了一聲，小弟兄們已然走遠，未曾聽見。

銅冠叟明白方母意思，便道：「端兒提頭退去，他識得大體，無須我等囑咐，由他們各自辦事吧。」

方母想了想，點頭答道：「端兒自他父親死後，全家母子三人，一個衰病，一個幼弱無知，又在仇家勢盛，奔走逃亡之際，仰事俯蓄，全仗他一個小孩子家支撐。雖有司兄照應，這些年來也著實難為了他。環兒去不去我倒不怎樣，假使銀髮叟老仙連端兒也一齊垂青，我還是真有些捨不得呢。」

雷春道：「我看端世兄資質德行聰明，除裘世兄外，他們三人全都弗及，早晚定成大器。也許仙人暫時相棄，說不定是為顧全他的孝道呢。」

銅冠叟道：「聰明人最難得的是行事渾厚，端兒即兼有之，前途決不會錯。適才本打算囑咐元兒上山拜師之事，被猿仙帶了靈姑前來，將話岔開，也沒和他說完。別的好辦，這金鞭崖四面陡空，下臨絕壑，似一支金鞭倒插地上，除了飛仙劍俠，連小弟平時自負學有輕身功夫，也難飛上，這上去一層，倒難得緊呢。」

雷春一聽崖勢如此奇險，見滿天霞綺，斜日猶未西沉，便想繞到後崖看看，順便代元兒踩踩道，有無別的捷徑可以攀升上去。方母自從移居金鞭崖下，病好以後，至多只在小弟兄三人出門樵獵未歸時，行至洞外，倚門閒眺，從未遠行。聞言乘著酒後餘興，也要同去。當下雷春與銅叟在前，靈姑便去攙扶著方母，順山澗往崖後繞去。

那道繞崖的澗深有千尺，如帶盤繞。寬的地方有數十丈，最近處相隔也有十來丈寬闊。常人到此，休說攀升那崖，便是這道又闊又深的山澗也難飛渡。繞走約有四里多路，才到了崖後。一眼望見對崖上洞穴甚多，壁間滿生著許多薜蘿香草，古藤異花，紅石蒼苔，相間如繡。正要前行，後面眾小弟兄也追蹤趕來。再走沒有多遠，便是一座排天削壁，將去路阻住。

銅冠叟道：「我們因家在那邊，所以管那邊叫前崖，其實這裡方是崖的正面呢，我們是由東繞來，如從西走，不但對崖難以飛渡，便是崖這邊的形勢也是其險萬分，有的地方竟要提氣貼壁而行，方能勉強過去。朱真人所種的幾株仙草，便在那崖的下半截。

「聽說以前這前崖原有一根天生的神石樑可通對崖，直到崖頂宮觀門前，後來被朱真人將它移去，從此仙凡路隔，不許常人問徑了。」

雷春還要從回路繞向西南，看個全豹。銅冠叟因方母新癒不久，路太險，便命方端、方環先陪了方母回去。靈姑仍舊搶著攙扶方母而行。

雷春父子，銅冠叟父子師徒一行五人，往西繞行沒有多遠，便到元兒那日受傷墜崖之所。雷春見前面不遠，澗路越窄。岸這邊的崖漸漸向前斜伸，仍朝對面拱揖。漫說人行不能並肩，若非武功精純，善於提氣輕身的人，簡直休想過去。

五人正要魚貫前進，忽見對面崖凹中飛出一團濃霧，霧中隱現一個赤身少年，手裡捧著元兒那日所見的仙草，正待破空飛起。

元兒一見，方失聲驚叫道：「那不是像甄大哥麼，怎得到此？」一言未了，猛聽銅冠叟大喝道：「大膽妖孽！擅敢來此盜取仙草。」

說時，手起處，十二片連珠月牙甩鏢早隨聲而出，直朝霧中人影打去。眾人因是遊山玩景，除銅冠叟這隨身不離的十二片月牙甩鏢外，俱未帶著兵刃暗器，聽銅冠叟這一喊，匆匆中都打不出主意。畢竟雷春是個會家，一聽那是盜草妖人，隨手往石崖上一抓，便抓裂下來許多碎石砂礫，運足硬功，也向煙霧中人影打去。這時，霧中人影業已升高。

司、雷二老所發的暗器、石塊俱是力沉勢疾，百發百中，何等厲害，誰知一沾煙霧外層，便即墜地。眼看那霧中人影在空中微一旋轉，便疾如飄風，在夕陽影裡往西北方向飛駛而去。

銅冠叟知朱真人仙草業已被妖人盜走，追趕不上。再往對面崖孔中一看，仙草生根所在，浮土零亂，陷有一個數尺方圓的深穴。穴旁倒著一個亂髮糾盤，面相凶醜，赤足草履，身著戲衣，似僧非僧，似道非道的妖人，業已被腰斬成了兩截，鮮血流了一地。

那洞正當西照，陽光斜射進去，看得分外清楚。

眾人見仙草被妖人盜走，卻無人追敵，俱猜不出是何緣故。司、雷二老正打算飛身過去觀看，崖頂一道白光匹練般射下來，直達對面崖洞之中。光斂處，現出一個長身玉立的少年。只見他一到，便將那妖人屍首提起，擲入仙草生根的穴內。然後從懷中取出一個小白玉瓶兒，倒了些粉末下去。再取身旁劍鞘，將浮土，石塊一齊弄好，用腳踏了踏，便要往上飛起。

銅冠叟認出少年是那日與紀登在崖前閒話，從崖頂上喊走紀登的小孟嘗陶鈞，也是矮叟朱真的門下。見他做完了事要走，忙高聲喊道：「陶兄暫留貴步。適才我們曾見一駕霧妖人，將朱真人仙草盜走……」

還要往下說時，陶鈞已接口道：「適才妖人，便是鐵硯峰鬼老所派來的，共是兩個：一是他役遣的生魂；一是他門下弟子程慶。只那生魂，家師因他受妖法所制，事出無知，沒有傷他。程慶已被真人飛劍所斬。因家師不久要赴峨嵋，應妙一真人之約，仙草已於前日移植。生魂盜去的乃是贗本，另有一種妙用，此時不便細說。裘師弟大後日上山拜師最好，到時自有能人接引他上崖，無須愁慮艱險。現奉家師之命，另有他事要辦，再行相見。」說完，依舊一道光華，直飛崖頂而去。

元兒見陶鈞劍術如此精奇，好不欲羨。暗忖：「自己將來不知可否練到這般地步？」

陶鈞去後，方環、靈姑也已送了方母趕來。這時已是日薄崦嵫，暝煙四合，銅冠叟因山路大險，天黑難行，晚餐時候又到，提議回去，明早再陪了雷春遊賞。當下，大家循著原路回轉。

元兒到了洞中，見方端正在整理飯食，將他拉過一旁，告知適才之事，說起那生魂竟與甄濟形態相似，只可惜被煙霧籠罩，沒有看得十分仔細。因與陶鈞初見，長者在前，未敢動問。前日師父到夕佳崖去接，曾見他的題壁，有去鐵硯峰之言；陶鈞又說那生魂是受了鐵硯峰妖人鬼老的役使，看起來一定凶多吉少，甚是憂慮。方端為人情長，聞言也甚難過。元兒心念甄濟的吉凶禍福，連飯也未曾吃好。他這裡情切友聲，卻未想到甄濟心已大變，正在一心圖謀他的鑄雪、聚螢雙劍，日後生出許多事來，這且不提。

原來甄濟自從那日在夕佳巖與元兒分手之後，獨個兒坐在岩前大石上垂釣。心想：「食糧已絕，水勢仍然未退，元兒一些也不著急，卻想在那幽暗昏沉的古洞中尋找出路，豈非在那裡做夢？」又想起：「兩口雙劍偏生被他得去，劍又是雙的，不能分開，自己年長為兄，又不好意思跟他硬要。」

越想越煩，小魚始終沒釣上一尾來，正在煩悶之間，猛又想起：「水老不退，何時是了？元兒那兩口劍砍石如粉，崖上有的是大木，何不砍下兩根，削成獨木舟，撐也撐它出去，乾困了這麼多時候，竟未想到這一層。」

見天已快黑，元兒還沒有回來。甄濟越想越煩，由煩又想起元兒性情執拗，不聽話的可憎。恰巧腹中饑餓，一賭氣，把剩的一些餅餌取將出來，就著山泉吃了個飽，僅留了少許，給元兒晚餐。準備明日再打主意，暫將當晚度過去。

吃完已是黃昏月上，仍沒有見元兒回轉。甄濟雖然天性涼薄，顧己不顧人，畢竟與元兒是中表至戚，又同在患難之中，不由起了疑慮。趁著月色還好，便往崖頂上去找尋元兒下落。上到半山，天光還是好好的，眼看離崖頂只有半里之遙，忽然起了雲霧，一片溟濛，哪裡還分得出道路。甄濟喊著元兒的名字，高叫了幾十聲，沒有回音。知道上面這條異路異常險峻，就到崖頂，再往元兒去的山洞，更是其險異常。有月光照著行走，還得留神，這樣雲霧昏沉如何敢輕易涉險。又想那日洞中所遇的怪鳥何等厲害，元兒平時也頗精細，此時不歸，凶多吉少。如在洞中遇險，自己趕去，豈不又饒上一個？況且山路雲封，也委實無法再上。少時下面再起了雲霧，豈不連自己歸路也都阻斷？那時上下兩難，反而不美。

甄濟想了想，仍以回去為是，當下急忙尋路下山。下沒多遠，果然雲起，心裡還暗自慶幸，卻不想他只因一時私心過重，不特誤了大好前途，還將一生葬送。假使當時甄濟情切友聲，念在元兒是骨肉之親，又有同盟厚誼，甘冒危險，死活都要尋找元兒的蹤跡下落，當時元兒正在洞的深處，用雙劍開路，晶壁也沒有倒塌，前洞路已開通，正好遇上，或是二人通力合作，同達金鞭崖；或是將他勸回。也不致鬧得日後誤入旁門，身敗名裂了。這也是甄濟為人機詐寡情，命中註定，且不提他。

甄濟到了夕佳巖前，心中仍存著萬一之想，盼元兒回來。直等到月斜參橫，崖頂雲霧越來越密，終無動靜，這才絕了望。回洞後，一夜也未睡著，早起將昨晚留給元兒的一些餘糧匆匆吃完，出洞見日光滿山，拔步往山巔便跑。一路察看形跡，高喊元兒的名字，循著那日所去路徑，尋到所遇怪鳥的古洞。先還恐洞中有甚怪異，不敢進去。後來一想，自己獨困荒山，形影相弔，在這絕糧之際，多有一人作伴，到底比較好些，倘或元兒僅止受傷，不曾身死，困在洞中，正在待救之際，如不入內救援，良心上也大說不過去。躊躇了一會，決計入洞探個下落。

當下甄濟用劍砍了許多枯枝，用細藤紮成火把，取出身帶火石點燃，取出佩劍，縱到洞前崖石之上，先往下崖深壑裡仔細一看，仍是看不出一些跡兆，試探著進洞一看，裡面靜悄悄的，一點聲息俱無。知道荒山古洞多產精靈，還不敢出聲呼喊，以防驚動。

及至又走有里許多路，行經元兒那日斬落怪鳥鐵爪之處，仍無動靜。前行不遠，洞中漸亮，不用火光也能辨物。再走一節，便見四外晶乳紛列，折斷零落，到處皆是，時有鐘乳墜地之聲，古洞回音，甚是清脆。仔細一看，有許多晶乳俱是兵刃砍斷，又看出地下腳印，知是元兒所為。雖然事太冒險，也頗佩服他小小年紀，膽氣過人。從鐘乳中循著腳印，穿行了一陣，看出洞中不似有甚精靈盤踞的痕跡，這才乍著膽子，喊了一聲：「元弟！」

這時洞中腰業已坍塌，壁間晶乳大半震裂。這一喊不要緊，那些砍斷還連的晶乳受了回音震盪，到處紛紛斷落，塵沙飛揚，鏗鏘嘩啦，響成一片，餘音往復激蕩，半晌方止。甄濟如非身手矯捷，有好幾次差點被碎晶打中，甄濟不由大吃一驚，忙擇了一處空曠地方站定，哪敢妄動。心裡暗罵元兒膽大妄為，鬧到這般結果。但也不敢再喊，因地下腳印和晶林中劍痕時常出現，算計元兒蹤跡必在洞的深處，只得再往前走。走沒有多遠，地上腳印忽斷，又見晶砂如粉，雜著許多碎晶乳，將去路填沒，地面上不時發現很深的裂紋，也看不出那洞坍塌的日子。心想：「如本已坍塌，元兒必到此遇阻而回；如是新塌，必葬身其中無疑。」想起素日共同患難之情，不由也有些心酸。

甄濟最後委實無法前進，暗自祝禱道：「元弟呀，元弟！只因你不聽我良言相勸，執意要來洞中探道，如今也不知你生死和下落，倘若你死在此地，我的心力業已盡到，休怪我心太狠，不來管你。」一面尋思，便往回路行走，心想：「洞中食糧，連餅餌俱都吃完了。昨晚吃時沒飲熱水，晚間還直翻心，還直翻胃，今日並此而無之，僅剩一些糖果。再尋不著吃的，恐怕要以草根樹皮度日了。」且行且思，快出洞外，猛想起：「那日曾見幾隻兔子，雖可惜被元兒放走，但兔窟必在左近，何不尋它一尋？只要尋到，又可苟延殘喘。」

人在急難之中，一有生機，立時精神一振，忙著出洞，縱向崖上，去找兔窟。草根樹隙全都尋遍，連兔毛也未見到一根，人已是饑疲交加，萬般無奈，只得尋路下山。沿路掘了許多草根嫩芽，準備拿回去，用水洗淨煮了，將就度過一頓再說。

下山時，無心中發現一條好的山徑。順徑走到山腰，猛一眼看到草際裡伏臥著一個似猿非猿的黑東西，滿身泥濘，似在伏地熟睡。甄濟也是饑不擇食，不問青紅皂白，縱上去，手起劍落，撲哧一聲，扎了個對穿。那東西卻連一動也未動，鼻間忽聞奇腥刺腦。

翻過那東西仔細一看，竟是一個周身黑毛，似人非人，似猿非猿的怪物屍首，胸間爛了一個窟窿，頭臉俱被蚊蟻侵蝕，腐爛汙穢，臭不可聞。甄濟這才恍然大悟：第一晚宿夕佳巖洞，半夜裡元兒所斬的怪物，便是這個東西。怪物屍體一發現，算計這東西必不止一個。想是巢穴鄰近，又為水所阻，往洞中避雨，吃了元兒一劍，負傷墜崖，逃到此地，傷重身死。甄濟肉未吃成，臭得直噁心。只得將拾來的草根嫩芽，帶回洞中，洗淨煮熟，勉強吃了。

第二日一早，甄濟即起身，用劍砍斷了一根樹木，削去枝葉。又折一支竹竿當篙。重新掘了些草根嫩芽，飽餐一頓。本想當時坐了獨木舟就走，無心中一翻元兒行囊，看看有甚可帶之物，一眼看到許多紙筆。心想留幾行字，作一紀念，偏偏尋不到墨。一賭氣，索性連筆也不用，拾起一塊枯炭，將自己如何被困荒山，以及日久絕糧，元兒深洞失蹤，遍尋不遇之事，一一寫在洞壁上面。寫還沒有一半，猛聽腦後風生，未及回頭注視，一條帶毛的黑影已從頸後直伸過來。立時眼前一黑，頸間一陣緊痛，便已失了知覺，暈死過去。

等到緩醒轉來，耳聽啁啾之聲吵個不已，四肢到處作痛。睜眼一看，手腳已被敵人用細藤綁緊，身子臥在崖前一塊大石上面。面前坐臥蹲踞，圍著十多個渾身黑爪，梟面藍睛，手如鳥爪，似人非人的怪物，形狀與昨日所見怪屍一般無二。為首一個，正指著自己啁啾亂叫。鼻端又聞一股奇臭，倒轉臉一看，昨日所見那具怪屍，已被這些同類抬了下來，放在離身不遠的地上。知道這夥怪物一定疑心那怪物是被自己所殺，前來報仇。自己落在怪物手內，雙方又言語不通，沒法分解，必遭怪物的爪牙所害無疑。

正在心驚膽寒，忽然一陣狂風從西北方吹來，立時愁雲漠漠，陰霧沉沉，滿山林木聲如濤湧。風沙中望見前面不遠，站著為首的一個怪物，離地約數尺遠近，張開一張血也似紅的怪嘴，藍眼夾夾，伸開兩隻鳥爪，正在作勢向自己撲來。

甄濟把眼睛一閉，喊得一聲：「我命休矣！」滿以為轉眼之間，身落怪物口中，任其咀嚼。猛又聽狂風中有一種極清脆的破空之聲自天而下，接著便聽怪物悲嘯奔馳之聲，紛紛騷動，沒有片刻工夫，風息聲止，群噪悉停，身上卻未受什麼新的痛苦。微睜眼皮一看，面前那些身長黑毛的怪物全都聚齊在一株大樹下面，樹側站定一個身材甚長，頭梳雙髻的道裝童子，手裡拿著一根形如怪蟲的長鞭，不時往那些怪物身上打去。那些怪物好似對那道童怕到極處，個個跪伏在地，一任道童隨便亂抽亂打，休說不敢妄動，連大氣都不敢出。

甄濟一看，知道自己已有了生路，隨即高喊：「仙長救命！」那道童任他號叫乞哀，也不做理會，仍然打那怪物。打了有半盞茶時，才算興盡。用那條蟒鞭在地上劃了一個大圈子，口裡喝得一聲：「孽畜！」那些怪物便乖乖爬起來，傴僂俯身往圈中走去，互相擠作一堆，嚇得渾身亂抖。

道童將怪物都趕進圈去，才緩緩往甄濟身前走來，只管朝甄濟上下打量，也不解綁。

甄濟見那道童生得又瘦又高，兩顴突出，鷹鼻濃眉之間生著一雙三角怪眼，看上去形態甚是凶惡，一望而知其決非善類，偏偏一則求生心切，二則見那道童有伏怪之能，不但沒有厭惡，反倒一心崇拜，把仙長叫了個不絕口。

那道童望著甄濟，待了一會，忽然獰笑了一聲，走近身來，用手一指，甄濟身上所綁的細藤便即寸斷落地。甄濟起立，重又跪倒，謝了救命之恩，並求援助脫困，道童指著那具怪屍問道：「這東西是你刺死的麼？」甄濟不知道童心意如何，便將經過實說了。

那道童聽說元兒要去金鞭崖投奔矮叟朱梅，臉上頓起驚詫之容，便問元兒如何走的。甄濟見道童面色不佳，忽然靈機一動，隱起元兒探洞一節不說，順口編了一套謊話。假說那日因為絕糧，命元兒上山打兔，看他行至半山，忽見一道光華閃過，後來便不見他回轉等語。

道童聞言，便問：「我意欲帶你往鐵硯峰去見教祖，可願去麼？」

甄濟已看出那道童不似常人，不敢違拗，忙答：「願去。如蒙引進收錄，尤為心感。」道童聽甄濟願隨自己同去，方才有了喜容。甄濟心中始終捨不下元兒所得的雙劍，猜元兒如若葬身洞中，那劍必也埋藏洞中，只是再說實話，前言不符，又恐道童生心奪去，只好暫時作罷。更恐元兒萬一未死，不知自己去處，便說自己還要往洞中去取所用的一口寶劍。

甄濟回到洞中，用木炭寫了自己得遇異人接引，要往鐵硯峰去，元兒如回來見字，可往那裡尋找等語，還未寫完，猛想起鐵硯峰這個地名甚生，不知在哪座名山之內，即便元兒來此，見了題壁，也難於尋訪，忙取了寶劍縱下崖去，想問時，那十幾個怪物已然不知去向，道童正等得不甚耐煩，一見甄濟下來，未容他張口，便一手緊握甄濟臂膀，喊一聲：「起！」直往來路上飛去。

甄濟在空中驚喜交集，耳聽呼呼風聲，周身雲霧包圍，一會工夫，身落平地。睜眼一看，只見叢嶺雜遝，峰迴路轉，山石灰黑，寸草不生。真是個窮山惡水，霧慘風淒，無殊地獄變相。情知不是善地，但是身已至此，有何法想，只得跟那道童往山環中走去。

道童捧著蟒鞭在前引路，上下峻崖峭壁，如履平地，如非甄濟自幼學會輕身功夫，哪裡追趕得上，就這樣拚命隨著縱躍，還累了個吁吁氣喘，汗流浹背。有時更見毒蟒、惡蠍、守宮、蜇蠍之類，大者十丈，小者亦丈許，盤踞路隅。見了人來，牙吻開張，蟠旋伸拏，似要攫人而噬。

甄濟見道童見了這般惡毒之物不做理會，便也不敢招惹。手按劍柄，防前顧後，吊膽提心地走有多遠，還不見到達，又不敢問道童。覺體力有些支持不住，忽見前面有一塊平地，雖有數十株松杉楊檜，大都枝葉凋零，老幹槎枒，死氣沉沉，了無生意。天又昏暗得快要壓到頭上，越顯鬼氣森森，又見樹下面黑沉沉一片不住起伏，到了一看，正是適才夕佳巖所遇的那些似人非人的怪物，數目卻多了好幾倍，樹上面也似有什麼東西盤繞，枝葉不住顫動，抬頭往上一看，瞥見是些奇形怪狀的長蛇大蟒。因為樹色地色俱都成了一片灰黑，四外雲霧籠罩，不見天日，所以先時沒有看清。那些怪物蛇蟒好似懼怕那道童無比，只要他長鞭微一掄動，便都嚇得渾身亂顫，吱哇怪叫。甄濟見道童如此威風，不由又歆羨起來，精神為之一壯。跟著道童走完那片平岡，兩面危崖忽地排矢般插起，上面半截暗雲包沒，看不見頂，兩崖中間，現出一條惡徑。

道童到此忽然止步，回望甄濟未曾落後，又無膽怯神氣，一張死人臉上不由略露了一絲笑容。說道：「你還不錯。待我與你回稟教祖，看你的造化，聽候傳呼吧。只是有一句話須囑咐你，我們這裡法令最嚴，平時只聽教祖一人之命，違拗不得，道未成時，不准妄自行動，見了什麼事物，更不准隨便發問，你可曉得？」

甄濟連忙行禮，謝了指教。那道童也不再理他，先往谷中叩伏，默念了幾句，忽聽谷中有了一種吹竹之聲，甚是淒厲，道童聞聲，便自走進。

甄濟見道童走後，四顧無人，陰霾瀰漫下，到處都是毒蛇魔怪的影子，不由害怕起來。靈機一動，也學道童跳在谷口，朝內默祝：「弟子千里求道，一片虔誠，望乞收錄，寧死不二。」叩祝方畢，忽然一陣陰風吹到前面，偷眼望上一望，面前不遠站定一個怪狀道人，面黑如漆，口紅如火，頭上亂髮披拂，腮下疏落落生著幾根山羊鬚，身卻瘦小非常。披著一件黑色道袍，長可及地。甄濟斷定來人定是此中首要，連忙叩頭不止。方想請問名姓，猛再一偷瞧，已然不知去向，只見一陣陰風往谷中深處捲去。

甄濟方驚疑，吹竹之聲又起，待了好大一會，不見道童出來。心想：「那竹聲似在傳呼，適才道童正是聽了吹竹之聲走進，行時也有且聽傳呼之言。可惜不曾問明，逕自擅入又恐犯了此地規矩。」好生為難。又想：「常聞仙人所居，大都水秀山明，雲霞圍繞。適才一路所見，定是仙人試探我道心堅定與否，我只要見怪不怪，凡事如無聞無見，且冒險跪行進去，休要錯過機會。」想到這裡，便一步一拜地往谷中走進。入谷以後，路倒不甚難走，只是覺得地皮是個軟的。

甄濟此時已是心堅意定，不到黃河心不甘，一切俱都置之度外。拜行了一陣，快到盡頭，忽見一個高大的崖洞，不敢再行妄進。正在跪伏思忖，猛地眼前一黑。偷眼一看，洞的兩旁平空現出許多高身量的童子，俊醜各別，胖瘦不一，衣服五顏六色也不一致，裝束卻和先見道童一般。甄濟哪敢說話，只嚇得叩頭如搗蒜，口裡直喊：「仙師憐念愚誠。」

說沒兩句，先前道童忽從洞中走出，說道：「師弟們各歸原位，教祖已准他進洞參見了。」說罷，把蟒鞭往甄濟身後一揮，便命甄濟起立，隨了入洞。甄濟聽得身後怪聲大作，起身時節猛一轉眼回顧，嚇了個亡魂皆冒，原來先前只顧前進，卻不料身後面跟了無數的青蛇怪蟒，個個饞吻流涎，紅信似火一般地吞吐，與己相隔僅止數尺，正往谷中退去。

洞裡面看上去甚是幽黑昏暗，甄濟隨了道童走進去約有兩三丈遠近，才有了一點昏慘慘，綠陰陰的亮光。偷偷用目往四下一看，洞壁間到處都是些骷髏鬼怪之類，凶惡猙獰，備諸異狀，驚惶駭疑之間，也看不出是真是幻。再加上洞中陰風時起，那些魅影越顯生動，個個都似在飛舞攫拿。這種可怖的景象，一任甄濟素常膽大，置身其中，前途吉凶尚難逆料，也不由他不心寒膽戰。

再進數十步，便到盡頭。道童首先朝壁跪下，俯伏默叩。甄濟忙也將身跪倒在道童身後，猛覺眼前一花，略定了定神，定睛一看，已然換了一個境界。洞中雪亮，到處通明，八根鐘乳並排立在當地，上面雕著好些大蛇，柱前設著一個水晶寶座，座上面鋪著一張虎皮。全洞面積大有畝許，地上也鋪著一張大毛氈，將全洞都鋪滿，花紋如繡，五色斑斕，也不知是用什麼獸皮織成，那引進的道童已然不知何往。

甄濟再偷偷地四壁一望，見壁間有不少洞穴，深穴看不見中有何物。每一個淺穴中都伏有一個美貌女子，個個都是粉彎雪股，玉面朱唇，媚目流波，神情如活，俯仰坐臥，姿態不一；燕瘦環肥，極妍盡態。雖然容光妖豔，卻是不言不動，彷彿是泥塑木雕的一般。

甄濟方在羅剎域中經過，忽地身逢絕豔，幾疑身在夢中。先時心中害怕，只偷偷看了兩眼。後來見洞中空無一人，壁間美女雖似死的，出世以來，幾曾見過這種色相，不由又偷看了好幾眼，越看越似活的，越看越愛，不由看了個淋漓盡致。看到妙處，漸漸目移神蕩，不能自制。若非還想起身居危境，有些顧慮，恨不能上前一一加以撫摸，仔細觀察，到底是死的活的，才稱心意。

甄濟正在心旌搖搖，猛想起：「道童引了自己，連遇許多可驚可駭，奇危絕怖的境界，到了此地，忽然不見，莫非仙人成心相試，一切皆是幻景？稍有不慎，便墮地獄。」就這一轉念間，立時慾念冰消，跪在地上，再也不敢抬頭仰視。

待了一會，忽聞吹竹之聲起自四壁，算計又有幻景，索性把眼閉上，打定主意不去理會，免得見了生慾，其心又亂。正在胡思亂想，吹竹之聲方止，四壁細樂大作，音聲委婉，一股子媚香隨著微風送到，接著便聽地氈上有了細碎之聲，隨著樂聲高下起落，若有節拍，有時那細碎的腳步聲響過面前，便有一股溫滑柔膩的肉香送到鼻間，聞的令人起一種說不出的意境。

似這樣兩三次過去，甄濟再也忍耐不住，微微睜眼一看，面前竟有無數根玉腿在那裡盤旋往來，粉膩脂香，柔肌顫動，不必再睹全身，已經令人魂消魄蕩。情不自禁將頭一抬，果然這些玉腿俱是適才所見壁間的裸體美女，正如紡車般隨著樂聲飛舞。起初僅當她們是木形泥偶，已然心動神搖，忽然見這等活色生香，怎能禁受？

第二章　身陷魔宮

話說甄濟正看得意馬心猿，眼花繚亂，偏偏當中有兩三個相貌最出色、姿態最柔媚的美女，每次舞到甄濟面前，若有意若無意的，不是流眸送媚，桃靨呈嬌；便是粉腿高跨，暖香隱渡。有時竟從甄濟頭上飛過，紅桃肥綻，寶蛤珠含。最難堪的是妙態方呈，一瞥即逝；方在回味，忽又飛來。顧此失彼，無可捉摸，令人心癢難熬，百脈僨張。再加上淫樂助興，不消頃刻，便已骨髓酥融，神魂若喪。

甄濟一意貪戀玩賞，死生禍福早置度外。昏惘迷亂中正待爬起，向那美女撲去，忽聽一聲鳥鳴般的怪嘯，樂聲頓止。那些美女也似驚鴻飛逝般朝壁間飛去，歸了原位。八根晶柱前的寶座上面現出未入谷前，學著道童叩祝時所見那個身著黑袍奇形怪狀的道人。

這才想起自己此來為了何事，倘若適才心意為祖師察覺，哪還了得？不由嚇了個通體汗流，戰戰兢兢跪在地上，叩頭如搗蒜一般，哀求祖師寬恕，憐念收容。

道人哈哈大笑道：「我已看了你好些時了。你的資質雖可，若論心性，還不配作我們中弟子。所幸你先天尚可，只須少受薰陶，仍可成器，姑且收錄，以觀後效。只是我門中規章素嚴，少時自有人指示給你。須知我這裡不講情面，言出法隨，絲毫通融不得。還有凡入我門中弟子，人人都先行立功自效。你現在道術毫無根底，本難立功，給你三月的限，看你自己的機緣吧。」

甄濟聞言，喜出望外，連忙叩謝道：「弟子蒙仙師不棄下材，收列門牆，恩同再造，自知資稟駑下，難有成就。此後惟有屏絕萬緣，勤謹自勉，努力前修，以報鴻恩於萬一罷了。」

道人獰笑道：「你這話說錯了，我問問你：你一心虔誠拜我為師，可知我的來歷和本門教宗麼？」

甄濟惶恐答道：「弟子愚昧，實是不測高深，不敢妄言，望乞恩師指示。」

道人道：「三十二天釋道兩家，正邪各派，仙佛共有七十六等。上等真仙能有幾人修到？不論釋道兩家，俱以求無欲為大道根基，其實『無欲』二字，根本難通。試問：想成仙成佛，是不是欲？若論真正虛空寂滅，何必有我？只須乘它歸盡，到時一切還之太虛，何必學仙學佛？可見己若存在，便當有欲，求仙求佛，不過是所欲者大而已。人的眼耳鼻舌身意，全由天賦，我既秉有，便當享受。再以本身道法本領抵禦百敵，以防忌害，由我放量享受。只要道精力足，一樣長生，豈不比成真正仙佛還有趣味？

「本門所奉玄陰教宗，乃我手創，全主為己。雖不獎勸為惡，卻絕對不許違意為善，然而如出諸自己所樂為，亦非全屬不許。人性本惡，以我自身能力去求自身享受，這才叫作率性而行，方是本門宗旨。故我門下雖多本性中人，卻沒一個偽君子。聲色嗜好，這裡全有，俱是我和門下弟子以道法獲得，依各人道力本領高下，公平享受。明知遭許多異派中人之忌，但我道法高妙，也奈何我不得。

「適才見你本質雖還不差，但所中人世習毒不淺。如非你見了美色，忘卻顧忌，現出本來面目，門外那許多毒蛇大蟒，你早已膏了牠們口腹了。此後務須記著：我這裡除了令發必行外，只要你能力所及，凡有所好，只管憑你心意取到此間，一同享受。如有隱蔽，固是罪在不赦；就是有所知聞而不稟報，犯了也決不輕恕。

「還有本門專以採補來求長生，每人每年均須分頭出外訪求爐鼎。適才你所見美女，均係選之人間。除我自用者外，平時總有百十名左右。少時由你師兄先傳了你初步採煉法術，三日之後，便可隨你意思選擇。雖然好者你任取，卻不准認為己有。等三月內你建了外功，傳了本門心法，不消三年，便可出門行道，為所欲為了。」

甄濟此時已是色慾蒙心，雖然聽出道人是個左道旁門中的妖人，竟為邪說所動。聞言不但不知憂懼，反以為真仙只是聽說，從無人見過。像道人門下這般道法精妙，隨便在空中飛行，出入青冥，頃刻千里，何等神奇。

這種百年難遇的仙緣，就是在洞中苦修個十年八年，受盡辛勞，只要能煉到那等地步，也所心甘。何況並不吃苦，只要服從師長，遵守本門規矩，不但幾天之內便有絕色美女陪伴枕席，而且日後更可為所欲為。不似平日耳聞學仙求佛，要受三災八難，千辛萬苦，處處規行矩步，一絲也錯亂不得。像適才所見那種絕色美女，俱是生平罕見的尤物。只求能有一個到手，真正消魂片刻，便不枉虛生一世，何況永遠隨意享受。不禁心花怒放，喜形於色。

這道人便是本書有名左道旁門中的首要——鬼老，平素無惡不作，專以收羅天資聰敏，生具惡根的人為徒，以便同惡相濟，增厚勢力。

適才在夕佳巖引進甄濟的瘦長道童，真名叫作程慶，外號鬼影子，是鬼老門下一個最心愛的徒弟。起初並未安甚好心，因為路過夕佳巖，看見下面有數十個狗猩擒著一個少年，正待嚼吃，知是本山豢養之物，別處沒有，便下去觀察就裡。一問為首的一個，才知牠們是出來尋找同伴，發現那死狗猩，以為是甄濟所殺，故此將他擒了，準備裂體嚼吃，給死猩報仇。因並非私逃，才停鞭不打。

那狗猩是藏邊雪山中的特產，生相和人相差不遠，猛惡異常，惟又靈警無比。鬼老將那一帶狗猩全用法術收伏，訓練好了，利用牠們天生的本能，四出採取各種媚藥靈丹的材料。夕佳巖天生一種媚藥，名為子母還陽草。這藥草每年只中元到重陽這一二月內，每值大雷雨後出現。

其中一個雄狗猩，每年一過七月半，便奉命在夕佳巖前守候，守了好些日子，也沒有大雷雨。元兒、甄濟到達那天，恰值雷雨交加。這東西憑著一雙夜貓眼，照往日產草之處前去察看。因這草一見陽光便即入土隱去，不被太陽照過又不合用，當時看準了出芽的所在，準備明早天明陽光未出前，再去守候採取，回山覆命。當晚因雷雨大大，想往延羲洞中避雨，一眼看見洞內火光，又有生人氣味，剛往裡一探頭，便吃元兒一劍刺中要害。拚命掙扎，逃到半山，便即傷重身死。

狗猩生性最淫，全有配偶，難得奉命出外，雌的本就時常乘機抽空趕來聚會。也是活該甄濟倒楣，發現死猩之時，如將牠掘土掩埋，本可無事。如不將牠撥動，有深草遮蓋，偌大一座山，也不致被牠同類當時就發現。第二日獨木舟製好一走，何致身入旁門，異日作惡太多，身遭慘禍？

甄濟前腳一走，那雌的也從別處趕來，一到便即尋著。此時甄濟還未入洞，拿著那柄家傳長劍，正在削砍樹技。雌猩見有生人，斷定雄猩是甄濟所害。雄的已死他手，恐獨力難支，連夜奔回鐵硯峰去，招來許多同類，連夜趕往夕佳巖，為雄猩報仇。為首一個，因受鬼老多年訓練，已能人言，並能說上幾句，正擒了甄濟，半人言半獸語地喝問，怎生將牠同類害死？

甄濟驚慌昏駭中，還未及聽清，鬼影子程慶已經持了蟒鞭趕到。一聽本山狗猩被人殺死，不禁大怒，本想縱任這夥狗猩將甄濟裂吃報仇。因聽甄濟千真人、萬仙長地苦苦哀求，偶然定睛往甄濟臉上一看，見他雖然風塵困頓，卻是丰神朗潤，猶是童身，資稟更是不差，鬼老門下無分長幼，全是道童打扮。程慶也是門人中數得上的人物，一見不是凡器，不禁心中一動，暗想：「此人師父或許用得他著。」

程慶初意只不過將他帶回山去與鬼老去取生魂，祭煉法寶，並無引進入門之想。誰知到了鐵硯峰，跪在谷口一默祝，鬼老便用吹竹傳聲，叫他進去。隨後親自出來，一見便有了幾分賞識。由谷口到洞中這一段路，到處都有蛇蟒怪物往來，雖說不奉命不敢傷人，生人到此，總要膽落魂飛。甄濟居然通過，膽力已經入選。只是當他見了美色時，鬼老看出他臨時忽然警覺，可見他先天善根尚厚，容易棄邪歸正，先還有些不滿。及至看他到了後來終忍不住，再一聽了那一套邪說，索性什麼顧忌都置之九霄雲外，這才認為確是邪數中良材。當下便命甄濟起身侍側。

鬼老手一指處，吹竹之聲又起。那引進甄濟入門的那個瘦長道童便即現身，跪在寶座前面。鬼老指著道童，對甄濟道：「這是你師兄程慶。同門師兄尚有數十人，此時可以無須相見。你可先隨他去，安排了修道之處，他自會對你說一切規章和我的名姓來歷。此三月中，如有用你之處，自會喚你到此。平時無事，可隨他學那初步採補之法便了。」

甄濟聞言，忙又拜謝。程慶也便領命起身。甄濟剛向程慶見禮，稱了師兄，鬼老忽從座中隱去。

甄濟拜師之後，程慶對他便大大換了辭色。先道了賀，又領他到一間石室中去安置，然後遵照鬼老吩咐一一轉告。甄濟天分聰明，一點便透，一學便會，不消數日，那初步邪法已然學會。休說甄濟得意，連程慶也甚心喜。

這日程慶果然領了兩個女子前來陪寢。甄濟一看，內中一個最妖豔的，正是初來時所見赤身美女之一；另一個穿一身華眼，雖然一樣美貌，卻面帶癡呆，隨著別人擺弄。

偷偷一問程慶，才知赤身的一個已然日久同化，此來並非供甄濟採補，竟是含有教導之意。那面帶癡呆的美女，乃是一個大官之女，新來不久，受了法術禁制，等用過多日，才能恢復本來。

當晚甄濟左擁右抱，按照程慶所傳，如法炮製。那赤身美女名喚月嬌，更不時加以指點，真個樂極忘形，死心塌地。休說父母吉凶生死置之度外，就是再讓他去做大羅金仙，也不願去了。

甄濟盡情淫樂了一陣，到了子夜過去，忽然內洞和往日一樣，又起了吹竹之聲。月嬌附耳低語道：「祖師爺升座傳呼，我等不論新人舊人，俱要前去伺候。這裡的人我雖然大半都交接過，不知怎的，我卻格外愛你。明晚不知是否仍派我來，如換別人，你須謹記我言。少說話，多快活。我的話雖然無關緊要，也不可告訴別人。這裡規章奇特，招呼犯了，無法求免。且看你我機緣如何，你能否奮志學道，那時再說吧。」說完，匆匆領了同來女子自去。

二女去後，甄濟事後回味，對於那華服美女還不怎樣，惟覺那月嬌，不但妖豔明媚，資稟濃粹，而且蕩逸飛揚，饒有奇趣，真是人間尤物。若非她幾次指點自己懸崖勒馬，幾乎失了真陽。只是她如此淫蕩，為何言語又那般真摯？真情也隨時流露，顰睞之間，隱含幽怨？屢次欲言又止，彷佛有許多話想說，不便出口似的。行時之言，更明明隱有機密。如說是奉命試探自己，卻又不似。好生令人不解。自己係初來，根基未固，言行上稍出差錯，便不得了。甄濟決計拿定主意，跟著程慶，早晚用功時用功，行樂時行樂，諸事格外謹慎，不問旁人怎樣，想必不致有甚弊害。

甄濟又想起適才月嬌所說，每日子夜一過，後洞便開無遮大會，所有洞中美女無不齊集。每一女子，先由鬼老賜了靈丹，然後令其與各門弟子，互相赤身追逐嬉戲。鬼老並不親身行淫，只在眾女心蕩神搖之際，暗中攝取真陰。除月嬌這一班十六名美女，曾經多年選擇訓練，通曉道法，能時常奉命出外，挹彼注茲，不致虧損外，許多新來根基淺薄的少女，縱有鬼老靈丹續命，更番休息，至多也不過一年光景，便即骨髓枯竭，脫陰而死。

照她這等說法，可見洞中美女尚多。遇一月嬌，已覺銷魂，只不知將來自己也能和程慶等同門一樣，參與這種極樂大會不能？

這時的甄濟陷溺已深，連日聽見鬼洞魔窟中許多慘事怪狀，不但毫無警惕之心，反倒覺著自己雖然升堂，未能入室，羡慕別人豔事，認為是人天奇福，一心盼望將來也有如此享受，方稱心意。

甄濟胡思亂想了一陣，不由昏然入睡，醒來見程慶正站在石榻前面，說道：「你真聰明，那月嬌最得師父寵愛，她從不輕許任何人，今日居然向師父說你許多好話，豈非難得？」

甄濟小心敷衍了幾句，程慶又傳了他一些初步邪法，便自走去。

過了一會，甄濟正在用功，程慶忽又跑來說道：「你如今有好機會了，可敢去麼？」

甄濟道：「小弟蒙恩師收錄，尚無寸功，但有使命，赴湯蹈火，在所不辭。」

程慶道：「本門弟子共分兩等，幼入師門，真陽未破，可以免去兵解者，為第一等。真陽虧損，全憑採補成道者，為第二等。我幼年原是黔靈山中人家一個棄兒，蒙師父收養，在門人中位居第三，本可肉身成道。偏巧自不小心，也是我自欠把握，受了本門一個淫婦蠱惑，道成以後，又將真陽失去。當時本想將淫婦殺了報仇，一則她是師父愛寵；二則此婦心機詭詐，雖然不與我們同班雁列，現在已算是本門中得用的人，教規對於男女情欲完全無禁，淫婦雖是存心報復，無奈師父平時原獎許她，准其憑著容成玉女之術，來考驗眾弟子的修持。她壞了我的道基，只算是奉命而行，不算違背教規。她又異常機警，始終不上我的圈套。今日方想好一條主意，偏我兵解之期已到。

「師父知道青城山金鞭崖有一種仙草，大是有用。無奈崖上有嵩山二老中的矮叟朱梅在彼修煉，此人是一個馳名已久的劍仙，非常厲害。師父想命我應那兵解劫數，就便將仙草盜回。只是我一人前去，恐怕獨力難支，因知朱矮子素常假道學，有許多古怪脾氣，號稱不殺無名小輩；而我們同道中未著的人，門下弟子只你一人可以同往。偏巧你入門未久，法術尚未煉成，與我同去固可，如果到了金鞭崖，我出了差錯，你獨自回來，卻是萬難。由我請准師父，由師父給你設驅魂法壇，命我將你生魂帶去。我如失足，定將仙草交付給你，由你持了逃回。那時師父已然知道失事，只須他行使禁法，你我生魂也會分別回轉。

「不過去時須要鎮靜。如果我的肉身被敵人飛劍所傷，不可害怕。逃時須要迅速，更不可忘了那草，這是你入門第一功，如果失草，師父必然怪罪，擔承不起，至於我的肉身，雖為敵人所毀，只須生魂逃回，七天以後，仗著師父妙法，便可凝聚成形，以後再尋良機，尋找上好廬舍，比起前身還好得多呢。」

甄濟聞言，忙即口稱：「遵命。」

程慶道：「此時你的生魂尚未煉得凝固，恐禁受不起天風。等師父過了今晚子時，行法之後，我自會前來領你同去。現在時候還早，且自靜心安坐用功，少時人來，只顧快活，一切有我作主便了。」說罷，便自走去。

程慶方走不多一會，甄濟暗自尋思：「昔日常聽元兒提起，他姑父羅鷺曾說青城山金鞭崖有一位劍仙，名叫朱真人。說他身有仙骨，對他甚是垂青。自己還陪了元兒去過，仙人未尋到，誤走百丈坪，若非遇見方家弟兄，黑夜荒山，幾乎迷途難歸。當時只說當初羅鷺吃元兒糾纏不清，拿話哄著他玩，並無其事，因元兒心熱，也未跟他說破，不想果有其地其人，還種有仙草，這個姓朱的本領道法如何，雖不知道，看師父師兄這般謹慎行事，想必也甚厲害，自己一些本領道法俱未學會，隨了前去，冒此大險，不知有無凶險？」

甄濟正在胡思亂想，忽見月嬌領了昨晚同來的華服女子，跑將進來大聲說道：「今日本不該我到此，偏巧同她來的那位姊姊，來時路遇一位同門，尋她說兩句話，所以我替她先將此女帶來，陪你作樂。」

說時，用手連指那同來女子的胸前，不時往外觀望，神色甚是倉惶。甄濟料知有異，隨月嬌手指處一看，那同來女子的胸前微微露出一點紙角。又見月嬌朝他點首，情知有異，連忙扯將出來，剛要展看，便聽外面遠遠有一女子笑語之聲，月嬌忙又將手朝他連擺。甄濟會意，忙將那黃紙條藏過一旁，仍裝出與那同來的女子寬衣解帶時，那月嬌已不等人來，身子一晃，一道黑煙過處，人影由濃而淡，轉眼不知去向。

月嬌身才隱去，忽又跑進一個赤身美女，見甄濟正和那女子解去中小衣，好似有些詫異，便問道：「我奉祖師之命，帶了此女前來指點你採補之術，路上有些小事耽擱。此女原在門外等候，她已失了知覺，無人率領，怎得到此？是誰領來？」說時杏眼含瞋，一雙明眸威稜畢露。

甄濟何等機警，聞言便知月嬌來時無人知曉，事情不能明說。故作不知答道：「她獨自到此，我以為恩師只命她一人前來呢。仙姊芳名，可能見告麼？」

那赤身女子聞言，好似有些將信將疑，略為沉思，答道：「我名小玉，她身上禁法未去，必有人領來；一人到此，定然不會。不過你初來不久，同輩中與你並無相好之人。就有人代我領了她來，這頃刻之間有甚意思？再者，看你形跡，又有些不像，這是什麼原故？」

甄濟又飾詞答道：「實不瞞仙姊說，昨日我和此女交接，也頗有些憐愛。適才做完了功課，偶然探頭門外，見她兩眼發直，往我門外緩緩行走，我便冒昧將她抱進房來，正解衣服，仙姊便到了。」

小玉聞言，方才轉了臉色，答道：「這還有點像。我說她怎能獨自到此呢？虧你不羞，愛上這等死美人，還不肯實話實說呢。」

甄濟見小玉雖不似月嬌真情款款，如論容貌風騷，倒也伯仲之間，此時見她媚眼流波，身如凝玉，站在當前，不禁心旌大動，不俟她把話說完，早撲了上前，說道：「沒有活美人，只好拿死美人解解意罷了，如今有了仙姊，還理她則甚？」

小玉本是奉命而來，當下又指點了一番邪術，直等吹竹聲起，才領了那女子走去。甄濟當時雖然得趣，只是有小玉一比，越發看出月嬌確是有幾分相愛真心。

小玉一走後，甄濟知道為時不久，便要真魂出遊，不敢怠慢，忙將那張紙條取出觀看，上面僅寥寥寫著幾行字，字體異常草率。大意是：本門不禁人為惡，除了不許叛師背祖而外，就是自己同門師兄弟，只要於本身有利，也一樣可以當作犧牲。程慶因自身失了真陽，須要應劫兵解，此去金鞭崖必無倖免之理。他請准鬼老帶甄濟同往，雖非完全惡意，但也含有許多作用，不可不預知防備。自己因愛甄濟，恐他新來，不知正教中人飛劍厲害，特地背人寫了紙條示警。如隨程慶到了金鞭崖，那裡必有敵人看守埋伏。

下手之時，無論如何，不可代程慶盜草，以防他別有脫身詭計。等程慶盜了仙草，交付過來，急速升空逃走，絲毫大意不得。程慶如命將他劫後屍身取回，更不可聽他的話。

再如命將什麼東西帶回山來，當時固不能拗他，等他一死，急速將它丟去，以免敵人後面跟蹤追趕，無法脫身。月嬌本人到時如能設詞下山，必在中途接應。只要能依她紙條上所說，那朱梅號稱不殺無辜和積惡未著之人，決無妨礙。看完紙條，可將它嚼碎，吃在肚裡，以免為人發覺，彼此都有不便等語。

甄濟見她詞意甚是懇摯，料是真心關愛，又驚又喜。便牢牢記在心裡，將紙條扯碎吃了，靜候程慶前來相召，到時相機行事。

子夜一過，後洞淫樂又起。待有個把時辰，方見程慶走來說道：「是時候了，快隨我見師父去，到了聽命行事，不可害怕。」說罷，領了甄濟同到初來拜師的大石室內。

這時樂舞已停，鬼老正在當中水晶寶座上坐定。面前設著數十面黑長幡，幡腳火焰飛揚，黑焰騰騰。幡圍中心豎著一張大令牌，牌下放著七根鐵釘。

甄濟哪知用意，見了鬼老，忙即將身跪倒，叩頭之後，鬼老把袍袖一揮。程慶便領甄濟走到幡圍之中令牌前面，命甄濟脫了上下衣服，背靠令牌立定，將地下長釘取在手內，甄濟看出是要把自己肉身釘在牌上，雖然害怕，情知無法避免，當下倒把心一橫，臉上反裝出坦然神氣。剛偷看鬼老似在微微點頭，猛見程慶一聲大喝，命門上早著了一掌，當時甄濟覺著神志一昏，轉眼便已清醒過來。睜眼一看。身子已不在原處，腳底下好似虛飄飄的，再往長幡圍中一看，令牌上釘著一人，正是自己模樣，方在驚疑，耳聽程慶喊一聲：「起！」腳已離地，被一團濃霧簇擁著，隨了程慶往洞外飛去。

行了一陣，黑煙中望見夕陽業已偏西。甄濟暗忖：「昨夜行法時不過寅初，記得被程慶拍昏過去，也好似晃眼之間，怎麼一會工夫，已經是次日下午？」正在尋思，忽見前面高崖排天，雲煙蒼莽，轉瞬近前。程慶猛地將煙霧往下一沉，直往崖上半的一個洞凹中裡飛去。落地一看，洞凹果生著一株不知名的仙草，異香奇卉，靜影沉沉，並無一人防守。程慶更不怠慢，只一伸手，便將那株草連根拔起，甄濟剛剛順手接過，忽見仙草生根之處，似有一道金光一閃。

就在這一轉瞬間，猛地又聽程慶大喝道：「快帶了我這東西逃走，我已中了矮鬼暗算了。」說時，程慶早遞過一件軟綿綿的東西。甄濟二次方接過手，程慶已連身被那金光罩住，一面死命掙扎，想逃出來，一面在光圍中往外連連揮手，似催甄濟快逃。

甄濟本不知怎樣逃去，眼看程慶身上煙霧越來越稀，金光勢盛，情知危險萬分，再如不走，程慶為金光所害，自己也逃不回去。一著急，便不問青紅皂白，奮力往上一躍，居然凌空躍起，還未飛過山頭，又聽對崖人聲吶喊，彷彿還有元兒呼喚之聲。百忙中偷眼一看，對崖站定老少數人，竟有元兒在內，齊喊有賊盜取朱真人仙草，甄濟哪敢遲延，由煙霧擁著，一直往上。雖然可以隨意騰空，只是不如先時飛升迅速，惟恐後面金光追來，好容易升入雲空，逃出有數里之遙。暗忖：「程慶雖然被陷，自己仙草已得，入門第一功已然建立，前途成就可期。」好不心喜，只是飛行這般遲緩，何時方可逃回山去？

月嬌也不知會來接應不會？甄濟想到這裡，猛又想道：「月嬌暗中傳字，再三囑咐，程慶死後，千萬不可替他帶什麼東西回山。適才程慶遞給自己一個圓東西，軟綿綿的，不知何物，一時也不知聽誰的話好。」

甄濟正在且行且想，忽聽後面有了破空之聲。回頭一看，雲空中一道青黃光華疾如飛星，正從來路上朝自己追來。猜是敵人追到，又想起月嬌紙條之言，如給程慶帶東西，必為所累，難以脫身。說時遲，那時快，青黃光華已追離身後不遠，甄濟天性本來涼薄，有甚程慶在念？危急之際，脫身要緊，便照月嬌所囑，將程慶交的東西往下面丟去。那東西只鵝卵大小，黃晶晶通體透明，拿在手中又輕又軟，並無什麼分兩，誰知才一出手，身子立時輕有百倍，被黑煙擁著，飛雲也似直往回路逃去。心中大喜，再一回首，後面青黃光華追趕不上，已經隱去。

這一來，甄濟才對月嬌起了信任，且喜手中仙草仍在，回山有了交代，別的且不去管它，後半截路飛行迅速，月嬌也未前來接應。及至快到鐵硯峰不遠，忽見一道青黃光華由側面飛來。心剛一驚，打算轉身逃避，那光華已經迎面飛近，定睛一看，光煙中擁著一個美女，正是月嬌，卻穿著一身黑衣道裝，這時朝著甄濟含笑點了點頭。晃眼之間，閃入側面雲中隱去。

甄濟驚魂乍定，仍舊前行，不一會到了鐵硯峰谷口。方想落下，學初來時程慶在谷口叩祝求見，猛覺身子被甚力量吸住，不由自主般直往谷中飛去，轉瞬飛到鬼老行法的室中，見鬼老正瞑目端坐在水晶寶座之上，兩旁還侍立著幾個身著黑衣的門人，俱都垂手合睛，態甚恭敬。甄濟生魂捧著仙草，一落地，剛要跪倒獻上，左側上手一個身材高大，面紅如火的道童，一手把仙草接了過去。

甄濟未及開言，猛見鬼老怪目圓睜，指著甄濟大喝一聲，左掌揚處，滿室煙霧飛揚。甄濟便覺被一股氣擁著到了長幡圍中，神志一昏；耳聽叮叮幾聲，便即醒轉。一看地下落著九根長釘，身子卻好端端地站在當地，再看手腳被釘之處，並無絲毫傷損。那盜來的一束仙草，已不知被那道童拿向何處。甄濟以為是大功告成，師父必然心喜。及至偷眼往鬼老臉上一看，卻是滿面獰惡之容，正和旁側侍立的兩個門人說話，聲音甚低，好似發怒神氣。甄濟站在令牌下前，不曾奉命，也不知上前跪見的好，不上前的好。

呆了一會，那上手侍立的紅面道童從外走進，這一會工夫，好似受了什麼傷痛，面容愁苦，神氣委頓，迴不似先前接草時強悍。見了鬼老，低聲問答幾句，便走近甄濟面前，喊了聲：「師弟，且隨我來。」說罷，領了甄濟，逕往外走，另引到一間石室之內，說道：「師父已然准你入門，命我每日傳授你道法，你的生魂受了師父的法術禁制，我適才也遭了敵人暗算，均須修養些日。這裡便是你修道之所，且隨我在這裡安逸幾天再說吧。」

甄濟一問姓名，才知這道童名叫余繁，是鬼老得意門人之一。這人比起程慶卻要和氣得多，兩人談了一陣，談得甚是投機，甄濟忍不住問道：「小弟奉命將仙草盜回，只可恨程師兄為敵人困住，不知生死吉凶。去時他曾對我說，該有一次兵解，不知他可能仍回此地麼？」

余繁聞言，冷笑答道：「這個該死的東西！如不是他獻殷勤，在師父面前買好，去盜什麼鬼草，我還不致差一點送了命呢。本門雖准人便宜行事，但是同門相處，終有情分。只他一人一意孤行，專門損人利己。這次卻遭了報應，生魂早被朱矮子所斬。

「他所煉的元丹，竟不及叫你帶回，想必也被朱矮子消滅了。要想如他的願，借體還生，哪裡能夠。他如不一心好強，不去應劫，終身躲在這鐵硯峰鬼影谷裡，有師父庇護，一樣可以苟延歲月。他既想長生之道，自己又不爭氣，把握不住，失了真陽，由第一等仙人變作了中下之輩。眼看不如己者將來修為皆出己上，心不甘服，才去稟明師父，存心找上人家門去，應那兵解，拚著受些辛苦艱難，以便日後出人頭地。他這次弄巧成拙，卻便宜你補了他的位置。不過你初次入門，雖說盜草立了苦功，但那草乃是朱矮子妖法幻化，並非真正仙草。師父憑你這點微勞，便准收錄，實是莫大殊恩。此後你務須好好修持，最好在短時期中孝敬師父一點入門禮物，方無欠缺。」

甄濟惶恐道：「小弟一個凡夫，家中雖有資產，塵世之物也不堪奉獻。況且入門才幾日，道法未成，也無法謀取。還望師兄指教，力所能及，無不惟命。」

余繁道：「哪個要你親身謀取？師父所愛，除了奇珍異寶，便是爐鼎。只要你說出所在，我便能伴你同去將他攝來，助你獻上，也算我們師兄弟一場，人世希見寶物，諒你難知，難道你未入山前，就未遇什麼絕色秀女麼？」

甄濟聞言，想起元兒那口寶劍，猛地心中一動，忙答道：「小弟親友之中，實無什麼絕色秀女。寶物倒看過一件，只不知合用與否？」

余繁便問：「今在何處？」

甄濟道：「這寶物乃是一對極稀有的寶劍，一鞘雙劍，藏在石壁玉匣之內。劍上有字，名為聚螢、鑄雪。小弟不知此劍來歷，也不知師父看得中否。如若看中，此劍現在金鞭崖我一個表弟手內，或者可以設法取來。」

言還未了，余繁便失驚道：「本門寶劍，大半百煉精鋼同五金之精，經師父法術煉成。只是並無一口現成的仙家至寶。所以遇見別派中的敵人，往往比劍時敵他不過，非行法取勝不可。適才聽你說，這劍名為聚螢、鑄雪，乃是當年許真君煉魔之寶。後來聞說被峨嵋派中長老得去，久無下落，怎會到了你表弟手內？而且他又在金鞭崖居住，如與朱矮子有甚瓜葛，只恐取之不易吧？」

甄濟便將元兒在夕佳巖延羲洞阻水得劍之事一一說了。末後說：「以前雖聽元兒說朱矮子對他垂青，以為是他胡說，自從他探洞失落以後，今日往金鞭崖盜草，回時無心中看見他在下面，與幾個老頭、小孩在一起，呼喚我的名字，當時急於逃走，便行回轉。因別日無多，見時又在崖的對面，想來他必尋著了銅冠叟與方氏弟兄，尚未見著朱矮子，也未可知。」

余繁聞言，沉吟了一會，又問甄濟所見那老少幾個的形態。然後說道：「聞說朱矮子師弟打算開創青城派，他自己已是不再收徒。那老少幾個，雖聽口氣與朱矮子相熟，因為當時只管吶喊，並不曾放出飛劍追你，也許是金鞭崖附近隱居之人。

「好在你適才盜草乃是生魂前去，周身有法霧圍擁，看不甚清，他們認得，也只在疑似之間，你只須裝作夕佳巖被困逃出，因想念你表弟，前去尋找。與他見面之後，暫時先不露出聲色，相機行事，得了便走。我再在暗中相助，定可如願。不過那老少幾個的本領，不知深淺，你如無退身之法，萬一失事，豈非不值？依我之見，去是可以去，等過幾日你精神復原，我先教你遁法和禁制之術，練成後再行前去。即使遇見能手，只要遇事機警一些，稍有不妙，立時可以遁走。到時再有我同去接應，便萬無一失了。」

甄濟只顧說得高興，那麼機靈的人，竟會把延羲洞題壁之事忘了個乾淨。二人越談越高興，甄濟也越學越壞。依了余繁，甄濟元神剛受禁制，當晚原可歇息。怎耐甄濟初嘗甜頭，非常貪戀，等到余繁招了群女前來作樂，活色生香，親自目睹，再加雙方都是慣家，動靜姿態俱是見所未見，更覺心頭奇癢。只是余繁雖說和自己投機，究屬初見，而應陪侍自己的美女並未自來，想必沒有奉命，眼看人家左擁右抱，此就彼推，也不敢公然商量，分羹一杯，一時好不難過。真是欲看不捨，看又難堪。

正在無計抓撓，余繁早已看出，便笑對他道：「師弟，你如此著相，留神將來也如程師兄一般，鬧得身敗道毀咧。你看她們美貌麼？你再仔細看看。」

甄濟原在那裡品評余繁招來的那兩個美女的容貌與月嬌、小玉二人的高低。聞言剛忸怩著想著答話，不知怎的，眼睛一花，見余繁懷中擁抱的哪裡是什麼美女，竟是頭禿齒脫。皮黃肌瘦、臉上皺紋如鱗的老太婆。又見旁側榻上橫陳的一個，竟是一具枯骨。因為當前春色剛還在目，方以為是余繁使甚障眼法兒，忽見余繁長笑一聲，一手提起懷中抱的老婦，一手提著榻上那具枯骨，向室外拋去。剛一落地，便見門外肉光一晃，也沒看清仍是本來面目沒有，只聽嬌喘微微，夾著一陣蓮步細碎之聲，往後洞走去。

甄濟還在遐想，余繁卻正顏厲色，走近身前，說道：「你當她們都是可愛可親的東西麼？對你實說，除新來的爐鼎外，所有你初來時在師父寶座前所見的那些赤身美女，除月嬌一人年紀較輕外，餘者若非師父法術禁制，丹藥駐顏，縱不都成了冢中枯骨，少說點也都成了老太婆了。

「你適才所見，以為我弄甚幻術，實告訴你說，那才是真正原形呢，我們攝來這些爐鼎，真正取樂時甚少，大都是作那採補之用。你如此貪戀，早晚必如程師兄一樣，遇見厲害能手，勞形搖精，喪神失陽，把前功都付於流水了。同門諸師兄弟，只我一人比他們和平公道。我起初並非本教中人，只因一事失足，被師長逐出門牆，因恐飛劍斬首，不得已，經一道友引進，托庇在師父門下。自己入了旁門，說不得，只好自行其是。但我從不縱欲放恣，任性而行。本門中人，連師父俱在內，將來免不了一場大災劫，前途難料。我因見你資稟甚佳，惡根也甚重，在本門中固為良材，在外卻是各異派將來的公敵。恐你把握不住，壞了道基，所以對你特別關照。

「你須記著：本門仇敵甚多，看師父之意，大是對你垂青，至少二三年間，必派你下山行道。如遇見敵派中人，雖然厲害，還有脫身之策；惟獨赤身教主鳩盤婆，自己也是左道旁門，不知怎的，自從和滇西毒龍尊者反目後，信了兩個心愛女徒之言，與峨嵋、青城兩派打成一氣，專與各異教為難。這老傢伙不但心腸狠毒非常，而且法術通玄，真有鬼神不測之機。她們下弟子全是女的，個個精通太陰鎖陽魔法，並能指物代身，不須本人，便可攝採敵人真精。遇上者，少有倖免之理。

「所幸她門人俱煉有一粒羅剎舍利，兩眉中間現出豆大一粒黃點，一望而知，只須留神，便可避免。她們多不喜和人對面交手，遇上時，大半是用馴陽坐功朝你打坐，任你施為，她只不理，差一點的道法飛劍也傷不了她。只要你七情一動，心神略微散蕩，便即中了道兒。這等魔女，不和你為敵則已；一旦為敵，不制你死，決不放手。她如用坐功制你不了，立時解衣露體，赤身倒立，用地魔舞蹈邪法攝你心志，心志一喪，仍是為她所算。你將來難免相遇，自問降得了她，那是最妙不過，生擒回山，便是奇功一件；否則，乘她還未施展邪法，急速逃走，也可免禍。

「本來這些話，此時還不到囑咐時候，只因你不久要往青城山金鞭崖去取那聚螢、鑄雪雙劍，朱矮子飛劍厲害，我雖前去，僅能暗中接應，不能露面；那老傢伙又太精靈，專收拾本門中新來的弟子，資訊異常靈通，好似我們這裡收一門人，他立時便可知覺一般。以前在他們人手裡，已然壞了好幾個，俱是新來不足三年，初次下山，便即遇上。雖然你到此日子更淺，敵人未必知道，到底不可不作萬一打算。省得出事之後，師父空自生氣，暫時仍是奈何他不得，人死了算是白死，豈非不值？」

甄濟聞言，一一記在心裡，再三稱謝，多承師兄指示不置。

過了五天，陪侍甄濟的女子才照舊前來，與他一起淫樂。只是月嬌自從那日盜草歸來，在谷口匆匆一見之後，始終不見回山。打聽她的同伴，俱說奉命下山，不知何往。

甄濟想念了兩次，也就罷了。仗著勤敏，無一樣不是一學便會。余繁見了，也甚心喜，靜等甄濟遁法煉成，便赴金鞭崖去取元兒的雙劍。卻想不到他這裡妖法尚未煉得來去自如，元兒、方環、司明三人業已各拜了仙師了。

原來元兒等小弟兄數人隨了司、雷二老回轉崖洞，談起適才妖人盜草之事。別人因煙霧籠罩，沒有看清妖人長相。因元兒是雙慧眼，說煙中妖人極似甄濟。二老斷定甄濟既受妖人役遣，必已入了左道下流，好生嘆惜。晚餐後互相坐談了一陣，大家分別在洞中安睡。

次日清早，銅冠叟起來一看，小猿靈姑已將火備好，煮了開水，端了進來，另外又採了許多山果獻上。銅冠叟見她如此明慧，善解人意，暗忖：「得媳若此，也還不差，只是容貌為長毛所掩，顯著醜陋，不知將來能脫去不能。」

回望司明，尚在榻側草荐上熟睡。正要過去將他喚醒，方環忽從隔洞跑來，叫了一聲：「姑父。」便轉臉向靈姑道：「你昨晚陪我娘在裡屋睡，半夜裡還在說話，是幾時起的？怎麼我們起來，事都給做好了？」

靈姑聞言，只是微笑不答，說時雷迅從外走進，石榻上的雷春、司明也被驚醒。

小弟兄三個先向二老請了安，洗漱之後，方環便請二老過那邊去吃早點。

大家一見面，方母指著靈姑，笑對銅冠叟道：「此女真個聰明，昨日我見她看端兒做飯甚是留心，只說她初經人事，看了好玩，不想今早起來，火已升起，水也煮開，地下打掃得乾乾淨淨。我看將來明兒走後，由她服勞奉侍，較明兒還要強得多呢。」銅冠叟笑著點了點頭。

三老自在室中談笑，仍由方端指揮眾人，先做好了早點，再去料理午飯。因再有兩天，元兒、方端、司明三人便須入山拜師，司、方兩家經昨晚二次商議之後，已決定移居且退谷雷春家中。一切什物用具，俱要在三小弟兄未走以前先行移去，人多手眾，比較省事一些。當日飯後重又商量，定準第二日早點後，開始搬家。當日無話。

第二日一早就開始遷移，並佈置且退谷中的新居。雷春自己因為是主人，本想回去，銅冠叟再三留住說：「這兩天崖前紅葉正鮮，有世兄回去便可料理，索性留在這裡玩上兩日，到末一天同走。」雷春只得應了。當下眾小弟兄只留下司明與靈姑在家服侍三老，餘人俱隨雷迅挑了東西往且退谷去。

好在重東西有那隻馴虎馱帶，眾小弟兄腳程又快。到了谷中，擇好房舍，雷迅便請方氏弟兄、元兒去用酒飯，另派別人代他們陳設。飯後趕回金鞭崖，又搬運了一次，因谷中有的是稼具，除原有的石榻、石几無須移動外，餘者僅留下一副行灶同隨身的細軟東西，還有少許米糧酒肉，靜等第三日親送元兒上山，由元兒帶走；司明、方環也由仙猿接去，再行正式移居。

元兒上山在即，早已齋戒沐浴，虔心誠意地等待日期到來。臨行前，又給家中父母寫了一封長函，托銅冠叟便中帶去。第三日天還未明，便即起身。雷迅和方氏弟兄也相繼起來，將方母給他準備的一個大包袱重新代他收拾一下。司明也從隔洞跑過來，說二老隨後就到。小弟兄們臨歧握別，自是十分依戀，一面幫同整理早餐，一面談個不休。

不多一會，二老過來，方端又去服侍方母起身。大家用罷早餐，元兒便佩了雙劍，含淚向三老叩辭。三老也有一番勸勉，老少數人共送元兒到了崖下。元兒先望崖叩拜，再與小弟兄們互道珍重，訂了後會。見朝陽升起，嵐光欲染，丹楓碧岑，山容如繡，四外靜蕩蕩的，接引的人並未到來。

元兒正要邁步前進，忽見靈姑手持洞中原有的一根長繩，在對面崖腰上現身，朝著元兒招手，適才眾人起身時，都忙著送元兒上崖拜師，沒人看見靈姑，俱未留意。這時一見，才知她業已前去探路。

司明喊得一聲：「靈姑，你往哪裡去了？見著崖上的朱真人麼？」

靈姑含笑擺了擺手。元兒因她是個女子，不肯示弱由她援引，暗中提氣，一鼓勁，六七丈闊的山澗，早已一縱而過，靈姑便將長索由崖腰上放了下來。元兒也不去接，大聲喊道：「靈姑，你只引我的路就是了。」

銅冠叟方喊：「元兒不可如此大意。」元兒已是一路攀蘿附葛，手足並用，爬行峻崖危壁之間，轉眼已離靈姑不遠。

眾人在崖對面，眼望他二人一前一後，相去不過丈許，直往崖頂攀援上去，大家正在稱讚元兒身手矯捷，不知怎的，元兒一個失足墜將下來。方氏代他捏著一把冷汗，「哎呀」兩字還未出口；只見元兒下有丈許，恰巧抓住靈姑的索頭停住。

銅冠叟首先高喊：「上面小路太險，快讓靈姑相助，以防二次失足。你怎麼幼讀詩書，父母在堂，竟會忘了臨深履薄之戒麼？」眾人也跟著吶喊。元兒先前失足，已是又驚又羞，本還不願，禁不住銅冠叟等再三大聲督促，勉強接索在手，隨了靈姑往頂上猱升上去。一會半崖雲起，對崖諸人已望不見元兒影子，仍不肯放心回去。直候了兩個時辰，靈姑才從崖腰白雲中落下，縱將過來。問起元兒，知靈姑送到崖頂下面，因遵猿仙之囑，並未上去。知元兒業已平安到達，才行回轉。

恰巧當日下午，猿仙便來傳話，命方環、司明當時起程入山。說罷自去，眾人挽留不住。銅冠叟因紅菱磴猛獸毒蛇甚多，二人從前並未深入腹地，猿仙又不肯領了同行，打算命靈姑陪往，誰知靈姑也說不去，並說谷中無甚凶險，自己送去，也只能送入谷口不遠，連昔日小弟兄們所去之處都不能到。況且此行仙人尚有用意，跟去不便。銅冠叟知是實情，裡面必有原因，只得再三囑咐了二人一陣。除方母因遠未去外，餘人俱都送到谷外。一看封洞大石已經有人揭開，放在一邊。

雷春道：「天剛黃昏，聽迅兒說，裡面奇景甚多，我們同進谷去，送兩位賢侄一程如何？」銅冠叟未及答言，靈姑搶答道：「聽猿仙說，如今這谷不許外人進去呢。」

眾人只得作罷回去，不提。

且說元兒同了靈姑攀上金鞭崖，初上時節，好高過甚。上沒一半，見上面崖壁越發險峻，壁上苔蘚其滑如油，更無著足之處。正在為難，忽聽靈姑呼喊之聲。抬頭一看，靈姑早已飛援上去，站在一個岩石凹處，一手放下長繩，朝著下面點頭招呼呢，元兒暗想：「她一個女流之輩既能上去，怎地我便不能？上面路徑，看神氣也只有眼前這七八丈的削壁，因為附壁藤蔓過細，所以不似初上來時易於攀援。但只要越過這一段，便即有路可尋，何必這一點地方假手於她？」想到這裡，只含笑應了一聲，捨了長繩不用，運足全身真力，手抓壁間細藤，將氣往上一提，逕自雙手倒援而上。

元兒資稟本來特異，自從得了銅冠叟的內功傳授，每日勤苦用功，已練得身輕如燕。一經提氣運行，身子便輕了許多，壁藤雖細，頗能支持，本來無事。眼看到達，相離靈姑立處還有六七尺左右，又想起：「那日陶師兄曾說到時有人接引，只說也是一位仙人，誰知卻是靈姑，幸虧自己還能上來，沒有由她相助，自己這般不避艱險，獨上危崖，少時見了師父，面子也好看些。」

元兒繼續往上邊攀援，離靈姑所站的岩石越近。再看靈姑，不知何時又躍上有三丈遠近。最危險處快要攀越完了，一高興，氣便鬆懈了些。又加心急求進，見所剩不過三四尺高，以為一躍便可翻身而上，竟忘了命繫孤藤，身懸危壁。手再一用力，那細才如指的藤蔓如何支持得起一個強健少年的分量。元兒剛一作勢上躍，便覺手中藤蔓似有折斷聲。心裡一慌，力更用得大。未容他翻上那塊岩石，咔嚓一聲，手中藤蔓便已折斷。喊了一聲：「不好！」想撈左近別的藤蔓未撈著，竟從百十丈高的危壁上懸空往下墮去。

還算元兒心靈膽大，又是一雙慧眼，雖在奇危絕險之中，心神猶能鎮定，情知崖勢多半上突下削，要想在半腰中尋找攀附之物，已是無望，只有打降落主意。便用右腳搭住左腳，借勁使勁，往上提氣，以緩下落之勢，免得跌死；就在這危機一發，轉瞬之間，下落也不過兩丈高，猛見一根索套迎面飛來，此時元兒急於逃生，不暇再計及別的，順手剛一撈著，便聽對崖下面老少諸人紛紛吶喊之聲，身子已然停在索上，順著長索蕩到壁間，當是靈姑相助，好不內愧。既承人家援手，又聽師父在對崖高聲囑咐，驚魂乍定，周身都是冷汗，哪敢再好強逞能。索性偷懶到底，雙手援索，由上面的人拉了上去。

及至落到可以立足之處，剛剛站定，放了手中長索，鬆了口氣，那索忽然往上一抖，便已收去。看上面已有微斜坡道，勉強可以行走。靈姑卻不知跑向何方。心想：「索剛收上去，人即不見，怎跑得這般快法？」再看腳下，已是雲霧四合，滿山如潮，用盡目力，只辨得出一些人影，迥不似下面景物清明。

元兒知道眾人懸念自己，尚未回去，喊了兩聲，不見回音。便將身跪倒，重又默祝了一番。然後起身，往上前進。那路看去不似下半截陡峭卻甚曲折危險。遍地上滿生著刺藤荊棘等，越往上越密，鉤衣穿肉，甚礙手腳。元兒提著氣，施展輕身功夫，一路躥高縱矮，左蹦右跳，上下轉側於峻崖危岩之間。又走有半個多時辰，總覺崖頂相去不遠，可是總走不到，人卻累得全身是汗，暗忖：「不經一事，不長一智。自從夕佳巖被困，獨身攻穿晶壁之後，自以為內外功夫都已有了根底，便是司、方二老，也常誇講，說是單論武功，尋常江湖上人已非敵手。照今日這番跋涉了一番，才知實踐起來，這般難法。平地練功夫縱有十層，到此也減去一半了。」不由把初上來好高逞能之心減去好多。

元兒念頭剛轉，忽見前面荊棘影裡有一毛人起落拜跪，定睛一看，正是靈姑，連忙跟蹤過去一看，靈姑拜處乃是一塊大約畝許的石坪。來路滿生荊棘刺藤，左右中三面雜花盛開，丹楓碧樹挺生其中，五色相間，圍繞崖腰，宛如錦城繡障一般。對崖盡頭又是一座削壁，排天拔雲而起，離存身之處，高約二三十丈。輕雲如帶，繞崖往還，依稀可辨崖上邊沿的景物，崖壁上猶如青錢匀鋪，滿生著碧油油的苔蘚，更沒絲毫縫隙。

再看靈姑，還在閉目合掌，望崖跪拜不止。手持的那根長索業已捲成一圈，放在她的身側地上。元兒記得初上來時，不願假手於一女子，也沒注意到索的形狀和顏色。後來失足，全仗那索逃生，明明看清那索是根紫的，怎麼此時看去，卻是山中黃麻所製？

元兒方一沉思，已走到靈姑身側，見她虔敬神氣，不禁抬頭又往頂上一看。正值一片輕雲過處，雲隙裡望見一個白衣少年，正站在崖邊向下注視。轉瞬間又為雲層遮住，用盡目力，只見人影。知已到達地頭，上面便是仙人居處，不由心花怒放，忙也將身跪倒。仙崖雖然咫尺，崖高苔滑，上下平削，正想不出用什麼法兒上去。忽見崖壁碧苔之間，似有一條紫痕閃動，正是適才失足時援手的索，索頭還結有一尺大小的一個圈兒，才知道適才援救自己脫險的並非靈姑，紫索既在此間垂下，上面又有白衣少年等待，定為自己而設無疑。靈機一動，叩了幾個頭，便即起身向那根紫索奔去。

元兒剛剛接索在手，忽聽身後響了一下。回頭一看，靈姑手中持著一個紅色小包，滿面喜容，正朝上叩謝呢。見元兒回身看她，便用手連揮，意思是喊元兒援索上去。元兒方要張口問詢，只覺手中紫索一動，同時又聽靈姑低聲連喊：「圈兒。」剛把索圈從頭籠下，套向腰間，連話也未顧得和靈姑說，紫索便往上升起，將元兒帶了上去。升得甚快，不多一會，便被提升崖頂。面前站定一個白衣少年，正是那日在崖下劍斬妖人的陶鈞。元兒忙即將身跪倒。被陶鈞一把拉起，說道：「我奉師父之命，在此接引師弟。且等拜見師父之後，我們再行禮吧。」

元兒遵命起立，一看，上面大有數十畝方圓，滿崖都是青松翠竹，異草奇花，正中心還有一個兩丈多高、寬約二十畝的圓崖拱起。這中心圓崖，上下四面俱生著一種鵝黃色的小花，細草如針，開花如豆，一片平蕪，蒙茸密佈，不見一些石土之色。有時天風過處，宛如捲起千層金浪，真是瑰麗清奇，無與倫比。

元兒一心虔敬，隨了陶鈞，循著圓崖當中的磴道走了上去，首先入眼的，便是一座石質宮觀，觀門外又是一個水池，池中仙泉，噴珠濺玉一般從池底湧起，池側一面設著石桌石凳，桌上擺著一副殘棋。一面長松底下設著一個鶴柵，柵內丹頂玄鶴，大小共有四隻，見了主人，兀自剔羽梳翎，飛鳴翔集不已。

元兒一念至誠，拜師心切，也無心觀賞仙崖景物。眼觀鼻，鼻觀心，隨定陶鈞，直往圓崖當中的石宮觀中走去。行近觀前，忽聽破空之聲從頭上高處飛過。觀門前三個金光燦爛的大字，只在眼前晃了一晃，也未及看清，便即走入觀門。入門不到丈許，便是一座庭院，院中滿生著許多奇花異卉，清馨撲鼻。前面陶鈞忽然止步，稟道：「小師弟裘元帶到。」

一言未了，便聽一個童聲在半空中哈哈笑道：「不行不行，我哪裡能收他做徒弟，這小孩大規矩了，將來出去，叫人看見，決不像我朱矮的得意門人，豈不成了笑話？我哪裡能收他做徒弟？」

元兒本低著頭往前走，以為仙師形象必似天人，心中矜持過甚。一聽說是不行，立時頭上轟的一下，嚇得渾身抖戰。既未聽清下文，也未看清對面師父形象，眼睛一花，幾乎暈倒在地。兩眼淚珠，不由自主地掛了下來，正在愁急，哪裡還敢仰視。猛地又聽一人老聲老氣他說道：「你這老不正經的矮子，對初見面的小孩子也這般嚇唬他。你不收，我便帶往九華山去，看你五十年後，末代衣缽傳授給誰？」

那話帶童音的又答道：「你愛，你就帶走，我如非齊道友再三相勸，我正沒這番耐心呢。」

元兒才聽出兩位仙人是在說笑，心神略定，不禁偷眼往上去看，到底仙人是什麼樣的仙風道骨。這一看不打緊，如非預知師父矮出了名，幾乎疑心所見並不是自己的師父。

原來院中生著兩株不知名的大樹，葉大如掌，枝幹奇古，高有十丈。左側一株，兩個枝杈上各坐著一個矮老頭兒，一個穿的又髒又破；另一個比較生得還要乾瘦些，衣服雖也破舊，卻是通體乾淨得多。在兩枝相間的一個枯禿樹幹上，放著一個玉石棋盤，也未聽棋子落枰之聲，只見二人互相嘲笑應答，目光卻俱注視著觀外遠處，好似甚為留意。

再看陶鈞和另一個拿著酒壺的瘦長漢子，俱都垂手侍立在大樹之下，動也不動，態度恭敬。知道內中必有一個是自己的師父朱真人，才想起陶鈞給自己通名以後，還忘了行那拜師之禮，忙即將身跪倒，口稱：「恩師俯賜收容，感恩不盡。」還未說完，那老聲老氣的一個便說道：「你師父和我一樣，不喜歡這些假禮節，想看，上來，也讓你小孩子家看個新鮮玩意。」

說罷，元兒便覺一股大力量吸到身旁，身子凌空而起，轉眼到了樹椏上面，這才知道對面瘦的一個，是自己師父，卻又沒理自己，仍是全神貫注前面，因那老聲老氣的一個將他放坐在側，雖初見師父，但人在樹椏上，不便跪拜。正在惶恐，那老聲老氣的又道：「你這孩子適才在樹下偷瞧，山外景物這般有趣，既已上來，你怎不看？」

元兒聞言，隨著師父目光所注處往外一看，因為存身絕高之處，休說觀外景物人目分明，就是山外的山河市集，田疇城鎮，也是一覽無遺，元兒生具異稟，自從巧服仙草，已變成了一雙通天慧眼，差不多可以穿雲透視，何況遠地無雲霧之處。元兒先看近處，並無什麼出奇之狀。再往對面西北方極遠之處一看，那裡是一片綿延不斷的雪山，皚皚一白。山腰上站著幾個人，因為相隔太遠，目光所及，才如豆大，只見蠕蠕轉動，看不清裝束容貌。空中卻有幾道數尺長的金光、青光、白光、綠光，閃電一般絞在一處。

看有一會，忽聽那老聲老氣的老頭說道：「老朱，我助你一臂之力吧，也好使你早點收這個好徒弟。」說著將手一揚，一道金光似金蛇一般，帶起一陣破空之聲，電閃星馳，直往山那方飛去，轉眼沒入青冥，只剩一絲金痕閃動，及至到達，又和初出手時大小相差無幾。元兒知道遠處觀物都很細小，如以那雪山上的人作比，這幾道光華最小的也有尺許粗細，十多丈長短，想不到仙家飛劍竟能大小由心，指揮行使於千百里之外，異日自己如能煉到這等地步，也不枉出死入生，受這一番跋涉辛苦。

元兒正在注視尋思，忽見先前那幾道光華原本互相絞結，相持不下，自從末後這道金光一去，頃刻之間，便見金光、白光勢盛，其餘光華逐漸低弱，又鬥了一陣，內中一道灰黃色的光華竟被兩道金光絞散，化成許多星雨消滅，緊接著，其餘幾道光華也都四散飛逃，耳聽師父說道：「且饒了這幾個業障，我們仍舊下棋吧。」

元兒聞言，回視二老同時將手一抬，那兩道金光便自離了雪山，往回路飛轉，留在雪山上的人們，俱已隨了光華逃走。只剩一人，也將空中停留的一道白光斂去。眼看他走過山側消逝，耳旁又聽破空之聲，只見兩道金光一同飛回，二老各舉手一招，便在身旁隱去，二老若無其事，一邊一個，坐在樹椏上下棋。元兒橫坐在旁側樹杈上，暗想：「對面便是聞名已久的師父矮叟朱真人。身旁這位仙師，看適才放出飛劍神氣，竟與師父本領不相上下，可惜不知他的名字。」

元兒正在胡思亂想，忽然滿院光華，耀眼難睜，光斂處，現出一個鶉衣鳩首的花子，一落地便哈哈笑道：「佳客到來，還不下來接待，你二人只管下那殘棋則甚？看我給你們和了。」

說罷，未等二老答言，將手朝上一揚，元兒剛覺一股罡風劈面襲來，便聽身側老頭罵道：「你這沒長進的老花子，既想創立教宗，就該把你那看家本事傳他們，沒的使他們出來丟人現眼，吃人家的虧，適才如不是我想先見識見識朱矮子的高徒，將棋枰移上這裡來，看見不平，飛劍相助，你那徒弟怕不被魔崽子給活剝了？不謝我們，還來說嘴，無故擾人清興，真是豈有此理！」說時，也將手朝花子揚了一揚。

花子聞言，剛要答話，朱梅搶說道：「你兩郎舅，一個半斤，一個八兩，來了俱是一般惹厭。看在五姑份上，不與你們一般見識，花子一來，這局棋也沒法再下，由它放著，改日再分勝負，且下去喝點本山的猴兒酒吧。」說著，兩個老頭俱都落在地上。

元兒也連忙縱了下去，跪在三人面前。剛叩了幾個頭，朱梅指著那老頭和花子說道：「這兩人一個叫追雲叟白谷逸，一個叫怪叫花凌渾，俱都是你師伯，快磕一個頭，和陶鈞到一邊去，我不願見你這拘謹樣兒。」

元兒從紀登、陶鈞二人臉上恭敬神氣中，悟出師父用意，聞言朝白、凌二人各叩了兩個頭，起身站向陶鈞肩下。紀登早往室內取出酒脯，設在當院石桌之上。朱、白、凌三人，相次落座。

凌渾指著元兒，問朱梅道：「這孩子就是日前齊道友勸你收歸門下的那個麼？無怪他說好，連我看著都順眼。我收門人向來憑我自己喜歡，不論資質，都要似齊道友和你們這樣選擇得嚴，哪有許多？今日你見我那孽徒一人獨鬥群魔，還不怎太弱吧？」

朱梅道：「趙心源在你門下才只二十年工夫，劍法已深得你的心傳，剛才谷逸尋我，要下完嵩山少室那盤殘棋，是他要看我新收弟子上山時光景，才將棋枰移向高處。才一上去，便遠遠望見兩個魔崽子雙戰你的令高徒，正在相持不下。後來又有兩個五台餘孽路過，趁火打劫。我恨他們倚仗人多，以強凌弱，飛劍出去相助。不多一會，谷逸也將飛劍放出。他們如何能是敵手，不消一會，便將一個魔崽子的飛劍絞成粉碎，餘下三個見機遁去。我二人解了令徒之圍，知他們這群餘孽還有幾年氣運，懶得再費心神去追趕他們。

「正想下完那盤殘棋，你就來了。你這花子素常無事不尋人，尋人沒好事。我近日已受了齊道友之托，三二日內要赴峨嵋凝碧仙府，與眾道友商議三次峨嵋比劍之事，如有為難之事，切莫再照顧我。」

怪叫花凌渾道：「你這矮子倒會猜，可惜只猜著了一半，你知道那妖屍谷晨麼？他的惡貫快要滿盈，不久自會伏誅。我本不願管他閒事，偏他竟敢惹我。我徒弟魏青在嵩山頂上採藥，路遇他師妹凌雲風。那是我的侄孫女兒，三人正閒說，被他用妖法攝走，陷入重泉九地之下，準備取他二人的生魂，煉那九地腐仙妖法。論本領，我原可以制伏他。只是這妖屍自被峨嵋諸道友連挫銳氣，益發詭詐，善於趨避，知他重泉九地共有十八穴，如果一擊不中，不把人救出來，這東西又辣又狠，必先下毒手，豈不反誤了他二人性命？我凌家子孫無多，我妹子又在開元寺坐化，自是因她前生殺孽大重，塵劫猶未轉完。別人尚可，白矮子豈能坐視不理？為此拖他前去相助行事。有我二人同往，縱不除滅妖屍，准可將人救出。我正想去九華尋他，路過此地，看見你二人劍光從那面飛來，知他在此，特來相約。哪個用你則甚？」

朱梅笑說：「你當我真不知道你的來意嗎？你平時總不服人，這事又早落在齊道友的算中。你既知妖屍惡貫滿盈，怎未算出應在你的身上？適才接了齊道友的飛劍傳書，說你要來，便是谷逸，也為此事在此等你。可見要作一派宗主，實非易事。像你一意孤行，與人不同，雖然你門人當中不乏能傳之士，到底限於天賦，總是事倍功半，費了你無窮心力，比起峨嵋門下還是不及咧。」

凌渾冷笑道：「矮子你少說嘴。我如不是知道峨嵋派承長眉真人正統，得天獨厚，我也不遠走滇西，另立教宗了。齊道友最近在凝碧崖靈翠峰微塵陣中，得了長眉真人帝府天籙、兜率真敕，道行高出濟輩，何消你說？我雖不才，還會知難而退，不與勝己者抗衡，於正邪諸教外另立教宗，傳先師鐵肩老祖衣缽，還不似賢昆弟這般不知自量，老著臉，創什麼青城派，又和峨嵋派藕斷絲連地挾以自重，那才是既不能號令，又不受命呢，虧你還有臉挖苦人。」

朱梅哈哈笑道：「你這窮叫花，這麼多年來還是火性未退，本門先師與長眉真人，原屬一家，無分彼此，本無須另創立什麼門戶，只因先師羽化時節，同輩師弟在先師前立下宏願，要積修十萬外功。我因塵緣將了，師弟好意，與齊道友商量，才創這青城一派，同是行道濟世，但求盡心，分甚本領高低？你說這話，全是私心自用，無怪你這麼多年來終是野狐禪咧。」

凌渾方要答言，白谷逸道：「照齊道友來書所說，後日方是妖屍授首之期，有這些閒時候，我們三人相聚，正可暢飲矮子的好酒，只管爭論則甚？」

凌渾也笑道：「我只恨你們這些人專以正統自命，難道別派中就無能人？我本不算什麼好手，那神駝乙道友行徑也和我差不許多，他也不是道門正宗，如論本領道行，恐怕齊道友也難與他分高下吧？」

說時，朱梅忽然回首看了元兒一眼，命紀登，陶鈞將元兒領往後面，先進了飲食，等到傍晚客去，再聽吩咐，元兒又要跪謝，被陶鈞拉了他一把，暗使眼色止住，元兒只得隨了紀、陶二人同往後院。一看，院中石桌上杯著早已設好。陶鈞進屋取了酒食出來，三人重新見禮落座。

陶鈞未從師時，本來好客，有「小孟嘗」之稱。雖在山中多年，仍是少年時心性，生平又愛英俊靈敏的人，見小師弟裘元小小年紀，武功已練到了很深地步，再加上膽識氣宇迥異恒流，休說尋常小孩子，便是上次峨嵋開府，凝碧崖太元洞各派老少群仙聚會，所見許多已然煉成飛劍、出入青冥的小輩同門當中，資質勝過他的也無幾個，年紀卻都比他大得多，目前初來，便是如此，將來成就自不可量，無怪師父、師叔屬望甚殷了，惺惺惜惺惺，因此對他又歆羨，又愛惜。除殷勤款待外，陶鈞沒等朱梅吩咐，已先把入門口訣、坐功起始一一傳授，又把元兒身佩雙劍取出，給紀登詳觀。知是異寶，俱都讚不絕口。

元兒本來聰明絕頂，因為紀登雖是師兄，卻與銅冠叟交好，於親近之中，處處以前輩之禮相待，還有一些拘束。及見陶鈞對他甚厚，有問必答，不似紀登沉靜，素寡言笑，不由對於陶鈞格外要親熱些，也是二人情性相投，一見便成莫逆生死之交。元兒除敬領傳授默識於心外，心中老想探聽師父為何說笑那般不羈，全無一點尊長莊重之容，以及那姓白的老頭與後來窮叫花的來歷，只是不敢開口，幾次想問，俱在口邊縮住。

陶鈞見他口齒遲疑神氣，猜出他的心意，便說道：「我們這位恩師人最灑脫，最恨虛偽，你只要率性而行，事事誠心實意，必邀青眼，不過他老人家對於尋常禮節雖然放縱，不計細行，可是大處家規極為嚴厲，犯者必以飛劍處死，決無寬恕，據我想，他老人家的意思，是要人自己向上，不須師長督飭，方為上駟之材，我們作為弟子，應體師門厚德，不尚俗禮，內心崇敬，自然誠中形外了。

「至於先來那位白師伯，乃是現在九華山隱居的有名老劍仙追雲叟白谷逸。以前與師父齊名，同隱河南嵩山少室，人稱『嵩山二老』，後來移居衡岳，不多年前，又移居九華山峨嵋掌教夫人別府鎖雲洞的，門下弟子只有三人，卻是一個勝似一個，內中一個姓岳的，更是本領驚人，將來自會與你相見。

「後來那位，也是鼎鼎大名的雲南派宗主，青螺峪的怪叫花窮神凌渾。這位師伯劍法自成一家，與哪一派都不相同，隱身乞丐，遊戲三昧，各異派中妖人遇見他，無不聞名喪膽。

「這三位老人家俱是多年患難知己之交，每到一起，必要暢飲歡聚，無話不說，凌、白二位更有郎舅至親之誼，曾為一事反目多年，近十年來才和好的，今日凌師伯未來以前，師父曾接峨嵋掌教真人飛劍傳書，聽說是為了妖屍谷晨之事，師父說凌、白二位今晚便要動身，而師父也留此不久。

「若照我們以前初入門時規矩，均須受過許多勞苦，才能得到師父傳授，只你一人，因為師父不能在此久留，今晚夜靜，便即傳授心法，你這樣好的天資，再加上我和紀師兄從旁指點，又有你自己帶來這兩口寶劍，不消半年工夫，縱不能身劍合一，也能與異派中的後輩一分強弱了。

「師父雖然不在本山，無人敢來侵犯，附近風景甚好，盡可在做完功課之後隨意遊玩。看你年紀雖輕，卻極老成，別無可慮。只有觀前那兩隻仙鶴，本是髯仙李元化師伯在仙霞嶺收來，贈與師父。這兩隻畜生，曾受一個異派中妖人豢養多年，頗有靈性，只是舊習未除，專好弄些狡獪，我有兩次幾乎上了牠們的大當。師父走後，少去招惹牠們，以免師父不在家，弄出事來，適才傳你的口訣，乃是入門功夫，且等晚間師父試了你的道心，再練習吧。」

元兒聞言，自是又高興，又感激，一一記在心裡。一會吃完，紀登出去約有個把時辰，進來對元兒說道：「凌白二位師伯，說是趁這半夜時光，趕往鼎湖峰約請一位精於地行的道友，已然走去。師父現在前面喚你呢。」元兒忙即應聲，隨了紀、陶二人往前院走去。見朱梅獨自一人，仍然科頭跣足，坐在院中磐石上面，正在調弄那兩隻仙鶴呢！元兒重又跪倒行禮，朱梅吩咐元兒起身，盤了雙膝，對面坐定。

第三章　千里御風

朱梅用手先摸了摸元兒頭頂，命元兒閉好雙目，不要妄動。元兒已得陶鈞預先提示，忙把心志一收，垂簾內視，屏去一切雜念，澄神定慮，靜以俟變。剛把鼻息調勻，便覺朱梅的手在脊樑命門各要穴上輕輕按撫了幾下，漸覺著一股熱氣由足底緩緩升了上來，漸升漸速，熱也隨著增加，霎時佈滿全身，越久越熱得難受。

元兒先還覺難忍，未幾心靈一靜，神儀內瑩，猛地又覺頭頂命門被人拍了一下，立時覺著一股涼氣佈滿全身，好似一瓢冷水當頭潑下一般，奇冷難耐。如是由冷而熱，由熱而冷者好幾次，好容易把冷熱都忍了過去，猛地又覺周身疼癢交作，恍似百蟲在骨裡鑽咬，無處抓撓，比起奇冷奇熱還要難受數倍。

知是最緊要的關頭，一不能忍，前功盡棄，暗將心神守定元珠，由它難受，一切付之無覺，待有兩個多時辰，疼癢忽止，周身骨節又作起響來，響有頓飯光景，才由周身響到腦門。咔的一聲，命門間似被斧劈開一般痛了一下，所有響動全都停歇。耳聽陶鈞喚道：「師弟大功告成，還不快些叩謝師父麼？」

元兒睜眼一看，朱梅滿面笑容坐在對面，紀、陶二人仍是垂手侍立左右，自己身上已然復了原狀，只覺比起適才打坐前要輕靈得多。連忙上前跪倒。

朱梅說了句：「孺子可教。」吩咐起立。又將元兒身佩的雙劍要去，仔細看了看，說道：「靈樞故物，果不虛名，你有此雙劍，得我真傳，十年之後，異派飛劍無敵手矣。」

說罷，又對元兒道，「你因服過靈藥仙草，加上本來異稟仙根，成就必速。我不久後赴峨嵋，今日先將本門劍法傳你，除我在這裡早晚加緊傳習外，我走之後，每日可隨你兩個師兄修煉。等我峨嵋歸來，再引你去見師叔。本門戒條，只有殺、盜、淫、妄諸條，專重大節，不拘細行，以各人自己勤修為主。用功之外，僅可在山中隨意閒遊，但在道未成時，不准擅自離開青城，以免遇上能手，替我丟人現眼。尤其這兩口寶劍來頭很大，是曠世奇珍，要隨時備帶，早晚用我口訣勤加練習。在身劍未能練到合而為一時，須防外敵巧取強奪，務要小心，不可絲毫大意。」

元兒敬謹領命。當下由朱梅傳了心法口訣，便隨陶鈞前去安置。元兒因師父不久長行，日常用功甚是勤苦。

過有十來天，朱梅應乾坤正氣妙一真人之約，前赴峨嵋，眾弟子送至門外。那幾隻仙鶴也跟著在空中飛翔，直等朱梅走沒了影子，才行降落。

元兒因連日一心用功，不曾出門，金鞭崖的景物尚未仔細觀賞。既送朱梅走後，站在崖前往四外一看，遠近群山都在足下。雲煙浩森，大小峰巒被雲包沒，只露出一些角尖，像海中島嶼一般時復隱現。真是波瀾壯闊，變幻無窮。元兒當著天風，憑凌絕險，對著眼前奇景獨自出神，懷想方、司兩家，不知可曾移走？忽聽身後陶鈞道：「師弟初來時，正值師父與白師伯在大樹上對弈，放飛劍出去，助凌師伯的弟子趙心源與幾個異派中人交手。那雪山離此少說也有三四百里，你卻一目了然。後來聽師父說，才知師弟在夕佳巖絕頂古洞服了靈藥仙草，不但目光看得極遠，還能透視雲霧。今日雲霧濃密，你看今日雪山頂上可有什麼異狀麼？」

元兒聞言，往雪山那一面看了看，答道：「小弟幼時目力本較常人稍好，自服仙草，雖能透視雲中景物，畢竟有些模糊，只能看個大概而已。前日師父說小弟已成天眼，特地開了殊恩，賜小弟上乘超觀妙法，說照此練去，三月之後，便能上察青冥，下視無地。正在練習，因為日淺，尚無進境。今日雪山那一面雲霧更密，依稀之中見一些山巒白影，看不出有何異狀。師兄可看出什麼沒有？」

陶鈞笑道：「愚兄雖列師門一二十年，如論資質，還不及師弟一半，哪能遠視數百里之外？不過隨便問問罷了。」

說時，元兒因這數日中，那兩隻大鶴每值有人談話，必在側靜立，偏著長頸看人，好似留神諦聽神氣，便向陶鈞道：「師兄，你看這鶴，每次我們說話，牠們總在旁不走，莫非懂話麼？」

陶鈞道：「豈但能通人言，這兩個東西壞著呢。」說罷，回手就是一掌，正打在內中一隻的頸上。那鶴出其不意，挨了一下，偏頭朝著陶鈞連聲長鳴，振翼低飛，往觀中逃去。

陶鈞怒罵道：「你這扁毛畜生，還敢不服麼？」說著，便要追去。嚇得那另外一隻大的也慌不迭地跟了飛逃。

元兒忙把陶鈞攔住，無心中看見先逃那隻，翼下有許多紅點，比後逃那隻也要小些，方要詢問，陶鈞道：「這兩隻大鶴，頭一隻因為曾代妖人守山，翼下面劫砂點子沒有退盡，名叫紅兒，後一隻叫雪兒，還略老實些。這紅兒最是好惡，專好捉弄人上牠毒當。如非師父喜牠有些靈性，上次我差點為牠壞了道基，恨不能用飛劍殺死，才解氣呢。」

二人儘管問答，紀登只在旁微笑，不發一言，同在崖前閒立了一陣，便都回觀用功。

元兒在觀中一住二月有餘。鑄雪、聚螢兩口仙劍雖未練到身劍合一，與陶鈞交起手來，指揮運轉，無不如意了。

這日鶴糧將罄，紀登因那鶴好闖亂子，不敢解了牠們禁法，仍和初收時一般，由牠們自去覓食，便命陶鈞下山辦糧。陶鈞領命走後，元兒因對紀登從來敬畏，不似對陶鈞隨便，見他正在調神打坐，不敢驚動，獨自一人，持了兩口雙劍，在崖前練習劍法，剛剛練完，忽聽空際鶴鳴，抬頭一看，正是紅兒和雪兒兩個，離頭約有十丈高下，不往飛鳴盤旋，只不離開山頭數里方圓以內，知有師父法術禁制，不能遠走。一時閒中無聊，打算調鶴為戲。

試把手一招，二鶴居然聯翩飛下，落在元兒面前。元兒一高興，便迎上去，撫弄二鶴身上雪羽。二鶴也緊依元兒身側，甚是馴良解人，越發喜愛，頓將陶鈞前次囑咐之言忘了個乾乾淨淨。調弄了一陣，忽又想起方、司兩家移居且退谷，計程不過數十里之遙，可惜這鶴不能飛去；再者，自己目前每日要加緊練習飛劍，劍術未成，不能離開此崖。正好用牠傳書，也可藉此得一點家中父母的資訊。

正在尋思之際，二鶴交頸低鳴了一陣，紅兒忽然振翼飛起，元兒以為牠又和適才一般，就在當頂盤旋，誰知紅兒飛沒多高，倏地一束雙翼，直往後山腰深草樹中投去。紅兒才飛去不久，雪兒也跟著飛起，只是不曾下落，僅在紅兒落處的上空不住飛鳴，音聲悲楚，迥不似先時清越嘹亮。元兒自來此間，從未見二鶴往山下面降落，先時並未留意，後來見上下二鶴一遞一聲哀鳴不已。自己目力雖能視遠，偏偏後山一帶叢莽繁茂，遮住目光，只見紅兒身上白羽在草樹叢中撲騰起落，似與什麼野獸之類在那裡爭鬥。雪兒在上空幾次飛鳴下撲，俱是欲前又卻，彷彿有些畏懼之狀。

元兒越看越覺有異，暗忖：「這時已是秋末冬初，各處草木俱已黃落，怎麼後山腰這一片地方的草木仍是那般鬱鬱蔥蔥的?常聽人說，仙鶴好與蛇蟒相鬥；凡是毒蛇大蟒盤踞之地，土皮草色俱呈異狀，不是寸草不生，便是長得特別茂盛。二鶴這般形狀，莫非與什麼蛇蟒相持麼?」剛想到這裡，忽見紅兒飛高了些。緊接著草樹叢中竄起一條大蛇，通體紅鱗，並不甚粗，卻甚細長，下半身還隱在叢樹之中，單這上半身已有兩丈長短，赤信如火，嗖嗖吞吐，看去甚是凶惡。等紅兒一飛高，便自退落，一經飛臨切近，重又出現，二鶴只管哀鳴相應，雪兒始終沒有飛落，紅兒也只虛張聲勢，不敢驟然下擊，元兒再細往那蛇盤踞之處一看，不由又驚又怒，一縱身便往山下跑去。

原來那蛇幾番起落，盤處的草木已被蹂平，全身現出大半。除上半身不時上躥，與空中紅兒相持外，下半身還纏著一隻比紅兒稍小的仙鶴，雙翼已被那蛇連身束住，只剩一個頭頸在外，左右亂擺，鳴聲低微，想已去死不遠。那蛇每次回身去咬鶴頸，紅兒便翩然下擊，那蛇見有敵人，只得捨了到口之物，飛身上迎，紅兒好似不敢與牠力敵，又不捨得那危難中的同伴，只是乘隙取鬧，使牠不能如願。

這樣又是兩三次過去，惱得那蛇性起，口裡發出吱吱怪聲，等紅兒末次下擊，逕自捨了下半身所纏之鶴，長虹射日般往上飛起時，元兒業已趕到，相離一箭之地，元兒更不尋思，將手一揚，右手聚螢仙劍飛將出去。青螢螢一道光華過處，那蛇知道飛劍厲害，想逃已是不及，竟然齊腰斬為兩截，下半身墜落叢莽之中，上半身帶起一股血泉，躥出老遠，才行落地。

元兒解了鶴厄，心中歡喜，以為險些被蛇所纏之鶴，定是本觀所養那隻小的，雖然蛇死脫險，不知能否全活，正在可惜，待要奔將過去察看，忽聽空中二鶴連聲交鳴，叢莽中也有了應聲，身子還未近前，那隻被束之鶴在地下略一撲騰，已沖霄飛起，飛得又快又高，迥不似曾受重傷神氣。眨眼工夫沒入雲空，不知去向，並未往觀中飛回。

元兒仍未在意，走到死蛇落處一看，那裡草木真是又肥又綠，秀潤欲滴，目光到處，叢莽圍繞中，隱隱似有一個二尺方圓的洞穴，四圍密藤蔭翳，下面隱隱有光。猜是毒蛇窟穴，因護穴藤蔓上有刺，不願下去。回身時節，鼻端微微聞見一股子異香，因為急於回觀，看看飛去的是否觀中那隻，也未細察異香來源，便往回走，這時紅兒已然落下，挨近元兒，甚是依戀，大有感恩之態，元兒走沒幾步，紅兒竟攔在前面，伏下身來，伸出長頸，往元兒胯下便鑽，意思似要元兒騎牠上去。

從崖上到崖下山陰一帶雖有坡，不似餘下三面盡是千尋峭壁，無可攀援，但是崖危磴險，窄不容足，後山到山腰相去百數十丈，也有幾處極難走的地方。元兒初下來時，一則練了兩個多月劍法，身子愈輕；二則情急救鶴，滿身勇氣；三則下山只要心神不亂，觀準墊腳之處，自比上山易些。及至斬完了蛇，往回路走，才看出山勢之險。雖然不覺其難，到底沒有下時輕快；加上童心未退，常聽陶鈞說，峨嵋同門中，頗有幾個駕馭仙禽的女道友，早就有些神往。一見紅兒自己伏地，大有願為坐騎之意，不禁心喜，問道：「你見我幫了你的忙，想叫我騎你上去麼？」

紅兒長鳴了一聲，將頭連點。元兒只圖好玩，哪還計及利害，竟然攀著紅兒長頸，坐了上去。果然飛翔甚速，展翼凌空，轉眼之間已過崖頂，直上青冥。

元兒見牠過崖時不曾降落，不但不以為異，反當紅兒感恩心切，想讓自己嘗嘗仙家騎鶴空中飛行滋味。加之有師父法術禁制，或許不過在近空高處盤旋罷了。先時一味高興，不疑有他，誰知那鶴一經飛過高空雲層，竟然掉轉頭往西南方面飛去，瞬息數十百里，越走越遠。猛想起陶鈞以前所說，這才著起慌來。

元兒雖具異質，到底學劍日淺，尚未練到馭劍飛行地步。如果上下數十丈相隔，還可冒險縱身下去。此時天地相隔，何止萬千丈之遙，稍一失足，怕不成為齑粉。自知上了大當，但事已至此，只得兩手緊握鶴的翅根，由牠背著往前飛走。

元兒有心想問紅兒為何剛解了牠的大圍，反倒恩將仇報，捉弄自己。偏偏雲空高寒，罡風甚勁，劈面直吹，幸是元兒，如換旁人，凍也凍死，哪裡張得了口。又想起自己離家別親，受盡千辛萬苦，死裡逃生，好容易仙緣遇合，道法尚未煉成，又遇見這種意外變故，看上去，禍多福少，越想越傷心。恨到極處，本不難一劍便將紅兒殺死。無奈自己安危寄在牠的背上，除了打算同歸於盡外，這東西如此狡惡，還要留神牠壞上加壞，得罪不得。只不知師兄明明說牠受了禁制，怎地仍能遠飛？

元兒正在提心吊膽，胡思亂想，紅兒飛行漸緩，忽然在空中盤旋起來。元兒低頭往下一看，只見下面雲霧甚密，慧眼透視下去，彷彿是座山谷，樹木花草甚是繁茂。一會，身子已隨鶴背降入雲霧之中，滿身都被包沒，水氣浸在身上冷陰陰的。轉眼飛落雲層，下面景物看得越發清晰。只見滿山滿谷都是奇花異草，紅紫相間，五色競秀，恍如錦繡堆成一般，奇麗清幽，平生幾曾見過。眼看離地還有十餘丈光景，忽見前面靠山一片平原的萬花林中，跑出兩大三小五隻梅花鹿來。

接著又聽鶴鳴，林中又有兩隻鶴朝自己迎飛上來，紅兒一見對面兩隻鶴，也跟著長鳴相應。元兒只顧東張西望，猛覺紅兒兩翼一抖，身子一側，倒翻過來。元兒因為離地已近，下面風景已好，覺出紅兒不似有惡意，失了防範，萬不料到紅兒有此一著，一個疏神，竟然鬆手，從鶴背上墜了下來，不禁大吃一驚，忙一使身法，用了個狂花颭地的招數，飄然落地。身剛站穩，正想怒罵紅兒幾句，就勢將牠頭頸用身上絲帶捆住，再用寶劍威嚇，仍由牠背了回去。誰知紅兒和那林中飛出來的白鶴振翼飛起，沖霄而去。

元兒方自憂急，忽聽有人叱道：「何方膽大頑童，竟敢擅入仙山？難道不怕我虞家姊妹的寶劍厲害麼？」音聲嬌婉，清音入耳，彷佛少女說話，元兒回首一看，從先前那幾隻梅花鹿後面的花林以內，又跑出一隻半大不大的白鹿，上面坐著一個年約十四五的紅衣少女，手持一支玉蕭，背插單劍，腰間還懸著一個金黃色的葫蘆，花光人面，掩映生輝，越顯得秀麗如仙，容華蓋代。

元兒因坐騎已然飛走，不知還會回來不會，而所落的山又不知名，與青城相隔必然甚遠，難以回去，本已憂疑萬端。再聽騎鹿女子責問，益加惶恐，答道：「我名裘元，因在青城騎鶴為戲，不想被牠帶到此間，拋了弟子飛走，望乞仙姊不要見怪，容我少待片時，等坐騎回來，自會走的。」

那紅衣少女又叱道：「你一個凡夫妄入仙山，見了你二公主，還不下跪求命，竟敢信口強辯。誰是你的仙姊？快快跪下，等我審問，饒你不死。」說時，人、鹿已到了元兒面前，那少女睜著一雙剪水雙瞳，滿面嬌嗔，瞪著元兒，逼他跪答。

元兒先時只因鶴已飛走，仙山難回，心中憂急，並非有什別的畏懼，一聽少女口出不遜，便也生氣答道：「這山又不是你家造出來的，我不過是騎鶴閒飛，偶落此地，暫時歇腳，又沒有損壞你家一草一木。好意尊你一聲仙姊，為何出口傷人？男兒膝下有黃金，怎能跪你？好男不和女鬥，也不和你計較，我偏在此不走，看你把我怎樣？」說罷，氣得小腮幫子一鼓，將頭往側一偏，裝作不愛答理。暗中卻在準備，以防不測。

那少女聞言笑罵道：「你這紅眼小賊，竟敢和你公主頂撞，不和你說明，少時你做鬼，也不知道是怎樣死的。這裡是萬花山長春公主的仙府，何人擅敢到此？你一個無知頑童，俗子凡夫，汙了仙境，還敢大膽胡言。看你身帶寶劍，好似還不甚壞，不叫你見識見識，你也不知道你二公主的厲害。」一面說，早縱下白鹿，回手一按身後的劍，一道青光，劍已出手。

元兒這時已想起時當冬初，全山卻溫煦如春，萬花競放，又有鹿鶴往來，以及少女裝束穿戴，在在不似凡境，又自稱公主，必有來頭，無奈適才氣忿頭上，話已說滿，對方又是少女，不好意思再和人家說軟話，更因師父朱梅從不服低，自己縱肯退讓，日後傳說出去，豈不弱了師父的名望？

見少女將劍拔出，勢難避免，自己人單勢孤，不知當地虛實，還在持重，便對少女道：「我在此等鶴飛回便走，又沒招惹你，你我往日並無仇怨，苦苦相逼則甚？再說我這兩口仙劍乃仙人傳授，非同小可，如今我可讓你，要是真個動起手來，那時寶劍無眼，將你誤傷，豈不叫你家大人怪我？」

那少女罵道：「我便是此山之主，紅眼小賊，只管拔出劍來交手。贏得我，連這山都送與了你，再若延遲，不拔出劍來，你姑娘便動手了。」

元兒見少女無可理喻，不禁氣往上撞，將手一按鑄雪劍，寶器出匣，銀光射目。

那少女一見那劍，臉略一驚，更不答話，早一縱身，舉手中劍刺將過來，元兒且不還手，也將身縱過，待再勸說幾句，不料少女看去盈盈弱質，年紀甚輕，身法卻甚輕捷，元兒避縱過去，身剛落地，還未站定，少女的第二劍又已縱身刺來，元兒猛覺腦後寒風，青光晃到，知道厲害，忙使一個仙鶴盤飛的解數，就地一旋，側縱出去，二次將劍避開，那少女真是疾如飄風，第三劍又從元兒身側刺到，元兒連讓三劍過去，因為少女劍法精奇，迅逾飛鳥，不禁動了欽佩之心，第三次避開時，縱得甚遠，趁少女還未追到之際，忙即回身勸說道：「公主你且住手，說完兩句話再打。」

少女剛好追到，舉劍要刺，聞言停手，問道：「你怯戰麼？既怕我，就不該說那大話，快快跪下，我便饒你。」

元兒從小慕道，不喜與婦女相近，又在年幼，更無燕婉之思，先時不過覺著少女美貌，並未細看，及喊少女停手，不過因佩服少女的本領，恐傷了她，想再勸她幾句。及至與少女一對面，看清了容貌，不知怎的，竟會有了愛好之心。暗想：「這麼好的地方，又有這般本領的好女子，常言說得好：『不打不相識。』倘若這次紅兒不是存心要自己上當，也和上次誤走百丈坪得交方、司兩家一般，日後騎鶴飛行，常常來往，豈不有趣？」

那少女見元兒注視自己，尋思不語，嬌嗔道：「你這小賊，鬼眼看人，打又不打，話又不說，要投降，快快跪下，還來得及。」

元兒笑道：「都是人，我跪你則甚？就算我跪你一回也不要緊，你也不見得有什便宜，會多長塊肉。不過我們打了一陣，彼此還沒知道名姓，我將你殺了不說，要是你將我殺了，我做鬼也知道姊姊的名兒，也不冤枉。」

少女怒罵道：「你這小賊鬼頭鬼腦，也配問你公主的名姓麼？你就做個糊塗鬼吧，我又不和你結親。」

說到這句，元兒聞言一笑，本是見那少女目秀澄波，眉凝遠黛，冰肌玉骨，美秀如仙，薄怒輕嗔，越顯嫵媚，有些神往，並無他意。少女卻認為他是故找便宜，自知把話說錯，收不回來，立刻把臉一沉，更不再說，劈手一劍，當胸刺來。元兒也不再客氣，決計施展近日所學本領，將她制服之後，再與商量，一見劍到，喊一聲：「來得好！」

更不躲閃，把劍一橫，使了個項羽橫鞭，迎了上去，雙方各帶起丈許長的青白光芒，碰在一處。耳聽鏘啷啷虎嘯龍吟般響了一聲，二人俱知遇到勁敵，各自顧劍，分別縱將開去，劍上餘音猶在繞耳。元兒低頭一看鑄雪劍，依舊銀光耀目，玉芒無虧，少女一看自己的劍，卻已被元兒的劍砍了一個缺口，不禁勃然大怒，罵道：「紅眼賊，竟敢傷我仙劍，你公主不殺你，誓不為人！」說罷，又縱身一劍刺來，元兒急架相還。一個是痛惜至寶，動了真怒；一個是天生異質，真仙傳授，各把全身本領施展出來，就在這花城錦障之間，虹飛電射般殺將起來。

元兒與少女彼此鬥了一陣，少女雖是自幼得道，畢竟不如朱梅是玄門劍法正宗。再加元兒天資穎悟，苦心參修，雖然日淺，已是心領神會；所用寶劍又是仙遺至寶。少女漸漸有些相形見絀起來，還算元兒小心眼中，一心想和那少女做一個朋友，不肯施展毒手，幾次飛劍出手，未下絕情，俱被少女避過。

少女見勢不佳，自己寶劍已然受了微傷，不敢隨意抵敵，一味用巧，未免又吃了一點虧。時刻一久，越發手忙腳亂，暗恨姊姊偏在此時出外遊玩，讓我受這野孩子的氣，正在煩惱氣忿，猛想起：「這野孩子如此可惡，再打下去，必無倖理。身邊現有異寶，何不取出一用？雖然母親遺命，再三禁止妄用，無奈勢已至此，非與敵人拚個你死我活不可，也就說不得了。」

想到這裡，正趕元兒一劍砍來，少女舉劍，打算橫攔上去，猛又想起敵人寶劍比自己厲害得多，不捨寶劍受傷，心神一亂，迎敵略遲了些，元兒身手何等矯捷，這頭一劍原是個虛勢，就在少女這欲攔未攔之際，倏地使了個龍蛇盤根的解數，手中寶劍微一翻折，轉壓在敵人的劍上，就勢一纏一繞，運用玄功，把真力都運在自己劍上，往回一扯，大喝一聲：「還不撒手，要送死麼？」

少女也甚機警，百忙中見敵人改了招數，方喜無須硬敵，不料敵人的劍能剛能柔，不知怎地一來，竟將自己寶劍纏住，往回一奪，立時覺著虎口震痛，對面敵人劍上白光直逼面前，耀眼生花，再不撒手丟劍，不死必傷，只得豁出，暫時將劍失去，於是暗運玄功，把手一放，朝元兒順勢送去，想藉此傷他一劍。

元兒哪會上她的當，早已防到，喊聲：「來的好！」也不就此借勢傷她，運足一口真氣，右手朝天一放，一青一白兩道光華，恍如二龍盤絞，同時沖空，飛舞而上，離地數十丈才分開。

少女見元兒既已看出自己借劍傷人之意，卻沒有收劍，也不還手，反連他本人的劍一齊往空飛去，好生不解。誰想元兒成心賣弄，右手的劍才脫手，左手早同時一按身後，另一口聚螢劍早到了他的手中，一縱步，便向少女縱去。少女手中兵刃已失，見空中二劍分開，正想藉此運氣捏訣收回，不料元兒又將身後另一口劍拔在手中，捷如飄風般到了面前，少女喊聲：「不好！」打算縱避開去時，忽聽敵人高喊道：「公主留神，防我鑄雪仙劍誤傷了你。」

少女這時已是恨他到了極處，哪肯理他，一心顧到前面，誰知剛剛縱開立定，伸手去取腰間所佩葫蘆時，猛覺眼前白光一亮，敵人空中那寶劍已帶起丈許長的白光，銀虹也似，疾如閃電，當頭飛到，想躲哪裡來得及，正在驚心等死，猛地又覺人影一晃，白光忽然不見，定睛一看，敵人笑嘻嘻地站在面前，已將空中飛下來的那口寶劍收去。才知原來他並無害自己之意，只是存心賣弄這一手，再看空中自己那口寶劍，已不知去向，想已落在花叢之內，可是哪好意思去拾。

少女不由頰滿紅雲，勃然大怒道：「你這紅眼小野盜，傷我仙劍，定不與你甘休，有本事的，敢等我片刻再動手麼？」

元兒見少女寶劍已失，手中空無所有，以為伎倆已窮，哪裡知道厲害。又見她秀目圓睜，嬌嗔滿面，更不願拂她心意。暗想：「女孩子有甚本領，不是回去喊人報仇，便是再取兵刃前來交手而已。」便答道：「你只要不叫我下跪，由我在此，等鶴飛回便走，你如不打更好，要打時，任你使甚法兒，我都奉陪，等你一會，算得什麼？」

少女氣得也不還言，早把腰間葫蘆悄悄解下，口中暗誦真言，將葫蘆蓋對準元兒一揚，口中說道：「紅眼小賊，休得逞強，以為你便贏了我麼？趁早跪下，念你適才沒敢傷我，不但饒你，我還打算留你在此，給我作一山童，否則，少時便叫你知道二公主的厲害。」

元兒笑道：「公主的厲害，我已見識過了，別的可依，只我這兩條腿，除父母恩師和諸尊長外，向不跪人。公主有甚本領，請施展出來，使我見識見識吧。」

少女怒罵道：「好一個不知死活的紅眼小賊，死在目前，還敢在你公主的面前花言巧語，你看我用法寶取你狗命。」說罷，便將葫蘆蓋揭了開來，立時從葫蘆口內冒出數十道火焰，直朝元兒飛去。

元兒到金鞭崖日子雖然不多，平時常聽陶鈞說起異派中妖人使用邪法異寶行徑，俱都記在心裡，先時看見少女初從林中騎鹿出來時，腰間繫有一個葫蘆，本來心中動了一動，及至和少女一動手，見她並無什麼出奇本領，時候一久，又起了愛好之意，末後又把少女手中脫劍擊飛，越發看輕敵人，忘了機心，正在得意忘形，忽見少女不知何時將腰間的葫蘆摘了下來，又聽她說完那一番話，知她定要賣弄玄虛，仍未放在心上。一見火焰飛出，朝自己撲來，暗忖：

「她本人劍法還和自己一樣，不能身劍相合，運用神妙。用法寶，想必也不甚高明，定是什麼障眼法兒，聽師父說，我這兩口寶劍，不但普通異派中飛劍非其敵手，就是遇見什麼邪法異寶，只要運用本門心法，將雙劍連在一起，施展開來，雖不一定將敵人法寶破去，若是防身，也足能應付一二。」想到這時，不但沒有逃，反倒迎上前去。

說時遲，那時快，那火焰已飛到元兒面前，元兒覺著火勢奇熱，才知不是障眼法兒，心裡一驚，忙將雙劍舞動，把連日所學全都施展出來，一青一白兩道光華，舞了個風雨不透，將身子護住，火焰侵不到身上，無奈那少女因疼愛寶劍為元兒鑄雪劍所傷，二次又被擊落，覺得出生人世以來，不曾這樣掃過面子；又受了一陣冷嘲熱諷，越發大動無名，雖並不一定打算把元兒燒死，總算逼得元兒屈膝服輸才罷，見元兒劍法厲害，攻不進去，便口誦真言，將葫蘆中火焰全數放將出來，將元兒團團圍住。

元兒哪知此火乃是玄門聚煉三百年太陽真火而成之寶。並非尋常妖術邪法，先雖覺著奇熱，還可忍耐，後來火勢大盛，愈更灼膚炙肉，雖未燒到身上，再延下去，烤也被它烤死，這才知道厲害，但仍拚命強忍，舞動劍光，還想衝出火圈逃去。誰知那火竟是活的，元兒逃到哪裡，火也追到哪裡，休想逃開一步，耳聽少女連聲嬌叱：「紅眼小賊，快快跪下，賠還我的寶劍，我便饒你。」

元兒此時已由愛轉恨，見火勢太已厲害，無法逃走，聞言把心一橫，怒罵道：「無恥賤婢，我又不是你的小老公，只管讓我跪你則甚？小少爺乃青城山金鞭崖矮叟朱真人的門下，並非無名之輩，燒死自會做鬼報仇，要想跪你，簡直做夢！」一言未了，忽聽空中一個女子聲音叱道：「綺妹不得無禮。」元兒只聽了這一句，下文還未聽清，便覺心裡一陣麻熱惡躁，頭暈眼花，栽倒在地，不省人事。

過了好些時候，元兒猛覺心裡一涼，才漸漸恢復了知覺，耳邊忽聞兩三個少女在身旁喁喁細語，聲如鶯簧，甚是好聽，鼻端時聞異香，煩渴全丟，睜眼一看，身子臥在一個長約丈許的軟褥之上。面前站定三個女子，最年輕的一個正是適才用火燒自己的少女，年長的兩個，看年紀俱十八九歲之間，一個穿紫，一個穿黑，都生得亭亭玉立，容光照人，正含笑向著自己。

元兒猛憶前事，首先想起身佩雙劍，用手一摸，業已不知何時失去。這一來比要了自己的命還要厲害，不由急了一身冷汗，跳起身來脫口便問道：「我的劍呢？」

那穿黑衣的女子說道：「你不要著急，劍終是你的，不過你適才為舍妹太陽真火烤傷，幸而我和秦家姊姊來早了一步，沒有致命，但是你人一暈倒，雙劍不能護身，手面皮膚燒焦了好些，不得不將你身上衣服脫去，以便醫治，因此將那雙劍暫時解下來，由我收過一旁，等你走時，自會還你。」

元兒聞言，一摸手臉，並無傷痕，正疑那女子有些說謊，那紫衣女郎道：「師弟休要多疑，適才你委實被虞家二妹真火所傷。所幸這裡有長春宮千年萬花涼露，靈效非常，才得治癒。彼時你身上衣服已大半化成腐朽，須要脫光調敷，我等俱是女子，不便醫治，又恐怕日後朱師伯怪罪，因為這禍既是虞家二妹所惹，只得從權，由她一人將師弟衣服脫光，周身敷滿仙露，另取新衣與師弟更換，直到此時，火毒全消，才得緩醒過來，如若不信，師弟舊衣尚在林中，請看身上還是舊日裝束麼？」

元兒聞言，低頭一看，果然換了一身極華美的短衣，也不知它是用什麼東西織成，穿在身上，非常輕軟，這才有了幾分相信，因聽紫衣女子稱他師弟，又有日後怕朱師伯怪罪之言，不禁心中一動，問道：「三位姊姊貴姓芳名，因何以同門之誼相稱？能見告麼？」

紫衣女子道：「愚姊秦紫玲，與這裡長春仙府虞家姊妹乃是世交，只因為愚姊與舍妹寒萼幼遭孤露，隱居在黃山紫玲谷內，輕易不肯出外，後來蒙東海玄真子師伯與追雲叟白師伯的指引，拜在峨嵋山凝碧崖乾坤正氣妙一夫人門下，也只在大無洞內修煉，不奉師命，從不下山，所以一向極少往來，還是前年與眾男女同門奉了峨嵋掌教真人之命，下山積修外功，在雲南碧雞坊與虞家大妹相遇，結為異姓之好。

「恰巧去年因事回山，又奉師命與後山家母傳諭，談起與虞家大妹訂交之事，才知以前還有很深的世誼。日前復返峨嵋，得見朱師伯，說起新收弟子名喚裘元，仙根甚厚，今早在山嶺路遇虞家大妹，強邀到此盤桓兩日。剛剛到達，正值師弟被火圍困，因聽師弟之言，想朱師伯門下紀、陶諸位師兄也都見過幾次，新收弟子除師弟外更無別人，這才喚虞家二妹急速住手，她姊妹二人乃散仙之女，只因父母業已兵解飛升，僅姊妹二人，長名舜華，幼名南綺，雖與師弟無同門之雅，也頗有許多淵源，總算是自家人，師弟所受火毒雖消，尚須調養一日半日，我們還有許多話說，且請至仙府以內細談吧。」

元兒早從陶鈞閒談中聞得秦氏姊妹名聲，立時疑念冰消，起身下拜。紫玲連忙還禮，元兒又朝虞氏姊妹行禮。舜華也忙著還禮，南綺卻躲過一旁，抿嘴笑道：「起初要肯跪我，何致有這場禍事？偏要前倨後恭，卻累我……」說到這裡，臉上一紅，舜華又看了她一眼，便不往下再說。

元兒也沒聽清說些什麼，終是小孩心性，仍記前隙，見她躲過，便也不再行禮，這時話已講明，元兒隨眾起身時節，才把四處景物看了看，見存身之處已非適才對敵之所，地方是一個廣約十畝的草坪，一面靠著崇山秀嶺，奇石雲飛，石隙裡掛著一條瀑布，細若珠簾，水煙溟濛，相去臥處不到兩丈，下臨溪流，泉聲淙淙，如奏笙簧；碧紋漣漪，清波粼粼，溪中生著一種極似牡丹，大若盆碗的異花，黑綠黃紫，三色相間，襯著翠莖朱葉，越覺豔麗無倫。

又見左側一面，俱是碧梧蒼松，時有玄鶴白鹿往來翔集，蒼松拔地，綠蔭濃匝，清挹眉宇。另一面去路，卻是一望花城，燦若錦雲。再一回顧臥處，也非軟榻繡墩，乃是無量數葉細若秧，花細如豆的奇卉聚生而成，無怪乎躺在上面又香又軟。元兒置身這種麗景仙都，幾疑已在天上，非復人間。

元兒一面隨著三女往萬花叢裡穿行，一面不住東瞧西望。虞氏姊妹原本在前引導，南綺偶一回顧，見元兒呆看神氣，悄對舜華道：「這孩子枉做了朱真人的弟子，卻這般的不開眼。要住在我家，還叫他快活瘋呢。」

舜華聞言，忙叫：「噤聲。」元兒已然聽了個逼真，暗想：「先前自己原因這地方好，想和她交朋友，日後常來常往，如今果然打成了相識。長春仙府中景致必然更好，真能在此住上幾日，倒是快事。」

元兒正想之間，猛想起自己愛如性命的兩口寶劍：「聽大的一個說，已然代我收好，等到別時交還。看神氣，她們救我時節，並未回家，小的一個，寶劍、葫蘆俱在身旁，怎麼單單不見自己的兩口寶劍？」不禁又躊躇起來，見紫玲滿面笑容，只朝前走，又不好意思老問，以免顯出自己小氣，但怎麼想，也想不出二女當時不將寶劍交還的用意。

再一想到虞南綺的劍，曾為鑄雪劍所傷，但她卻並無賠償之言，這一想，立時心裡一驚，愁容滿面，只顧低著頭，滿腹憂疑，連那生平從來未見的奇景，都無心腸再作觀賞。

走有頓飯光景，忽見前面碧蔭參天，半山以下悉被雲封。方以為路徑已斷，不是飛越雲峰，便須轉過危崖，另尋幽徑，忽聽南綺在前嬌笑道：「到家了，快隨我們走進開眼吧。」說罷，徑往雲中鑽去，元兒方知雲中藏有門戶，自恃慧目，定睛往雲中一看，竟是一片白茫茫，看不見別的東西。方詫雲厚，猛覺眼前白光一亮，那麼多而厚的白雲忽然全都不見，當前兩面削壁之間現出一條夾谷，寬僅丈許，南綺站在谷口，左手拖著一個薄如輕絹的袋兒，右手招向眾人，笑吟吟請客入內。

元兒隨在紫玲肩後入谷一看，兩邊危壁直上青天，中通一線，時有輕雲飛過。苔痕繡合，紫石平鋪，前行半里，走到盡頭，微一轉折，便聽飛瀑怒鳴之聲，空谷回音匯為繁響，溫馨細細，因風吹送。再仔細往前一看，立覺眼花繚亂，心曠神怡，喜極忘形，頓忘憂慮，不由得連聲誇起好來，後來元兒所到之處，景物的富麗清奇，又與適才一路所見迥不相同。

一片十來里方圓的平地，周圍俱是高崖峻壁，上面掛著許多大小瀑布，恍若數十百條玉龍當空飛舞而下。瀑布盡頭是一條三丈多寬的碧澗，猶如玉帶索回，恰好將那片平地圍住，平地當中，卻矗起一座比四崖較矮的奇峰，上面滿生著許多古木奇樹，隨著山形的高下，建了許多樓台殿閣，玉檻瑤階，雕樑畫棟，隱現於蒼松翠柏之間，山下面盡是花田，萬花競放，各有佳勝。再加上花間蛺蝶大如車輪，彩羽翩躚，往來不息；珍禽翠羽，飛鳴穿翔於青樹繁蔭之下，便是蓬萊仙境，也不過如此。

眾人一路穿花拂蕊，行近澗邊，元兒才看出還有一道短橋橫越水面，離水不過尺許，又見鴛鴦對對，白羽雙雙，無數水禽自在泅泳，襯著橋上的朱欄曲檻，平空又添了幾許詩情畫意，元兒見了，不住連聲稱讚，南綺見他這樣，益發笑不可抑。舜華忍不住笑罵道：「二妹年紀也不小啦，還是這般淘氣，當著秦家大姊，只管鬧這些障眼法兒則甚？」

說罷，將手一揮，所有壁間飛瀑、蛺蝶、仙禽俱都化為烏有，紅橋下面只飄浮著數十片各色大小花瓣，哪有什麼白鵝、鴛鴦在水中游泳，嗚濤泉吼之聲也都沉寂，只靜靜蕩蕩一座仙山樓閣，矗立在四山花田中。

南綺嬌嗔道：「大姊只是惹厭，呆子被火燒了一場，讓他開開心也好，干你甚事，卻要你來掃人興致？」說罷，不俟答言，將身一縱，便從花田上面飛越而過，直往峰上跑去。

元兒方在發怔，舜華對紫玲道：「舍妹只因先父母鍾愛，太已驕縱慣了，平日不肯下苦虔修，直到如今，劍法尚未練好，論年紀也不小了，卻專一好弄這些狡獪，幸是姊姊到此，裘道友又非外人，否則豈不令人見笑？」

紫玲道：「靈心慧思，卻也虧她，如非身臨切近，看見橋下那些水禽，連我也幾乎被她瞞過。只說賢姊妹無事時從別處收羅來馴養的呢！」

舜華道：「看舍妹今日如此顛狂，道心已起微波。正如姊姊適才之言，恐她所說要口不應心了。」

紫玲道：「情緣前定，無法擺脫，以掌教真人和凌、白二位前輩來比，一樣也是神仙眷屬。至多不過修為難些，再遲一世飛升罷了。」

元兒也不明她二人所說之言。心想：「出來已久，有秦紫玲在，紅兒縱不飛來，也不愁回轉不了仙山。此處雖好，只可日後來往，暫時不宜久停，到了仙府稍坐一坐，便即告辭，寶劍早到手一刻，也好放心。」且行且思，不覺隨著二女到了峰下。

舜華揖客上山，迎面先是一座白玉牌坊，上面刻著「長春仙闕」四個朱紅篆字。過牌坊，便是一列隨著山勢屈折的玉石磴道。緣磴而上，行約數十級，忽聽頭上南綺曼聲喚道：「姊姊，我不願外人到我屋裡去。今且慢待秦家姊姊，先請在這翠微亭內用茶吧。」

元兒抬頭一看，離頭三丈許，一塊危石凌虛飛出，上面蓋著一個八角亭子，白玉為欄，珊瑚為柱，魚鱗翠瓦，端的富而非凡，這片刻工夫，南綺已卸去紅裳，換了一身霧縠冰紈，立在亭內，倚欄相喚呢。

舜華聞言，答道：「這裡暫坐清談也好。」說罷，便領了紫玲、元兒上去。南綺迎將出來，同入亭內。那亭靠外一面，放著一張水晶長案，案上有兩個形式奇古的玉盤，早堆滿了許多不知名的各色珍果，案前只放著兩個錦墩。亭外一角，放著一個紫泥火爐，上面架著一個茶鼎，古色古香，非金非玉，茶煙嫋嫋，爐火正旺。

南綺請紫玲和元兒坐在兩個繡墩上，舜華倚欄相陪，自己卻只管忙進忙出，先從亭角晶櫥內取出四個白玉茶盞，用一紅盤托了，走向亭外火爐前面。玉手一指，茶鼎四股碧泉隨手溢起，分注盞內，約滿八分，便即止住，南綺托入亭內，分放在賓主面前，又去櫥內捧了一盤餅餌出來敬客，不住勸飲勸吃。

元兒見那茶色綠陰陰的，盛在玉杯以內，清馨之氣撲鼻。知是仙茶，也不客氣，端起便喝，立覺齒頰騰芳，身心清快，那些果餌多不知名，其味之佳，自不必說，再舉目四望，居高臨下，仙景無邊，真不愧「長春」二字。

元兒觀賞食飲了一陣，見紫玲老不說走，只管和舜華殷勤話舊，剩自己和南綺二人默默相對。這時相離更近，越覺她秀目流波，冰肌映雪，巧笑輕顰，儀態萬方。又承她款待殷勤，意密情柔，不由前嫌冰釋，益發加了愛好之心，欲去不捨，不說去，又惦記著那兩口寶劍，尚無下落。

元兒呆坐了一會，忽然想起一個主意，紅著一張臉問南綺道：「適才小弟無知，誤傷仙姊寶劍。幸虧大仙姊與秦師姊趕來，仙姊手下留情，否則小弟早已被火化成灰燼了。」

南綺聞言，微嗔道：「都是你那勞什子劍，把我母親給我留作終身備用的寶物無端殘缺了一柄。如非看在朱真人和秦家姊姊面上，我饒你才怪呢！」

元兒故作驚訝道：「聽仙姊之言，莫非仙姊的劍也是雙的麼？」

南綺道：「誰說不是？我那雙劍，一名朱虹，一名青昊。只因雄劍被侍兒夜香借了去助她男人往大湖斬蛟，久假不歸，才採了本山紫玉，另配劍匣，若非劍失了群，何致有此傷殘？適才秦家姊姊說，朱真人能將此劍重鑄還原，並且勝似原劍，異日回山，你須代我跪求，不要忘了。」

元兒連忙滿口應允，因探出她沒有要自己賠劍之意，不禁心上一寬，喜形於色。

旁坐舜華早聽出言中之意，悄對紫玲道：「那是人家心愛之物，朝夕要用，還是另留一件別的東西吧。」

元兒只顧和南綺說話，並未留意聽真。南綺聞言，卻回頭惡狠狠瞪了舜華一眼，說道：「我不管你們，我自有我的主意。」舜華又對紫玲使了個眼色。

紫玲便對元兒道：「虞家二姊的青昊劍為師弟所傷，恨不肯與師弟干休。是我一力擔承，由師弟將青昊劍帶回青城，等朱師伯回山時節，轉求朱師伯化煉還原。又恐你幼不更事，過後大意，那時見朱師伯稍有不願，不敢力請，意欲將師弟雙劍留下一口為質。適才虞家大姊看出你愛惜那劍如同性命，不願強人所難，和我商議，說師弟除那鑄雪、聚螢雙劍外，還有一粒寶珠，意欲暫時將那珠留此為質，不知師弟願否？」

元兒聞言，倏一回顧，見南綺面帶微嗔，直朝紫玲搖首示意，不解何故，深怕南綺又想留自己的寶劍，吃了一驚，連忙應道：「小弟年幼無知，誤傷二仙姊的寶劍，罪該萬死，雙劍因奉師命，每日早晚練習，不能離身，但求二位仙姊賞還，寶珠乃玩物，情願奉贈二仙姊，少贖前愆。」

言還未了，南綺搶答道：「誰希罕你那寶珠？我只要還我的原物，要什麼東西為質，誰還怕你食言不成？」

元兒見她玉容生霞，似含薄慍，好生過意不去，忙道：「仙姊寶劍尚要留用，暫時也無庸帶去。家師回山尚需時日，屆時小弟如能自來，自不必說；否則由仙姊請人帶至青城，小弟甘受家師重責，也必將此事辦到。那珠雖非至寶，據師兄們說，也是千年精怪真元煉成之寶，不但光能照夜，如經修煉成功，頗有用處。小弟留供仙姊清玩，不過略表寸心，還望笑納，心感不盡。」一面說，便伸手往懷裡去取。

南綺見他誠惶誠恐神氣，不由笑道：「沒見你年紀輕輕，說話卻這般酸溜溜的，真是可笑，你全身衣履都是我們家姑爺的，所有東西都被大姊打劫了去，還摸個什麼？」

元兒一摸懷中，果然無有，方要開言，南綺道：「呆東西，你的劍和珠子都在大姊法寶囊中呢，還不去向她討將回來？」

舜華接口道：「裘道友外客新來，二妹說話不可如此頑皮。」說罷，一伸手從腰間法寶囊內取出雙劍和元兒在百丈坪斬妖後所得的那粒寶珠，遞將過來。

元兒接過謝了，佩好雙劍，因為玉几光滑，恐落地上，便親手將那粒寶珠朝對面南綺遞去。南綺紅著臉用手一推。元兒見南綺玉指纖纖，又白又嫩，挨在手上，覺著柔膩涼滑，令人有說不出的一種快感，不禁心中怦地一跳。

二人只管推讓，側坐的舜華、紫玲只微笑看著南綺，也不說話，南綺一眼看到舜華神氣，臉上越紅，怒對元兒道：「你再執意送我，我要惱了。」

元兒手剛一收，紫玲忙對元兒道：「寶珠交我，二妹此時不好意思，由虞家大姊代存便了。」

南綺聞言，噘著一張櫻桃小口道：「你們收你們的，與我有什麼相干？」舜華也不理她，竟從紫玲手上將珠接過，藏入法囊內。

元兒劍已到手，一塊石頭落地，想起出來業已多時，便即起身告辭。紫玲道：「我此時尚不能就送師弟回去，師弟坐騎未歸，何妨暫候？」

元兒道：「小弟此次誤入仙山，只因受了仙鶴紅兒捉弄，兩位師兄均不知道。恐發覺之後，尋找焦急，意欲先歸，日後得便，再行專誠來此，向二位師姊請教。聽陶師兄說，秦師姊彌塵幡能隨心所欲，頃刻千里，還望賜送回山，感謝不盡。」

紫玲道：「師伯門下，除陶師弟入門沒有多年，道行尚不算深處，像紀師兄已是深參玄門妙諦，初見師弟無端失蹤，難免驚詫，只一尋那鶴不見，定能算出八九，晚歸無妨，這長春仙府，雖是異派散仙所居，乃道家有名勝地，如無仙緣，休想到此，師弟來此不易。何不隨了虞家二妹將全景遊覽一番？那時我已與虞家大姊把話說完，仙禽如再不歸，定送師弟回山如何？」

元兒聞言，見南綺一雙明眸正望著自己，頗有挽留之意，不禁心中一動，暗忖：「久聞秦紫玲乃峨嵋門下數一數二的人物，難得在此相遇，又承她解危之德，不便違拗。」只得應了，南綺早已起立相候。

當下元兒由南綺在前引路，往峰後走去。轉過峰背一看，半峰腰上有一片不到百畝方圓的平地，靠峰建有一個大客廳，金庭玉柱，奇麗莊嚴，廳前一個大牡丹台，繁花盛開，五色繽紛，燦如錦繡。台旁奇石大小森列，地下滿是碧茸茸的細草，彌望平蕪，比起前山萬花競豔，又是一番境界。走向草坪盡頭，隔著四圍群山平望出去，下面雲濤浩瀚，杳然無涯，極目所之，茫茫一白，心中奇怪：「地勢既是這般高峻，必然罡風凜冽，怎地到處都是微風細細，溫暖如春？」

元兒正要詢問，南綺已擇了一塊山石，邀他一同並肩坐下，說道：「你看這景致好麼？」元兒笑道：「好極了，聞得峨嵋山凝碧崖山景無邊，不知比起這裡如何？」

南綺道：「這裡本是一個高峰，全經人力所成，雖比不上凝碧仙府經群仙多回佈置興修，生來的洞天福地，但也是先父母百年心血慘澹經營而成呢。」

元兒道：「適才雲濤都在下面，窮小弟目力，不見邊際，山高必寒，怎的氣候這般溫和？難道這也是伯父母法力所致麼？」

南綺笑道：「你曉得些什麼？凡是高山，必然奇冷，縱有法力，豈能長使天際罡風化為淑氣？只緣此山離地已然過了三萬七千九百五十一丈，高出天外，將與靈空天域接界，受不著寒雲罡飆的侵襲，所以四時氣候全是這等溫和。當初這山原是萬座雪山中的一個主峰，自地三千丈以上，不但終年寒冰積雪，雲霧封鎖，亙古無人敢上；便是尋常正邪各派異人過此，也以為是一個窮陰凝閉，萬年積雪荒寒之地，不加留意。只因為先父好奇，百餘年前同了先母因避仇敵侵害，打算尋一安全穩秘所在潛修正果，行經此山，見一白皚皚孤峰刺天，忽發奇想，欲窮其源，雖有一身道法，仍然受了許多辛苦，才得攀登絕頂，百年之間，不知費了許多心力，才有今日這般光景，此地一瓦一柱，一花一草，無不是從各地仙山勝域取借移植而來，直到羽化方才停了添修。這裡沒有黑夜，星光半在足下，再待一會，便可看見，那你還要驚奇呢。」

元兒聞言，才知此山之高，業已上出穹蒼，超越罡風以上。無怪乎來時由青城最高峰頂起身，那鶴還一個勁往上飛行，先時尚覺罡風勁凜，徹骨生寒，後來只顧擔驚害怕，並未覺冷，只說今日天空風小，誰知升空已逾萬丈了。

正在驚喜尋思，南綺忽又正色說道：「適才我連我修道燕息的地方都不讓你進去，連秦家姊姊一齊請在翠微亭上小坐，等你要走，我卻肯答應她們陪你遊玩全山，你可知道我的用意麼？」

元兒自從遇見南綺，一直看她都是淺笑輕顰，天真爛漫。即是在敵對時候，縱然嬌聲叱罵，薄怒輕嗔，反而越顯嫵媚。似這樣秀目含威，冷若冰雪，正言厲色的神氣，尚是初見，知她必有緣故，不禁惶恐答道：「小弟不知，想是仙姊因小弟凡骨俗體，恐汙仙山樓閣罷了。」

南綺道：「你如今道雖未成，如論稟賦，你比我姊妹且強多呢。實告你說吧，先父母飛升時節，原是地仙。超劫飛升之時，曾由靜中參悟，說我姊妹俱有塵緣未了。我們全家所習雖非左道旁門，也非玄門正宗，往好的一面說，或者能修到散仙地位，稍一不慎，便即墮落輪迴。

「因秦家姊姊的母親寶相夫人與先母有極深淵源，道行法力也高出好多，只是多年不通音訊，便留了一個錦囊，內有三封遺偈，外註日月，命大姊到時前往黃山紫玲谷拜見，求她照應。誰知先父只算出一些我姊妹異日因果，不曾算出寶相夫人業已遭劫多年。

「大姊到了紫玲谷，先是谷頂有仙雲封鎖，不得入內。隨後聽一前輩道友說起，才知寶相夫人應劫之後，元神現在東海日受風雷磨煉，她兩個女兒紫玲、寒萼，已蒙玄真子接引，拜在峨嵋門下。秦家姊妹得了正果，比起寶相夫人在世，以旁門法力相助還要強些。這原是可喜之事，無奈峨嵋教規素嚴，仙府莊重，異派外人豈敢擅入，於是又候了多年，才與秦家姊妹在途中不期而遇，她說我姊妹性行修潔，情願力任其難，日後遇著良機，一定設法引進峨嵋門下，我和大姊當然喜出望外。

「及至拆開第二封遺偈一看，大姊和我的塵緣竟是三生註定，無法避免。氣極了，我和大姊說決計大家拿定心志，始終不渝，死也不能嫁人，過沒多日，大姊便遇見了一個冤孽，與她強訂了終身之約，我正笑她心志不堅，不料今日偏偏遇見你。也是我無端多事，如果打頭不理睬你，等你坐騎飛回，由你自去，哪有這種禍事？偏生我因此山冰雪圍繞，高出天外，向無人跡，你又是騎鶴飛來，一時好強，想試試你的深淺，原無惡意，打一場解個悶兒。及至寶劍被你一傷，方始動了真氣，後越打越輸，不得已，才用真火燒你。

「正當這時，大姊與秦家姊姊忽然來到，先只拿話嚇我，說你是矮叟朱真人的第一心愛門徒，如有差池，我姊妹二人便要被他飛劍斬首，萬劫不復。等到我將你全身衣服脫換，調治火傷之後，秦家姊妹才告訴我她的來意：她竟是奉了一位前輩師伯秘命而來，說我和你情緣早已註定，在未稟明朱真人以前，先由秦家姊妹代為作主，換劍為聘。後來又看出你愛劍如命，才把那粒珠子當作聘禮。我先時很是生氣，後來細想，秦家姊妹說我姊妹雖然無罪，先父母未改行潛修以前積過甚多，因果循環，如想參修正果，非應在你身上不可；否則，日後也非和先父母一般化解不可。因此想起先父母化解時，災厄重重，成敗繫於一髮，我姊妹跪拜哭求七天七夜，淚盡繼之以血，幸而還有幾位道行高超的正教道友相助，才得脫體飛升，幸免於難，稍差一點，便即形神消逝。至今想起前事，不寒而慄。

「秦姊姊人極慈厚，事情與她何干？如不為我們，何苦大老遠地趕來再三勸說？思來想去，無計可施，只好約你到這無人之處，從長計議，我姊妹二人俱有三番災劫未了。據秦家大姊說，如我不允了此塵緣，你便不會時常與我姊妹往還，日後應劫之時，縱使關心，也不在一處，未來危機無法避免。我適才見你人甚忠誠，我意欲求你成全，結一脫略形跡的至友，將來彼此扶持，無事時互相切磋砥礪，使我遂志免劫，爭這一口氣，不知你意如何？」

元兒聞言，吃驚道：「二位仙姊乃天上神仙，小弟從師未久，休說道行淺薄，不足為助；即使異日仗師門恩德，略通玄妙，可以為二位仙姊略竭綿力，濟困扶危，也是修道人的本分，怎便敢以婚姻相挾？小弟雖是濁骨凡胎，自從幼年便即一心慕道，矢志虔誠，自拜恩師，得聞要旨，益發立志奮勉，誓參上乘功果，從未想到室家上面，除卻家師不會以此相強外，便是這父母之命，也決不會遵從的，至於彼此常共往還一層，自從初入仙山，便即心醉勝境，如蒙二位仙姊不棄，適才所駕仙鶴可以任意乘遊，定於暇時前來拜望。倘有相須之處，赴湯蹈火，在所不辭，仙姊但放寬心便了。」

南綺聞言，大喜道：「聽你所言，足見是個至誠君子，你劍法尚未練到身劍合一地步，又是朱真人心愛弟子，騎鶴凌空，千里漫遊，一旦遇上異派中人，大是不妥，如果再來，無須騎鶴涉險，我小時候最受先母鍾愛，遺留給我的寶物甚多，內中有一梯雲鏈，千里如戶庭，瞬息而至，少時取來，連同用法傳授於你，此去青城不過千百里，以後如想至此，只須依法行使，頃刻之間便可相晤，還不患仇敵侵犯，豈不是好？再有你口口聲聲仙姊長，仙姊短的，聽去實是俗氣，看年紀，我比你癡長幾歲，以後我便叫你元弟，你便叫我作南姊，朋友情分還要親熱一些，你看如何？」

元兒見她談吐豪爽，志行高潔，一些也無世俗兒女之態，不由敬愛交加，甚是喜歡。南綺見元兒如此，甚是喜歡，隨又說道：「此間並無晝夜，只有在此久居之人能分晨夕。你來此已有兩天一夜，本想讓你看了星出才去。因此時下方正是日中時候，如俟星出，又須耽誤一夜，我因感你至情厚意，那法寶之外，想另送一樣禮物與你，這東西藏在萬丈寒冰之內，取時極為費手，我向來想到就做，還是請你先行回山，一則免去同門懸念，二則我好前去辦事。等你再來，即可相贈。也好趕在朱真人未回以前早日服用，增長道力，現在先隨我去取那寶物吧。」

說罷，領了元兒起身，同往前屋。

此時南綺心願得遂，對於元兒已是毫無芥蒂，逕自往山巔樓閣之內走去。亭上紫玲見南綺與元兒並肩同行，喁喁低語，顯出十分親密神氣，笑對舜華道：「凡事自有運數，前緣決難擺脫，你看南妹，適才在林中聽我勸說時，何等固執；這時與裘師弟不過同處了片刻，竟已彼此鍾情了。」

舜華道：「這個大姊也許是料錯了。二妹自幼受先母鍾愛，不但意志堅定，對於自己將來的成就尤其關心，休說室家之念從未縈懷，但能求到正果，不惜受盡險阻艱難，如今已是日夕苦修，怎肯再受塵緣孽累？適才我曾見她臉上時愁時喜，滿臉心事，必是聽見姊姊說異日避劫成道均仗此人，不結婚姻之好，彼此情感不親，難望其身任其難。因兩方都要顧到，才背人與裘道友從長計議，裘道友仙根深厚，稟賦聰明，性極純厚，人又正直，必無邏想，聽舍妹一陣委婉懇求，拋去塵緣，結得密友，自無不允之理，若說就此降心相從，恐未必呢。」

紫玲道：「前緣註定，怎能擺脫？舍妹寒萼初嫁司徒平時，何嘗不有前約，舍妹人極好強，司徒道友更是循謹之士，後來被天靈子妖法困制，轉眼化為灰燼，骨消神逝。由憐生愛，由愛生魔，終於在生死關頭之際失去真元，破了法體，雖說教祖法力無邊，將來未必便受兵解，但肉體飛升，終是無份的，我原也與司徒道友有緣，本是二女同夫，效那英皇故事，總算心尚堅定，如今家母已然免難脫劫，還未為這塵孽所累，雖說比起舍妹僥倖，但是居安思危，仍未就此放心，必其無慮，何況南妹初遇裘師弟時，已種情根，適才見她語言動作，顧盼之間，無處不是深情流露，不克自制呢。」

且不說紫玲與舜華二人在亭中談論，只說元兒隨了南綺，逕入二女修道之室，所過樓閣庭院，無一處所在不是玉柱瑤階，瓊樓翠宇，華貴到了萬分，及至走入南綺起居之所一看，丹爐藥鼎，古色古香；珠簾冰案，瑩潔無比，加上溫香細細，馥鬱清馨；珠光寶氣，自迷五彩，真令人有置身帝闕仙宮之感。元兒縱目觀賞，只覺應接不暇，南綺也不讓座，只令元兒略候片刻，逕自叱開一面玉壁，走了進去。

元兒方驚顧間，南綺已從壁間走了出來，手中拿著兩副色如珊瑚，大有寸許見方，長約三尺的玉鏈，交給元兒一副道：「當初父母初上此山時，因為要冒著罡風霜雪，超越天險才能到達，不比你來時是由陽和之地飛出雲空，當時受了無數艱險苦痛，卜居不久，為了上下方便，煉成此寶，共是陰陽兩副，先母化解以前，因我年紀太幼，道行法力不如大姊遠甚，便把所有法寶大半賜我，此寶卻是專為異日出遊，遇見災難逃生之用，雖然逃時須有一定地方，不比秦家姊姊的彌塵幡，心神所注，瞬息千里，電逝飆疾，無遠弗屆，如遇急難臨身，也有許多妙處。

「你將此寶拿一副去，我修道室中也存一副，用時照我傳的口訣法術，將此寶擲向空中，立時化成一道朱虹，你騰身而上，無須動轉，一陰一陽氣機相感，如磁引針，無論多遠，自會將你在片時之內送到此間，你如今身劍尚未合一，有了此寶，只要想來，便即如法施為，既省遙空跋涉之勞，又免受那異派能人侵害，彼此還可常共往還，豈非三全其美？」

元兒聞言大喜，忙要下拜稱謝，南綺忙伸玉手相扶，笑道：「我們初見面時，你如肯跪我，我的寶劍也不會受傷，你也不致差點被火燒死。那時你偏執意不肯，如今不叫你跪，你倒幾次三番要跪了，真是討厭。」

元兒這時與南綺形跡無拘，情感密切，被她這一拉，青蔥柔荑，拊手如玉，只覺冰滑嫩軟。令人有一種說不出來的美快之感，再加她淺笑嫣然，瓠犀微露；盈盈秋水，容光照人，愛好已極，不覺癡了，笑望著南綺，只說不出一句話來。南綺笑推他道：「你呆想些什麼，莫非提起前事，還恨我麼？」

元兒猛然驚覺道：「仙姊待我如此厚德，正不知怎樣報答，感激尚且不及，豈有見恨之理？」

南綺道：「哪個要甚報答？只求你口能應心，勿忘適才在後山之約，就足感盛情了。」

元兒急得發誓道：「我如食言背信，叫我……」話未說完，被南綺伸手將口捂住道：「我信你就是，賭咒則甚？」

元兒猛覺一片軟玉貼向口間，溫香透鼻，不禁心頭怦地跳了兩跳，當時只好停嘴。

南綺也收了手，讓元兒手持梯雲鏈坐在雲床邊沿，然後說道：「你拿的那一副是副陰的，主靜不主動，少時我再將這陽的一副換還給你，如今我先跑向遠處試給你看。」說罷將身一縱飛出室去。元兒緊持那鏈，在室內待有半盞茶時，忽見鏈的一頭紅光焰焰，似火信一般吞吐，轉瞬工夫，焰頭冒起，倏地光華強盛，竟向門外射去，就在這一晃之間，滿室紅光騰耀，一亮一收之際，南綺已亭亭玉立，站在床前，笑對元兒道：「我飛行不快，沒跑多遠，僅只越過外山便即回來，你那陰鏈上冒起光焰，我正在那裡行法，你看回來得快麼？」元兒自是心喜，讚不絕口。

南綺道：「此寶一經使用，陰陽二氣交相感應，陰鏈必去迎接，連為一體。初起身和到達時雖是光華照耀，宛如朱虹，一經起身，身子便隨光華同時隱去，無相無色，外人怎能追覓形跡呢？」說罷，又細心傳了來去口訣和用法，又令元兒就在空中練習熟了，才將陽鏈交給元兒道：「此寶用法，你已學會，去時須我行法相送。且至亭內與大姊她們作別，索性我們做親密些，日後卻不讓她們料中。」

元兒自幼不喜與女子相近，自從初見南綺，便不由自主，起了愛好之心。及至打成相識，嫌隙冰消，越發水乳無猜，宛然兩好，一任南綺耳鬢廝磨，玉手相攜，怎樣擺弄他，無不唯命是從。也並非存心和南綺親近，竟是自然而然地變了親密神態。

當下與南綺並肩攜手，同往前山亭內，紫玲見狀，固是早在意中應有的文章；舜華見了，卻甚驚異。怕當著元兒羞了南綺，俱做出毫不介意神氣，南綺卻大大方方地說道：

「我和元弟業已成了好友，此後因要時常往還，恐雲路遼遠，來去不便，特將母親遺留給我的梯雲鏈贈他，傳了用法，如今因要送他回去，來與二位姊姊作別，秦家姊姊想還要盤桓些時，可有甚話對他說嗎？」

紫玲笑道：「你二人結為終身之友，我使命已完，哪有甚別的話說？那鶴想已飛回青城，你送他歸去吧。」

南綺聽出紫玲頭兩句話中深意，也不答言，轉對元兒道：「我這就送你回山，大後日午夜下方月圓，天宇雲淨。正好後山頂上一觀星流奇景，你早將功課做完，來此吃好東西，不要忘卻。」

元兒應了，便和紫玲、舜華行禮作別，隨定南綺走出亭外。南綺又道：「青城我未去過，不識路途。你想必認得，你手持寶鏈升起時，須要留神看著下面景物，如果到達，照我所傳降落之法，一經施為，便化紅光落地。只要來去過兩次，就走熟了。」

說完，正要行法起身。紫玲忙攔住，喚道：「二妹且慢，裘師弟乘鶴來時，事出倉猝，難免慌張，梯雲鏈又係初用，不如你借了我的彌塵幡親送他去。此幡經家母畢生心血所萃，靈妙非常，行時只須我略施小技，便能準在金鞭崖上降落，就便你也認認裘師弟修道之所，來去一遭，也不過頃刻工夫，豈不省事？」

南綺聞言，歡喜道：「我正想送他，無奈道行淺薄，不能飛行絕跡，這梯雲鏈須要分用，這裡無人主持，又不願麻煩大姊，如承借用寶幡，再妙不過。」

南綺說罷，向紫玲借了彌塵幡，由紫玲傳了來去之法，喊一聲：「起！」立時一幢五色彩雲，擁著南綺、元兒二人，電射星流，直往青城方面飛去，千里雲空，頃刻即至。

二人除因雲幢飛行迅速，稍覺頭暈心跳外，並無別的不便，一會便落在金鞭崖上。南綺笑道：「這寶幡比起我的梯雲鏈，真強多了。」

元兒還想邀她入觀少坐片刻再走，忽聽紀、陶二人談話之聲，正由觀中出來，南綺不願再見生人，道聲：「觀星之約不要忘了。」說罷，一展彌塵幡，雲幢倏地飛起，轉眼沒入遙空，不知去向。

元兒還在呆望，猛覺肩上被人拍了一下，回頭一看，正是陶鈞，不禁臉上一紅。再看紀登也在旁邊，連忙分別見禮，正要敘說經過，紀登正色道：「你私自離山，本屬犯規，你剛走不久，我便得白師伯派周淳師弟傳諭，業已盡知底細，那仙鶴紅兒，也因那日白師伯初來，見牠延頸哀鳴乞憐，存心和師父取笑，暗中破了牠的禁法。命牠送你往長春仙府，了此一段前因。雖然你為鶴所愚，事出非常，不由本心；又有白師伯之命，許你日後與虞氏二女自在來去，但是師門恩重，教規至嚴，須知仙緣曠世難逢，千萬不可耽樂喪志，有誤道基才好。」元兒聞言，好生惶恐，拜領訓示之後，紀登也自走去。

元兒和陶鈞本是隨便慣了的，紀登一走，便過去拉了陶鈞，同在觀前山石之上坐下，將經過的情形一一說出，問陶鈞自己有什麼不對之處，師父回來可要怪罪，後日觀星之約可能前往。陶鈞笑對元兒道：「昔日我曾對你說莫理紅兒，如今果然受了牠的捉弄。幸是此事早有前緣註定，咎不在你；又有白師伯為你作主，不然的話，師父縱能諒你事非出於本心，那去的所在如是一個邪魔異教的巢穴，你此時還想回來麼？就拿現在說，師父原對你屬望甚殷，異日飛升時節，欲以衣缽相傳，有了這場因果，如果身心收攝得住，不為情欲所擾，縱有牽纏，無關大體；稍不留意，一落欲網，輕則阻滯前修，重則身敗名裂。你生具仙根仙骨，本如波澄空霽，清明朗澈，平空著了這點塵滓，雖說秉賦深厚，也著實不可大意呢。」

元兒聞言，越發驚慮，低頭想了想，答道：「二位師兄所說之言，極是正理，但是此事實非小弟本懷，便是南綺，也深明大義，決不肯以塵緣而誤仙業，小弟敬她也是為此，不過小弟年幼道淺，凡事終歸仔細些的好，後日已然答應她赴那觀星之約，未便失信於一女子，到時意欲請師兄與小弟同去，見面之後，朝她說明小弟苦衷，日後不再前往，以免萬一如何？」

陶鈞道：「師弟意思雖好，聽大師兄說，那虞家姊妹之母原與秦紫玲師姊的母親寶相夫人同類，平日修為，比起當年寶相夫人卻好得多，因此臨劫得免，化解飛升。所生二女，也極本分，白師伯一意主持，必有深意在內，於你也未必無益，修道人本應從諸般魔劫苦難中掙扎出來，才能成功，休說白師伯之命，不便違拗；此女一心上進，意厚情深，也未忍相負，知難畏怯，反顯克己功夫太弱；因而氣餒，也非所宜，我不過叫你平日警惕自愛，到了緊要關頭特加留意，以免誤卻上乘功果，並非勸你不與此女往還，要真是前生孽累，紫玲師姊與你也算有同門之誼，何致從中撮合呢？

「前輩師長中，夫婦成道的並有多人。劉樊合籍，葛鮑雙修，緣雖前定，修為還仗自己，因已種就，豈能以避面了之？而且師弟此時，飛劍尚未練到與身合一，不久便要提前下山積修外功，得此佳侶，大可資為臂助，可慮的並非現在，我不過提醒你一聲罷了。至於我，因自己資質比你不如，日後成就有限，近奉師命在山潛修，無事不能外出，虞氏二女素昭生平，怎能作那不速之客？你到時將功課做完，只管前去，聞得那裡異果奇花甚多，均為塵世所無，如能帶些回來，見識見識，足感盛情了。」

元兒雖然經了這一番火災，反倒因禍得福，服用了許多仙露，並未受著傷害，還結交了這麼一個美如天仙的密友，自是滿懷高興。及受紀登告誡，方在警惕，末後被陶鈞這一解說，不由又活了心，可見情之一字，其力至大，前緣一經註定，任是什麼樣的英雄豪傑，也是糾結不開。

元兒因在外耽誤了兩天功課，與陶鈞談了一陣，便去自己修道室中打坐，元兒仙根深厚，又肯奮力前進，用功時節依舊能屏除萬念，仍有自制之力。雖知功課才一做完，便想起南綺，放她不下，彷彿心裡頭老似丟了一樣東西似的，情魔一起，外邪便隨以俱來，危機已動，元兒絲毫未覺，一心只盼到了後日，前赴觀星之約。

第二日做完早功，正與陶鈞在室中閒談，忽聽院中群鶴交鳴，音聲激越，陶鈞聽出有異，忙拉元兒一同縱身出去察看，仙鶴中的紅兒，倏地朝著二人長鳴了兩聲，將頭點了兩下，振翼往觀外飛去，其意彷佛要二人也跟蹤同往神氣。陶鈞越發詫異，正待隨著飛出，元兒罵道：「這孽畜和那日捉弄我神情相似，想是又要弄甚玄虛，師兄不要理牠。」

話還未了，猛又聽紅兒在觀外哀鳴，音轉悽楚，陶鈞一聽，喊聲：「不好！」一縱劍光，便即連身飛出，元兒也跟出一看，陶鈞業已飛在空中，正在巡視，先見四外並無異狀，再看紅兒，業已趴倒在地上，雙翼不住飛撲，只飛不起來，近前一看，周身並無絲毫傷痕。元兒便罵道：「你這孽畜，那日我差點沒被你害死，今天你又鬧什麼鬼呢？」正說之間，猛見紅兒一雙鶴眼中含著兩點清淚，望著自己，似有乞憐之狀，雙翼撲勢漸緩，全身發顫，氣息奄奄，宛如待斃神氣，大是不妙。這才驚異起來，問道：「你受了別人暗算了麼？」紅兒點了點頭。

元兒還要問時，陶鈞已經飛下，先從懷中取了一粒丹藥，剛塞向紅兒口內，一道光華閃過，紀登忽從觀中飛出。一見紅兒神氣，再往上下四外一看，問陶鈞道：「妖人逃走了麼？你可曾和他交手？」

陶鈞道：「小弟先因鶴鳴，聽出有警，出來略遲了一步，紅兒業已先出，受了暗算，並沒有看見妖人蹤影。這廝此來必有所為，暫時雖然逃走，只恐還要再來呢。師兄這時正在祭煉那十二口蕉葉劍，怎生警覺？」

紀登道：「我正對劍吐納運行，一心專注劍上，本不知觀外有警。忽見雪兒飛入丹房，先是連聲悲鳴，後來又啣我的衣角，你二人又未入室，猜是觀前出了變故，才出來觀察，妖人見你出現，便即逃避，逃得又那般快法，必無什麼真實本領，未曾交手而去，再來自在意中，紅兒所受的傷，與鐵硯峰鬼老門下所用的五陰手相類，鬼老既是派這種無能之輩前來送死，決非行刺報仇，也許又是暗盜本山仙草。這些仙鶴俱通靈性，見有妖人，便即長鳴示警。

「妖人痛恨紅兒牠們看破行藏，所以逃時，乘你尚未追出，下此毒手，紅兒怎比得上李英瓊師妹的神鵰佛奴，當然禁受不住，妖人如此大膽可惡，待我將師父行時所傳之法施展出來，引他入網便了，裘師弟道淺，暫時不要獨自在觀前閒眺。紅兒服了師父靈丹，雖然要受兩天罪，仍可復原，並無大礙，行法之後，我還要煉那仙劍，大家一同進觀去吧。」

三人談話時，觀內群鶴已經相次飛出，元兒見紅兒受傷可憐，正要去扶，群鶴已由雪兒為首，飛向元兒身旁，各伸長喙將紅兒啣起，往觀內飛去。

三人到了觀內，紀登自往丹室行法，元兒笑對陶鈞道：「這些仙鶴雖然平時淘氣，一旦遇事，倒還急難相顧呢。」

陶鈞道：「這東西個個俱有靈性，不比常鶴，只紅兒以前最愛無事惹亂子，我因上了牠兩次當，恨牠不過，才請准師父，將牠們用法術禁制。後來牠幾番朝我長鳴哀求，我都不允代牠說情，自從日前被白師伯暗中破了禁法，牠將你送往長春仙府回來，接著周淳師兄傳了白師伯仙諭，才知牠野性已馴，痛改前非，不似以前胡鬧了，適才牠見妖人逃走，冒險跟出，想引我去追，不料卻中了一下五陰手，聽大師兄之言。恐還有幾日罪受呢。」

元兒近前一看，紅兒神氣雖似稍好，還是周身抖戰不止，淚眼望著元兒，仍有乞救之狀。元兒憐問道：「看你神氣，莫非我還能救你麼？」

紅兒果然又將頭連點。陶鈞醒悟道：「聞得長春仙府靈藥仙草甚多，紅兒去過，必知醫治之法，只是禽言難通，你明日赴約回來時，可問虞家姊妹，必然知曉，如有，可就便帶些回來。」

元兒方在答應，忽見後觀中飛起一片金光紅霞，轉瞬之間，將全觀一齊籠罩，倏又不見。陶鈞道：「大師兄已將法術施展，妖人如敢妄進，定難逃走了。」

元兒便問陶鈞道：「大師兄所煉蕉葉劍，作何用處？」

陶鈞道：「那劍乃是師父異日成道時分給門人煉魔之用，已然煉了多年，這次因往峨嵋赴約，才命大師兄代煉。大師兄相隨師父多年，論道行雖未盡得師父所傳，在現時峨嵋、青城的小輩同門中，已是數一數二的人物，只緣以前有一件事違背了師父意旨，犯了教規，當時幾乎將他逐出門牆。後經苦求和前輩師長說情，還算師父特開宏恩，寬恕了他，可本門衣缽已不堪承受了。休看師父平時性情和易，不拘禮教，可是一犯教規，處罰卻異常之嚴，現在正打算異日飛升，將本門道統付託給你，像我自知根基太薄，還在努力虔修，希冀萬一；你生具如此異稟，如果功虧一貫，豈非太已可惜。

「所以我再三勸你，也是為此，大師兄說你如無虞家女子相助，異日阻難更多；有她幫助目前得力不少，可是日後又有許多障礙。此事利害相乘，全仗你自己相機應付，心有主宰便了，本山業已行法封鎖，妖人伺側，你不出觀，不會受他暗算，明日走時，我親自送你動身。你那梯雲鏈，只一使用，疾如流星，中途也無法侵害，到了長春仙府赴約之後，急速歸來，休要錯過每日功課，那怕每日一往，好在來去迅速，也不妨事。」

元兒道：「小弟近日時生恐懼，年幼道淺，惟恐誤蹈危機，還望師兄隨時提醒才好。」

陶鈞道：「這個自然，我二人說話這麼久，怎麼妖人全無動靜？他既為盜草而來，難道就此甘休麼？」說罷，又略談了一會，直到做晚課時，也無什麼朕兆，紀登有事在身，並未出來。二人俱猜妖人知難而退，並不在意，各自回屋用功。

到了第三日，元兒做完晚課，去向紀登請命，往長春府赴約。同陶鈞到了紀登丹房外面，見房門緊閉，門上貼著一張字條。大意說自己一心煉劍，不能外出。妖人未入羅網，必然還在左近窺伺。等劍煉成，方能出觀搜查。吩咐元兒去時，務要小心等語。二人正看之間，忽聽室中琤琮鏗鏘，聲如鳴玉。

陶鈞喜道：「師兄的十二口蕉葉劍，不久就快煉成了。天已不早，莫要負了人家之約，我送你出觀去吧。」

元兒道：「師兄說妖人還在觀外左近窺伺，何不在這院中動身，出觀則甚？豈不給妖人看明出入之路麼？」

陶鈞道：「師父仙法異常神妙，這時全觀業已封鎖，除大師兄外，只我還能出入。你那梯雲鏈不到觀外，怎能行使？我們正愁魚兒不肯上鉤，如能引他進來，再好不過，怕他何來？你此番前去，醫鶴之事不要忘卻。」元兒應了。

二人走過鶴柵時，月光底下看見群鶴正圍住紅兒，見二人走來，俱都延頸哀鳴。紅兒狀雖稍好，依舊渾身抖戰不休。元兒笑道：「你忍一會吧，我給你討藥去了。」當下隨了陶鈞行去，開了正面封鎖，同出觀外。元兒便向陶鈞作別，訂了歸時。取出梯雲鏈，照南綺所傳用法施為，腳一頓處，一片紅光直往萬花山長春仙府飛去。

這時天淨無雲，月明如水。左近大小峰巒更靜蕩蕩地矗立在月光之下，映藍凝紫，分外幽清，陶鈞細查妖人蹤跡，並無動靜，只有元兒起身時節，滿天紅霞閃過。暗想：「旁門法寶，終是駁而不純。」也未在意，逕自回轉觀中，仍將全觀封鎖。等到次早辰巳之交，再行到觀外去，迎候元兒。不提。

且說元兒行法之後，只覺紅光一閃，身便騰空飛起，回顧茫茫，什麼都無聞無見，好似被一種力量擁著，飛駛極速。約有半個時辰光景，紅光又是一亮，腳便踏了實地。

剛覺出有些頭暈，忽聽一個少女嬌笑道：「怎挨到此時才來？真把人都等急了。」元兒定神一看，正是日前初遇南綺的山麓，南綺穿著一身仙女打扮的裝束，雲鬟低亞，鉛華不施，霞裾紫裳，冰肌掩映，嫣然淺笑，似喜還嗔，越顯得儀態萬方，比起初見時還增幾許美妙。

元兒喊了一聲：「南綺！」方要敘禮，南綺已伸素手相攙道：「你來不巧，秦家姊姊已於今早因事趕往莽蒼山重牛嶺，連大姊也跟了同去，只剩下我一人看家。特為你來，我已忙了一日，不想等到這般時候。我先還有氣，當你不來呢。」

元兒笑道：「前約已訂，哪能不來？只因今日功課略有進境，坐功時候較久，故此來遲，還望南綺不要見怪。」

南綺道：「用功正經，怎能怪你？秦家大姊走時，還說你不久劍法練成，便要下山積修外功，到時須我相助同行，常在一處。以後便借你這一點因緣，可入正教門下。可見來日方長，相聚正多。只是我素常慣於性急，又是一人寂寞，盼你早來罷了。現在離觀星還早，你將梯雲鏈收起，我們一同步行上去吧。」二人一路說笑，穿花披葉，往長春仙府走去。

到了谷口，南綺收了白雲，引元兒入內，重用法寶將谷口封鎖。同上中峰，走過峰腰亭側。南綺笑道：「我和你如今成了自家人，不請在那裡坐了。那日你只到後山，別處都還未去。姊姊修道的地方深藏峰腹，是個奇景，外人從未去過。恰好今日她不在家，請你先去開開眼如何？」

元兒一見南綺，說不出的心喜，任她領向遊行，反倒沒有話說，只把頭點了點。說時，正走向一面崖壁。那壁溫潤如玉，比鏡還平，中心四外俱有一道丈許長的細線，微露門戶痕跡。南綺將手輕推了一下，隱聞一陣鳴玉之聲，門便開啟，現出一座極似人工鑿成的洞穴。裡面甚是寬大，四壁通明，靜無纖塵。

入門兩丈遠近，有一座碧玉牌坊，橫寫著「靈空別府」四個朱文篆字。除當中寬約丈許，長有三丈的一條直路，地面石色和外壁相似外，兩旁俱是形如方形的花田。田中並無泥土，卻是翠綠色的。每方花田，大僅數尺，俱種著一種從未見過的奇花。大的約有尺許周圍，小的僅有酒杯般大。花的顏色不下數十百種，朵朵挺生，亭亭靜植。加上朱黃金葉，越顯光華瀲灩，彩氣繽紛。

元兒見花田之中並無寸土，花根卻似和花田長成一片，不禁驚奇。南綺笑道：「你這呆子，還是仙人的高徒呢，連這花都不認得。這座峰腹乃是一塊萬年美玉，先父母在時，用大法力，就著原來形勢開闢，掘成了一座瑤宮仙府。這花便是玉的精英所結，道家所謂天府琪花，便是指此。因為它萬載長青，全山花木四時不調，所以這裡叫作長春仙府。其中最大的花朵，少說也開有千年以上呢。今日要往後山觀星，這花你既喜愛，可惜採時不易，現時沒工夫在此留連，改日你來，再偷偷採一朵送你吧。」

說時，已快走到盡頭，前面腳底忽然現出一個寬約畝許的地洞，數十級白玉台階直達洞底，隱隱望見下面光華閃耀。元兒隨了南綺下去一看，洞底比上面還要寬大得多。

到處都是五色晶壁，隔成了十多個大小玉室。室內外陳設用具，無不華美奇麗，人世間習見的珍物也不在少。當中一室，室頂嵌著一個玉球，光華四射，到處通明，照眼生輝。

南綺先領元兒遊遍各室，最後領入舜華修道之所。只見丹爐藥灶，冰案雲床，俱與峰上南綺所居之室相似。只室當中丹爐前面，設著一個極大玉坪，為別處所無。南綺指著那玉坪道：「這坪下面便是火眼，全仗這塊玉母蓋住，移動不得；如一移動，全洞都毀了。」接著又把許多煉就的奇珍異寶，取出與元兒觀賞，詳說運用之法。元兒看一件，愛一件，直如到了山陰道上，大有應接不暇之勢。

二人在洞底談笑觀賞了一陣，南綺算計時已不早，才帶了元兒前往後山觀星。玉桌上早堆滿了許多奇珍異果，美酒佳餚，二人且談且飲，靜俟星出。元兒猛想起仙鶴紅兒受傷之事，便問南綺道：「那日引我來的那隻仙鶴，昨日為五陰手所傷，服了師父靈丹，雖然保得生命，至今尚未痊癒。那鶴深通靈性，長鳴示意，陶師兄說那鶴曾來此地，這裡有牠的同類，必知有甚仙草丹藥，可以救牠脫難。命我向南姊要些，並將仙果帶些回去，還忘了說呢。」

南綺道：「聽大姊說，當初先父母開闢仙府，不惜多年辛苦，曾往普天下名山勝域，採了許多奇花異果，移植此間。加上本山地靈氣旺，名產又多，據說十有八九俱合修道人煉丹之用。大概除了峨嵋凝碧崖外，天下名山所產的靈藥仙草，哪裡也沒有這裡生得又多又好。只惜先父母化解時，因為自己出身旁門，連經劫難不說，最後道成之日還恐身遭不測，功敗垂成，怕我姊妹重蹈覆轍，不願再行貽誤，因此在臨升之日，將日夕鍛煉最得意的一部道書和修行日錄，一齊用三昧真火化去。彼時先母想起那日錄上除記著平生善惡和一切奇門法術外，還有本山許多靈藥仙草的來歷用處，俱都載在上面，不傳給我們，日後怎知得曉？但是書和日錄全被真火燒化，當時又因忙於禦劫飛升，想再口傳，已傳不了許多。僅由先母略說幾句最寶貴最難得的靈物，時辰業已到來。適才你所見的長春花，便是其中之一。先父說我們如不因先天這點惡根迷卻本性，胡作非為，日後必成正果，做父母的，正不必為此操這一時之心。先母也就沒有往下再說。所以本山許多靈藥仙草，我姊妹二人有好多不知來歷用處。

「只知有一種可做左道旁門用來迷人的媚藥，叫三陽含陰草的，其毒無比。先父在日，屢次要將它除盡根株。先母因為此草已然絕種，只本山火穴陽毒之氣尚盛，才生了這麼一些，那花又極好看，再三攔阻，留此異卉，以顯造物之奇。好在用途壞處卻曾告誡過我姊妹，也不怕將來誤用。別的花都是常開，獨這花每月朔日子時才開那麼一個時辰。謝時一入土便不見蹤影。再有半月，你便可以看到了。

「至於可以起死回生，解毒去邪的，我只知道有一種朱果，乃是先父從莽蒼山玉靈岩移植來的。此果也是靈玉精英所生，因為玉靈岩有一塊萬年溫玉，才產此寶。現時那塊溫玉已為峨嵋門下女弟子三英二雲中的李英瓊、周輕雲在倒翻玉靈岩，紫郢、青索雙劍合璧同斬妖屍谷晨時奪回山去，朱果產處便絕了種。不知凝碧仙府還有沒有。這裡原有兩株，也只一株存活。只惜不是原生之地，果結無多，現在僅有六七個。是大姊在採時分給我，沒捨得吃完，仍留存在枝頭上面。

你回時，帶四個去；一個救仙鶴，一個給你，那兩個送你那兩個師兄便了。」

元兒原聽陶鈞說起過李英瓊得道時巧服朱果之事，一聽南綺之言，好不心喜。正在稱謝，忽聽南綺道：「星群現了，還不快看！」元兒忙看上面碧空，仍是一無纖塵。先是東方遙空沉沉一碧中，隱隱有光華閃動。俄頃之間，逐漸由少而多，現出許多大小星光，漸漸瀰漫開來。猛覺眼前一亮，再一抬頭，四外天空都是。星的形式顏色俱不一樣，並不似下方所見。正圓的絕少，帶角的最多。也有尖的，也有方的，也有長圓形的，也有像長方塊的，也有奇長帶尾的，也有扁的。奇形怪狀，芒彩橫天，寒光凜凜，百色皆備。大的長有數十丈，最小的也如盆碗大小。

最有趣的是，每一顆主星之側，必有幾個客星，四周俱是成千累萬的星群密佈，滿天繁星，看去不知多少萬萬那般密法。只要定睛細看，卻又是高低錯落，間隔分明。有動的，有靜的。每一主星之外，那些小星俱不似主星老實，行動甚快，像萬蜂進巢一般，繞著主星上下飛動，異常迅疾。偶然兩顆小星飛轉太快，避讓不開，便似金玉相撞，立時光華分散，帶著流光箭芒和破空之聲，直往下方墜去，星數既多，東也撞破幾個，西也撞破幾個，最多時直似銀雨流天，美觀已極。

當中另有一條星群，並無主星，其長經天，盡是一些酒杯大的小星，又多又密，有短有長，紛紛亂閃，電馳飆轉。時常整十整百，一群一群地下落，如同正月裡放的花炮一般。落只管落得那般多法，那條星群卻不見減少，更是好看無比。

元兒滿心想看那天河所在，卻是沒有，便問南綺。南綺笑道：「呆子，哪有什麼牛郎織女？下方所見的那道號稱銀河的白氣，就是這條長的星群啊。」說時，正值數十個斗大流星，從斜刺裡往二人坐處飛來，掠山而過，看去甚低。元兒以為伸手可摸，忙把寶劍拔出，站起身來便想去撩。誰知劍剛拔出，縱身一躍十餘丈，那星已從頭上飛過，撩了一個空。

南綺笑不可抑道：「你這呆子，都快成人了，還和我小時候一樣，想捉個星兒回家，當燈點著玩呢。你看那星都夠得到麼？告訴你說，這些星最低的，也離你有數千萬丈，那些破碎的隕星落在地上，最小的也怕沒有幾十萬斤，你惹得起麼？適才那幾十個星，你如挨得著時，這山都被它撞成粉碎了，你還在生著一雙慧眼呢，連多少高低遠近都看不出。這裡雖說高出雲空，與天接界，但是要和這些星比遠近，最近的也有萬里，內中那幾粒小的主星，相隔更遠，俱和下方一般，另有天地，也有山川人物，只是生相氣候不同罷了。如想去時，就算你現在已能身劍合一，從這裡起身，駕了飛劍遁光趕去，也得走上二三百年才走到呢。」

元兒道：「聽南姊之言，令人頓開茅塞。我也不是看不出高下，只因我這兩口劍俱是仙家至寶，現在雖還沒煉到出神入化，運用由心，相隔百十丈遠近的東西，亦能應手而得。起初見那星從遠處飛來，以為相差不過百餘丈，一時好奇，想撩一下試試，不想卻這般高法。」

南綺道：「聽秦家姊姊說，你在未上金鞭崖拜師以前，照服仙草，變成了一雙慧眼，已能透視雲霧，目力本異尋常。我不過和你取笑罷了。大姊隨秦家姐姐這次一出門，須有好些時才得回來，我不願到青城山去找你。以前所用一名婢女，現在奉了白水法師之命，隨她丈夫去辦一件事。只剩我一人在家，每日做一點功課，又都是旁門道法，甚是悶氣。好在你有了我的梯雲鏈，來去方便。天天來，怕師兄們見怪，最好隔日來一回好哩。」

元兒道：「陶師兄說，小弟再有三四月工夫，便可煉到身劍合一地步。那時師父必有法諭，命我下山行道，說不定南姐便和我同時下山，常在一起，那時聚首豈不長些？這次一回山，我更要加功勤習，以便早日將劍煉成。隔日來此，恐怕分了心，耽誤功課。還是等煉成之後，再時常聚首的好。」

南綺嗔道：「你只重劍不重人，我不和你好了。」

元兒慌道：「我並非只重劍不重人，我只是向遠久處著想罷了。你也常說歸入正教，須由我身上而起。既是永久伴侶，圖這暫時則甚？南姊一人在山中寂寞，我回去和師兄說明，也不限定隔日一來，只要功課做完，一有空便來如何？」南綺聞言，方始轉了喜容。

二人只管談笑，不覺斗轉參橫，天空星群逐漸減少，也看不出是怎麼隱去的。元兒好生奇怪，便問南綺是何原故。南綺道：「呆子，這地也是一個星，依照一定方向行去，不過我們不覺得罷了。這時下方想已將近天明，群星都朝原來方向行去。並非星群來去無蹤，乃是我們這所在漸漸走向反的一面，與它背道而馳，怎能看見呢？你沒見那道最長的星群，你們叫作天河的，已離我們更遠了麼？」

元兒暗運目光，定睛往天空中注視，果然有許多星群漸漸與山頭相隔越遠，相次隱去。默揣天地運行之道，若有所悟，不由出起神來。

待了一會，南綺笑道：「星都快隱完了，喜歡看，下次月圓時再來。且到我房中去，將你那青城派的入門口訣傳給我吧。」

元兒卻未料到南綺有此請求，不禁吃了一驚！師門心法，不奉師命，怎好私相授受，欲待不允，一則南綺情深義重，說不出口；二則自己聽從慣了的，見她睜著一雙妙目看著自己，等待回話，露出滿臉渴望神氣，又不忍加以堅拒。想了想，只得借詞推託道：「小弟年幼，入門日淺，所學僅是初步功夫。南姊得道多年，學它何用？且等師父回山，定給南姊引進，傳授仙法，何必急在這一時呢？」

南綺聞言，冷笑道：「你哄哪個？當我是三歲孩子嗎？誰不知道峨嵋、青城兩家異派同源，最要緊的便是初步功夫。只要根基紮得穩固，再傳了師門心法，以後自己苦志潛修，不必有人從旁指點，一樣能煉到出入青冥，飛行絕跡地步。你適才也說，再有數月，便能煉到身劍合一。陶師兄並說下山積修外功時節，還要我同行相助。此時不肯傳我，到時怎生同去？明明看我不起，沒有真情實意，不肯以秘法相傳，說這些支吾之言則甚？

「那日你重劍不重人，一柄寶劍都不肯暫留在此，因你需它朝夕修煉，情還可恕。這入門口訣傳了我，於我有益，於你無損，也是這等吝借，真叫人寒心透了。我原因先父母遺命，誠恐異日誤入歧途，除幾件防身法寶和一些養靜修身的功夫外，所有旁門左道的坐功法術全都不學。滿想機緣一到，立時歸入正教門下，尋求仙業。自從日前見了你，覺著你不但根行深厚，人更正直誠篤，又能屏卻俗緣，全我心志，當時高興已極。雖是假夫妻，倒比真的還要情深義重。自喜前途光明，終身有托，卻不料你竟這般情薄，真令人寒心透了。」

元兒見南綺說時嬌嗔滿面，眼睛紅潤，大有傷心欲泣之勢，不禁著起慌來，忙接口道：「南姊千萬不要生氣，小弟還有話講。」一言未了，南綺已是含怒站起身來，說了一聲：「誰還再信你的鬼話？」逕往前山走去。元兒連忙跟在後面，口中不住央告。直跟到那日南綺起坐室中，南綺自向雲床上坐定，玉頰霞生，低著雲鬟，目望旁處，一理也不理元兒。

元兒好生過意不去，怎麼勸解也是無效。最後想了想，萬般無奈，只得說道：「小弟並非薄情寡義，實因家師教規至嚴，師門心法不敢私相授受。南姊說我重劍不重人，我也無從分辯。好在這鑄雪、聚螢兩口仙劍並非家師傳授，自入青城以來，原打算將這兩口劍煉到同一功用。既是南姊這般說法，小弟拚著師父責罵一頓，將此劍贈送與南姊一口，以贖前愆，且明心跡如何？」

南綺仍微慍道：「你願將劍送我，讓我消氣，也好。那麼你便拿來，看你捨得麼？」

元兒見她漸有喜意，高興道：「實不瞞南姊，此時除教小弟去犯師父教規外，漫說是一口劍，為了南姊，赴湯蹈火，在所不辭。」說著，一道銀虹閃處，一口鑄雪劍業已出匣，雙手捧遞過去。

南綺接過，仔細看了看，讚道：「果然是件仙家至寶，無怪你把它那般珍奇。有此一著，足可看出你對我的情意。雙劍聯璧，豈可失群？劍仍還你。既說為我赴湯蹈火在所不辭，還是傳我入門口訣吧。」

元兒又慌道：「南姊怎這般固執？小弟對南姊情逾骨肉，日後受點罪責，原無什麼。不過師門難違，師父性情特異，萬一與授同科，豈不反倒害了南姊？」

南綺見元兒急得滿頭是汗，不禁失聲笑道：「我試著你玩的。你看這是什麼？」說著，早從懷中取出一封柬貼，遞與元兒。

元兒接過一看，乃是紫玲所留。大意是說：二人婚姻，已與追雲叟白師伯和朱師伯說了。朱師伯起初原無允意，後來又經峨嵋掌教乾坤正氣妙一真人再三向朱師伯說：一則前緣註定，不可強違；二則是異日有許多要事，均須元兒夫婦身任其難。朱師伯如允此一段姻緣，將來元兒身應三劫之時，定親自趕往，助他夫婦脫難。朱師伯起初原為想到異日道成飛升，元兒道淺，難禦災劫，故意托詞不允，經妙一真人一語道破，便也沒有話說。當下由白師伯派自己至長春仙府傳諭，就便考察虞氏二女性行，便宜行事。

自己那日到了萬花山，代二人解圍之後，細察虞家姊妹雖在旁門，俱都根基深厚，品端行潔，甚是高興。因知南綺父母遺留法寶雖多，本身道行尚淺，元兒不久劍一煉成，朱師伯便會飛劍傳書，命他下山積修外功，南綺到時必須同去，如不能和元兒一樣駕著飛劍遁光飛行，豈非不便？特此留書給二人，命元兒傳授南綺坐功口訣。南綺平時坐功已有根底，稍一改正，勤加修煉，便可與元兒並駕齊驅，僅止所用之劍稍弱而已。雖然朱師伯在凝碧仙府煉寶事忙，不曾親命，有了白師伯和妙一真人法諭，也是一樣，只管傳授無妨。

元兒看完，料知無有差錯，不由心花大放，喜道：「既有此柬，南姊不早取出給我看，卻教小弟作難了好一會。」

南綺笑道，「不是這樣，我怎能試出你的心跡？師門心法，不可妄傳外人，我豈不知？氣的只是你說假話罷了。」

元兒因時已不早，還要趕回山去做早課，便催南綺早些學習。南綺笑道：「你總是忙，你此時教完了我回去，反正也趕不上，何如傳了我，就在這裡一同做完早課，到了午後再行回去，豈不大家都好？我已承秦姊姊指點過了，不過峨嵋、青城派坐功微有不同之處，你只要和我一說，就明白了。」

元兒原也不捨回去，因恐過時受紀登數說，不好意思。見南綺堅不放行，心想有秦紫玲書信為憑，便也不再言語。將自己所學一一傳給南綺之後，隨著一同用起功來。

二人做完早課，天才近午。南綺又領了他到處遊玩，直到未申之交，二人均覺不便再留，才殷勤訂了後會。由南綺採五個朱果，先逼著元兒吃了兩個，將餘下三個塞入元兒懷內，又將紫玲的信與他帶好。然後施展梯雲鏈，送他上路。

元兒飛抵青城，見腳下紅光盡在金鞭崖上迴翔衝突，卻似凍蠅鑽窗紙一般飛不進去。

正在驚疑，忽然一道光華閃過，腳底紅光斂處，人已落在觀中。陶鈞正站面前，笑道：「你怎到了這時候才來？我從早上便在觀外去等你，直到正午，紀師兄因飛劍將成，用千里傳聲，喚我進去相助。我知觀已封鎖，你如來時仍用梯雲鏈，必難降落，我又不能分身。正在著急，紀師兄爐火純青，功行將要圓滿。我正要出去，便見你在觀頂盤旋。幸而此寶另有人在遠處施展，不能由你心意；否則你如道力稍高，定然任意降落，一中師父仙法埋伏，輕則被擒，重則受傷，豈非冤枉？」

元兒便將前事說了，又問紀登提過自己沒有，自己過時不歸，可曾知道。陶鈞笑道：「你還當我不說，他便不知道麼？你適才剛一走，我便接了師父的飛劍傳書，說起你與虞南綺訂婚之事。命紀師兄將那十二口飛劍煉成之後，每隔三日，傳你一回劍法。不特准你婚事，並令你隨時將紀師兄所傳轉授南綺。此後由你自在來往，三四月後，即可下山積修外功。除紀師兄一人在山中留守外，連我也要下山，不過去的方向不同罷了。」

元兒聞言，益發喜出望外，便和陶鈞去見紀登。

進了丹房一看，紀登正坐在一座丹爐前面，兩眼望著爐內，一瞬也不瞬。爐中的火苗已現純青，不時湧起一朵朵蓮花，由少而多。約有半個時辰過去，十二朵青蓮隨十二道火焰一齊升起，俱有三尺多高下，低昂如一，亭亭靜植，動也不動。同時爐中便起了金玉交鳴之聲，琤琤琮琮響個不住。又有頓飯光景，紀登猛地睜開寒光炯炯的雙目，口一張，一道白氣噴向爐中。只瑲瑲連聲，爐中青蓮光焰斂處，十二口明如電、潔如雪的短劍，整整插在那裡，劍鋒俱都出匣，約有寸許，紀登先下位，向著丹爐叩拜了一陣，將劍取在手上。一一仔細看過還匣，收入一個鐵匣以內，用符咒封固，封了丹爐，然後與二人相見。

紀登問陶鈞道：「適才飛劍傳書之事，給裘師弟說了麼？」

陶鈞答道：「說了。」

紀登便對元兒道：「我入門五十年，師父才准我下山積修外功。你到此還沒多少時日，三四月後便奉命下山。固是師父見你根賦特厚，降此殊恩，一半也因為你有虞南綺相助之故。否則師父自成道以來，從未受過挫折，門下後輩出去也沒給本門丟過大臉，你道行尚淺，豈有如此容易受命？自明日起，我便傳你身劍合一之法。仗著你那兩口劍俱是仙家奇珍，你又如此穎悟用功，兩月工夫，便可練成。下山之後，虞南綺的法寶甚多，尋常異派，當非敵手，在此期中，我每傳授你一次，你學會以後，便去教給南綺，以便分頭用功。不過你二人年紀太輕，閱歷更是沒有，日後下山，遇事固須審慎；如遇異派敵人，更要度德量力，以免做錯吃虧，給師門丟臉。我連日勤於煉劍，將全觀封鎖，沒顧得查看那日妖人蹤跡。據我觀察，那妖人法力甚淺。既敢來此，必然奉了師命，不是為了本山仙草，便是另有所圖，仍須防他再來才是。曾聞陶師弟說，你以前有一結義弟兄，那日鬼老派了兩個門下來此盜草，內中有一生魂，被他遁去。此時你正站在崖前，看去似他，想來此人必已投入鬼老門下。異日無心相遇，務要留神。鬼老門中，有許多極惡毒的妖法，一個驟不及防，吃他暗算，悔之晚矣！」

元兒躬身應了。因為適才紀登正在一心注視寶劍，不敢插話，見紀登諸事已畢，才將懷中朱果取出獻上。

陶鈞笑道：「聞得長春仙府奇花異果甚多，怎麼我開一次口，才帶這麼一點來？我們這位將來的師弟妹，也太吝嗇了。」

元兒聞言，暗悔觀星時節，石桌上異果甚多，怎忘了帶些回來？正覺不好意思，紀登道：「你怎貪心不足？這朱果產自玉靈岩，自從李英瓊、周輕雲劍斬妖屍，已然絕種，我還不知長春仙府也植得有。此果服了，不但返老還童，還可生靈益智，增長道力，功效並不在千年首烏之下。這是多大人情，怎的看輕了它？你我各服一個，還剩一個，想是元弟的，怎不在生源之所當時摘服，卻帶了回來同服則甚？」

元兒道：「小弟已然吃了兩個，這一個是救紅兒的，因為要先見師兄，還沒顧得給呢。」

陶鈞笑道：「這個不用再操心，紅兒連服師父靈丹，今午走過鶴柵去看，已然痊癒，只神態還有些委頓，日內定可復原。還是你吃了吧。」

紀登道：「既允了牠，豈可失信？此果如給有靈性的異類服了，比人還見功效。裘師弟此番奇緣，多仗紅兒，仍然給牠，以酬勞苦吧。」

元兒領命，便同陶鈞到前院鶴柵，去尋紅兒，與牠吃那朱果。

那紅兒原與雪兒相依相偎在一起，見元兒手持朱果走來，便捨了雪兒，一聲長鳴，振翼飛起，迎上前來。元兒手中朱果一拋，被牠一口啣住飛開。雪兒見紅兒得了朱果，也飛鳴追去，似想向紅兒搶奪。紅兒見雪兒趕來，忙伸長頸，吞入腹內。雪兒沒搶到口，便啄了紅兒一下。紅兒也回身反啄，二鶴竟爭鬥起來。陶鈞、元兒俱恐兩傷，連聲喝止。

二鶴各自昂首長鳴，彷彿互訴委曲。元兒笑道：「你看那日紅兒中了妖人暗算，雪兒何等悲憤。適才還見牠們那般俯傍親熱。竟為了這一個朱果爭鬥起來，可見畜類終不比人，縱有靈性，也是不知禮讓。」

陶鈞道：「靈藥難求。你不知嫦娥偷藥，后羿也和她拚命麼？何況這是兩隻公鶴。紅兒終是強橫，只顧自己，也不念雪兒這兩天看護牠的情義。就分點給雪兒，又有何妨？」說罷，雪兒益發向著陶鈞長鳴不已，頗有理直氣壯之慨。

二人覺著甚是可笑，互相調了一陣鶴，各自回屋用功不提。

第二日早課前，紀登傳了元兒練劍之法。元兒自服朱果，靈智大增，除功夫略欠純外，一學便能通曉。由此每隔三日，便往長春府去教南綺。好在有那梯雲鏈，來去又快又便利，千里雲程，無殊康莊。二人本有夙緣，過從一久，情感益密。

自從舜華隨了秦紫玲走後，一直沒有回來。南綺一人獨在山中，與鹿鶴為侶。起初舜華也常出門，南綺寂寞慣了，並不覺得。及和元兒訂交以後，不知怎的，格外感到索居無聊之苦。二人相聚之時固然極樂，每到分別之時，總是難受萬分，恨不得元兒常在一處聚首才好。偏生元兒向道心堅，難與南綺情同兩好，對於自己的功課，絲毫也不敢鬆懈。常勸南綺：「如今已奉師命，不久一同下山行道。異日稟知父母師尊，正了名分，雖然事前彼此約定，不似世俗兒女有那燕婉之私，但是地老天荒，久無窮盡，正如鮑葛雙修，同注長生，並傳千秋佳話一樣，何必只圖這暫時聚首，耽誤功行呢？」南綺也不是不能理會此意，無奈元兒一不在側，便覺惘然，如有所失。幸而做功課時尚能放開。

等到功課做完，心無所寄，依然一樣。於是由情生魔，由樂生悲，幾乎送了元兒性命。

當元兒第二次往長春仙府時，已有妖人日夕在旁窺伺。只因元兒與陶鈞交厚，每值起行，總有陶鈞在側相送，再加梯雲鏈來去迅速，妖人一直無法下手。偏巧元兒第三月上便將劍煉成，不但能發能收，居然能夠馭氣飛行，只是不能飛遠，同時南綺的劍也煉得和他相差不了多少。二人自是高興。

這日元兒又往萬花山，南綺因自己飛劍相差僅止一點，便留元兒不要回去，且住兩日，同在一處練習。元兒自是不肯。南綺本愛鬧個小性，見元兒劍已煉成，還是那般固執，不由生起氣來。末後越說越僵，竟將梯雲鏈強要了走。

元兒自近兩日將劍煉成之後，本想作一次長路飛行，試試自己道力如何。因陶鈞勸阻，說是此時御劍飛行，近處還可，如往遠處，漫說有時遇見強烈罡風，禁受不住；再如飛行起來，有那劍光和破空之聲，容易招惹異派仇敵。雖然日後下山行道，終是難免相遇，現在本基未固，能避免時，還以慎重為是。元兒又想起自己劍遁法不如梯雲鏈快，去遲了，南綺又要絮叨。好在不滿一月便可下山，任意所如，無須忙在一時，也就作罷。

及至梯雲鏈被南綺索還，出言又極強硬，意思好似說：你劍已煉成，要走只管走。用我的法寶則甚？明明藐視自己耐不了罡風，不能遠走高飛。心裡一賭氣，決計到了時候，不用她的梯雲鏈，偷空一走。以前騎鶴尚能飛來，這時劍已煉成，正可一試，免得被一女子看輕自己。元兒主意打定，也不說破，仍然言笑如常。南綺哪知元兒心意，只當他不會走，也就回嗔作喜，依舊親熱。一同做完功課，互相煉了一次飛劍，元兒便問南綺：「那日你所說的涼露，做好也未？」

那涼露乃是南綺近日無聊，因元兒酒量有限，又愛吃甜，便採集本山各種花上的露珠，再和各種仙果的汁水摻勻，照釀酒之法製成，取名叫作萬花涼露。一盞山泉，只消滴上兩滴，飲到口中，便覺甘芳滿頰，涼沁心脾。原準備二人飛劍煉成，一同下山時，帶在路上飲用。這時南綺聽元兒問起，以為思飲，笑答道：「沒見你這人說話，總是出爾反爾。那日我採露時，你直攔我。說修道人在外雲遊，山行野宿，饑食粗糧，渴飲泉水。這次出門積修外功，原為多歷辛苦，怎還帶上這樣美好的東西？累贅不必說，也太費事，有這閒心用點功多好。你說了，還沒等到十天，露還沒釀成，前日先給你嘗了那麼一點，今兒就想吃起來，怎又不怕我麻煩費事了哩？」

元兒道：「以前南姊正在動手，我怕你費事分心，才那麼說。如今已然製就，事已費了。本是為我，就樂得享受了。」

南綺喜道：「今兒早起，那露的香色比那日更好了。因等你來，沒捨得嘗新，原想等你到了同飲。誰知一到便和我頂嘴，你若不提，我也懶得拿出來。這東西，我先後費了半月工夫，方只收集得兩玉瓶。我嫌瓶不好帶，又尋出了兩個葫蘆，盛了一個，另一個用來盛山泉。餘下涼露藏在家中，等功成回山之時再用。省得人間煩熱塵囂，怎能不備一些清涼東西帶去？告訴你說，你有我做一路，要享福多呢，還盡這般不知好歹。你拿這晶杯到下面去盛溪泉，我到後山給你取露去。」說罷，興沖沖往後便走。

元兒見她嫣然一笑，薄怒悉蠲，軟語柔聲，深情款款，不覺心移志奪，竟有些不忍再和她賭氣，拿著兩隻晶杯，正在發呆出神。忽見前面南綺回眸笑道：「你怎還不走，莫非你練的飛劍，這麼點路還嫌遠麼？」

一句話又將元兒提醒。暗想：「聽師兄傳師父之諭，說南綺是自己的終身仙侶，日後借助於她之處甚多。她平日性情嬌慣，說一不二，近來相處日久，更是大小事都得從她。此女雖較自己年長，卻也絲毫不通世故，憨然一片天真，凡事任性而行，不論輕重。日後出山，不比在山中修道，應變處事稍一失當，便成大錯。照這樣遷就下去，她的性情勢必越發驕恣，萬一在外闖出禍來，豈不誤了功果？適才她將梯雲鏈強索了去，所說之言明明看輕自己。大丈夫豈能受一女子挾制？還是暫時狠心，丟她一回，壓她的盛氣為是。」

元兒想到這裡，再看前面峰角衣袂閃處，南綺已然轉過峰後。便將手中晶杯放下，用手指醮了點水，在玉案上寫了幾句。

大意說：自己和她天長地久，遠行在即，功課要緊，明知天風凜冽，也要御劍飛行回去，請她寬恕，不要生氣。詞句雖然委婉，隱隱也寓箴規之意。匆匆寫畢，恐南綺回來，看出追趕，竟然運用玄功，駕劍光往青城山方面飛去。

事也甚巧。南綺製藏花露的所在，原在後峰側面仙廚之內。如照平日，南綺惟恐與元兒不能多聚，遇上有事，或取什麼東西，不是拉了元兒同往，便是忙著趕回，元兒想走，如何能夠。偏生今日因梯雲鏈已然不在元兒手內，新練飛劍不能遠行，自己用強將他留住，雖然稱了心意，可是當時元兒臉上神色頗不好看，知他著惱，未免歉然。一聽要飲花露，面帶笑容，正好藉此與他消氣。好在人已留住，有三二日歡聚，便不忙在頃刻。

到了仙廚，南綺從百丈地穴寒泉中將盛涼露的玉瓶吊起。揭開瓶封一看，顏色碧綠，一陣奇香立時佈滿全室。南綺為討元兒喜歡，益發刻意求工，將元兒喜吃的果脯裝了一大盤，又去採了一枚朱果藏在懷中。一手端盤，一手持著玉瓶，興沖沖走向前山。這一耽擱，元兒業已飛出老遠。

南綺滿心高興地回向原處，見元兒不在室中，萬沒想到他會負氣私行。先還以為汲取溪泉未回，後又疑他和往日一般在花田中賞花。正待憑欄相喚，忽然一眼看見案上有許多浮水印，嬌嗔道：「看這個人囉，等我這一會都等得不耐煩，也不知跑到哪裡去了，無緣無故拿水在案上亂畫。」說時，順手一拂，等到看清是字時，元兒所留的數行別語已然抹去了一半。連忙縱身飛出，口中連喚元弟，一直追出谷口。

到了前山一看，碧霄萬里，鴻飛冥冥，哪裡還有絲毫蹤影。南綺知道元兒飛行已遠，這一急，真是非同小可。暗恨自己日前不該圖元兒來去方便，恐他有時不約而至，恰值自己不在前山相候，勞他久等，無法入谷，便將入谷口禁法傳授了他，以致被他逃走。

早知他也如此固執，更不該任性強將梯雲鏈索回，招他煩惱。不久就要一同下山，何必忙在一時？他日前劍法雖已練成，陶師兄說火候仍然未到，難禦高空罡煞之氣，遠行更是氣力不濟。這般長路，低飛還可，偏偏本山又高出雲空。又聽說前回青城山去的妖人還在左近窺伺。他沒有梯雲鏈，不能直達，罡風高寒，凍壞了他，固是於心不安；萬一遇見敵派妖人，欺他道行淺薄，中途加以侵害，如何得了？

南綺只管自怨自艾，越想越放心不下。後來暗想：「自己和他一同練劍，除劍不如他外，功候相差不了多少；單論別的道行本領，俱比他強；再加帶著護身法寶，也比他能耐高寒。他如今動身，還沒多時，行至途中，氣力不濟，必定被迫降落。正好追上前去，與他陪個小心，一同回來，如其不肯，再將梯雲鏈送他，豈非兩全？」南綺主意打定，決計追趕。無奈事出倉猝，有許多法寶俱未帶在身旁，只得又趕回仙府，匆匆取了幾件法寶。將那面陰鏈放在修道室內，用法術鎮好。帶了陽鏈，準備萬一出事，也可急速逃了回來。又將谷口封鎖。然後運用玄功，駕劍光往前途進發。這一來不由又耽誤了些時候，若再遲須臾，元兒便無倖理。這且不提。

元兒剛起身時，心中還惦記著南綺，恐她知道煩惱，怪自己薄情。轉瞬飛離萬花山境，漸漸往下降去。此時順風飛行，憑虛御空，大地茫茫，白雲片片，成團成絮撲面飛來。上覽蒼宇，下觀山河，只見晴空萬里，高旻無極。峰巒起伏，川流如帶，縈青繞白，氣象萬千。先時並不覺得疲乏高寒，因為初試飛行，目光所至，無遠弗屆，不比用梯雲鏈來去，周身一團光霧，什麼也看不見。因此高興到了極點，連愛侶嬌嗔全都忘懷。及至越降越低，飛行愈遠，漸漸覺著罡風凜冽，有了寒意。仗著生具仙根仙骨，多服靈藥，並不怎樣難禁，也就沒有放在心上。以為自己劍法已成，從此上下青冥，飛行絕跡，更無須假借人力，多麼稱心適意。

又飛了一陣，風向忽轉。元兒猛覺出高寒還可禁受，只是風的壓力絕大，雖然照舊飛駛，卻覺有些力不濟起來。算計前途還遠，照這樣下去，一口氣怎能飛到，這才著起慌來，方悔不聽陶鈞之言，不該和南綺賭氣。心裡一亂，元神微散了散，那兩口寶劍又非凡物，竟有些駕駛不住。知道再勉強支持，倘有閃失，如何是好？只得沉心斂神，穩住勢子，緩緩往下降落。打算覓地少息，養一養心神，將氣調勻，再行飛走。

元兒落地一看，乃是挨近雪山的一座荒山，看去甚是眼熟，也不管它。還算平常機警，知道自己勢孤力薄，恐遇惡人，特地擇了一個僻靜所在，打坐調神。因為勉強飛了很遠，元氣略有損耗，起初心神頗難調勻。過有一會，好容易才將氣機調純，運用自如。

心想久在這裡，終不是事，決計謹慎前進。至多中途多歇兩次，好歹也在當日回轉。於是二次又復準備起飛。那降落的所在，距離青城路徑還有三分之二，元兒不過飛行了一小半。如在此時往萬花山回路走，並無須經過前山，不過受上南綺兩句埋怨，不會遇險。

偏生元兒性情高傲。以前未動身時，還恐南綺生氣，有些不忍。既已起行，又留了字，再中途回去，豈不益發讓南綺輕看自己？這時雖還未知前山伏有妖人，危機密邇，一觸即發，卻也料知前途遙遠，艱難甚多。不過勢成騎虎，羞於反顧罷了。此時如果南綺追及，也可無事，偏生所用的劍不如元兒聚螢、鑄雪比較容易駕馭，加之力量稍弱，飛行自緩，所以元兒歇息之時，未曾追上。也是元兒該有這場大難，以致陰錯陽差，全不湊巧。

元兒因為頭次飛行猛速，幾乎吃了大虧，二次起飛時節，便不敢再為大意，只將玄功運用，貼著峰腹往前行進。行不多遠，忽見一峰刺天，阻住去路。峰上赤石嶙峋，寸草不長，形勢甚是險惡。元兒有了戒心，不願再升往高處，去冒那凜冽的天風。見那峰雖高，並不甚大，便打算繞將過去，再行前進。飛行迅速，剛一繞到峰的前面，竟是叢林密莽，甚是繁茂，迥不似那一面山巒光禿禿神氣，不禁往下多看了兩眼，一路流覽前行。忽聞水聲潺潺，低頭一看，腳底峰腳下現出一條深溪，水流洶湧，激石怒鳴，因為山勢雄險，回音震盪，恍如萬馬千軍，奔騰馳驟一般。眼看飛過，猛聽下面有人呼喚。定睛仔細一看，先見溪旁磐石後有一黑影，閃了一下不見。磐石上站定一個黑衣少年，正往空中招手，連呼元弟不置。元兒看出是甄濟，至親至好，異地重逢，一時高興，頓忘機心，把紀、陶二人的叮囑全都付諸九霄雲外，忙按劍光降落下去，先握手歡呼了一陣，甄濟便邀元兒坐下，談別後之事。

元兒坐定，剛要開言，猛想起適才聽見甄濟呼喚時，還見有一人往磐石下面隱去，及至下來，見那磐石孤立溪側，除甄濟外，並無第二人。便順口笑問道：「你還有一個同伴呢？何不請出相見？」說時，又往石後看了一眼。

甄濟本懷著滿腹鬼胎，因見元兒已能御劍飛行，道行法術必已不弱，再聽他這一問，疑是行跡已被他在空中窺破，不禁愣了一下，倉猝間答不出話來。元兒也甚機警，只因一時情感所動，忘了危險。先見甄濟穿著那般怪的裝束，面容蒼白，目光冷淡，雖然隨著自己歡呼，並不顯出怎樣親熱。

適才那黑影本未看清，自己只是無心一問，見甄濟那般變臉變色，回答不出，心裡一犯疑，這才想起紀、陶二人之言。

元兒剛剛有了戒心，準備藉故飛去，忽見甄濟獰笑道：「我孤身一人，出死入生，苟活在此，哪有什同伴？你如今拜在矮叟朱梅門下，飛劍業已練成，仙福不小。可還記得當初結拜之盟，將老大哥也攜帶攜帶麼？」

甄濟原是一時忸怩，答話不出。又摸不清元兒的深淺，適才和同類所商詭計，不知用哪一條好，存心拿話試探。元兒卻聽出他說話不倫不類，迥非自己弟兄語氣，更明白了一大半。暗忖：「你如不在鬼老門下，我與你久別初見，怎知我青城學劍之事？不過自己和他既是至戚，又是同門至友，已然相遇，他入歧途，倘如勸得他轉，改邪歸正，將來小弟兄幾個俱得正果，也不枉當初結拜一場。」主意打定，決計先說破他，再行苦口勸誡。

當下元兒正色道：「大哥，你我份屬至親，又是同盟結拜弟兄。那日你我被困荒山，夕佳巖絕糧，眼看餓死。是小弟無心中拾著明弟所用的暗器，斷定方、司兩家必在近處，死中求活，冒了大險，去探古洞。走到盡頭，為晶壁鐘乳所阻，不得過去。後來仗著雙劍，雖從九死一生中攻穿數里路長的晶壁，到了那面，洞頂卻忽然坍塌。身受鱗傷不說，還幾乎被明弟暗器所傷，墜崖慘死。幸得銅冠叟恩師用藥救治，才得活命，與諸位弟兄見面。

「不久我便上了金鞭崖，拜在朱仙師門下。未拜師以前，尋你兩次。一次同了眾位弟兄，重開來時故徑，為晶沙所阻，不能過去。第二次恩師製了獨木舟，前往夕佳巖，在洞壁上見你留字，才知你已拜在鬼老門下。有一次你的生魂同一妖人到金鞭崖盜朱仙師的仙草，我在下面連喊不應，枉自代你著急。

「想舅父母膝前只你一個獨子，前聽恩師說，雖仗爹爹進省，用鉅金營救，得免罪刑，但聞你出去，每日思念，已然成病。你如入了左道旁門，異日有什麼差池，豈不更叫二老傷心？拜盟時節原約同共禍福。如今小弟入門未久，已然練到身劍合一地步，不久便要下山行道。其餘諸位弟兄，除方二哥在家奉母外，明弟、環弟俱已同拜仙師。只大哥一人尚在迷途，豈不可惜？以前無門可入，現在總算有了門徑。務望大哥急速回頭，同登彼岸，隨小弟往金鞭崖暫住。等仙師回來，哪怕小弟為了大哥多受責罰，也要將大哥引進在仙師門下。那時弟兄們不但可以常聚，還可同參正果，豈不是好？」

說時，偷看甄濟那一張灰沉沉的臉時喜時愁，知道有動於衷，良心還未喪盡，還想再說幾句沉痛的話去打動他，忽聽磐石後面起了吹竹之聲。回顧並無人影，方疑是蟲豸的鳴聲。忽見甄濟面容陡然一變，對元兒冷冷地說道：「我此時心裡很亂，別的話少時再說。適才我見你飛行時所用劍光有青有白，可也是朱梅給你的麼？」

元兒聽他又喊自己師父的名字，簡直不似有甚悔意，好生不悅。盛氣之下，衝口答道：「仙師煉的十二口仙劍，準備要誅鬼老和他的黨羽，還沒到給我的時候。這便是我在夕佳巖延羲洞中所得到的那兩口短劍。小弟不但已練到身劍合一，還能誅斬妖人於數十里之外，由我心意指揮了。」

甄濟聞言，方要答話，元兒忽覺腦後微微有一股陰風吹來，心裡一動。忙即回身一看，又似有一個黑影，在石後一閃即逝，和適才空中所見彷彿。元兒先前對於甄濟，本已起了疑慮，只因為同盟之交，情切友誼，不忍見其長此墮落下去，鬧得身敗名裂，永墮輪迴，所以再三苦口相勸。及至發覺黑影二次隱現，想起適才問甄濟可有同伴，他是那般言詞閃爍，形跡可疑，更知必有詭詐，當時本想駕起劍光飛去。暗忖：「自己不久便要下山積修外功，日後在外不知要遇見多少異派能手，怎麼初次見人就膽怯起來？佛道兩家俱重度人，如度化得惡人歸善，更抵得許多外功。難得對方又是至親至友，初入旁門，惡行未著，焉能一勸不理，即如路人？縱然他那同伴埋伏在側，有甚不利自己的舉動，但見那躲躲藏藏不敢出面神氣，也未必是個能手。自己原會護身法術，只須暗中戒備，多加小心，即使有甚不測，再用飛劍遁走，也來得及，怕他何來？」

元兒想到這裡，忽然靈機一動，便朝石後喝道：「這廝休要鬼頭鬼腦，你當我還沒有看見你麼？只管出來相見，我定看在甄大哥面上，不用飛劍斬你便了。」說罷不見應聲。忽聽甄濟道：「我並無甚同伴，你怎這般多疑？適才我聽你說，你現在所用飛劍，便是那日你在延羲洞壁中所得之物。我記得是一匣雙劍，甚是晶瑩鋒利。如今經你用法術練過，想必更為神妙。我們至好弟兄，何不取出與我見識見識，也不枉結拜一場。」

元兒這時對於甄濟已是逐處留心，一聽他要看自己所用雙劍，又拿結拜情誼來說，想起銅冠叟那日所見題壁之言，斷定他不懷好意，怎肯上他的當，可是心中還不忍就此捨去。

正在想話回答，忽聽吹竹之聲又起，甄濟臉上神色益發顯得難看，目光閃爍，不住朝自己身側注視，彷彿有人在暗中操縱他一般。猛一回頭，又見黑影一閃，連忙將身距離遠些，以防暗算。

起初元兒說了幾句詐話，不見人出，還在疑信半參。及見這許多異狀，料知甄濟陷溺已深，必更有惡黨在側暗中監察，一時半時萬難悔悟。敵暗我明，處境甚險，萬一有甚變故發生，一個抵敵不住，便要束手待斃，想來想去。還以暫時退去為是，免得遭人毒手。

元兒主意打好，便答道：「我那雙劍的妙用，適才我在空中下降時，你不見過了麼？這雙劍已與我練得與身相合，大哥要看，就這麼沒甚看頭，且待我試演一回，與大哥解解悶，再下來作長談如何？」

說罷也不俟甄濟答言，逕自運用玄功，雙肩搖處，一青一白兩道劍光連身飛起，在空中盤旋了一陣。對甄濟高叫道：「大哥，你看玄門正宗的劍法高妙麼？你還是急速悔悟，早脫迷津的好。小弟且在青城山金鞭崖相候，相見有日，恕小弟少陪了。」

說罷，正要高飛，忽見下面甄濟猛然顏色一變，怒罵道：「小賊竟敢哄我，快將那劍還我，饒你不死！」

一面說，一面雙手一揚，便有兩股黑煙往上飛起。元兒見他原形畢現，幸而抽身得早，那黑煙來勢比起自己劍光來勢遲緩些，盡可避免，便不願再招惹他。正想催動劍光趕回青城，忽聽來路上起了一陣破空之聲。剛待回頭，猛覺眼前千萬道黑絲飛來，鼻間也聞著一股子奇腥惡臭。連忙運用劍光護身時，身上已沾了一點，立時頭昏眼花，神志一迷，往下墜去。昏惘中覺著身才著地，倏地又凌空飛起，不一會，便人事不知了。

也不知過了多少時候，元兒醒轉一看，已臥在南綺修道室內床榻之上。南綺正坐在床前，握住自己一隻右手，滿臉俱是悲愁苦痛之容。神志初清，先疑是在夢中。剛想坐起，南綺忙用手按住道：「我見你不辭而去，恐途中出事，連忙追去。偏追你遲了一步，等到快要追及，你已為妖法所傷。我遠遠望見你從空中下墜，一時情急，也沒顧到利害輕重，飛身迎上前去便搶。就在這時，空中忽有一道金霞閃過。那傷你的一個妖人，本從你墜落之處追下，竟然怪嘯了一聲，不知去向。你的身子也將達地面。我恐跌傷了你，剛剛一把將你抱住，沒料到下面磐石旁還有妖人的同黨，正往你落處奔來。見我將你救去，竟乘我不備，朝我一揚手。我立時覺得渾身冷戰，又酸又麻，知道中了暗算。所幸心神未亂，去時帶了梯雲鏈，早就留好退路。一見情勢危險，連忙將你抱緊，行使用法，飛身便起。我又氣那廝不過，起身時節，百忙中勻出手來，給了那廝一火雲梭，也不知打中了沒有。等到回至仙府，我已支持不住，一落地，便與你同時暈跌在地，只是心中還算明白。

「起初我本不知妖人用的是五陰手，不知解法，甚是著急。後來想起我周身難過，與你那日所說紅兒鶴仙受傷情形相似。恰好給你取萬花涼露時，為討你喜歡，採了一只朱果帶在身旁，勉強取出，吃了一半。想起你還未甦醒，當時你又面如金紙，牙關緊閉，東西吃不進口。看你受傷可憐，又是傷心，又是恨你，只得掙扎起身，將你扶臥榻上，用玉簪先將你嘴撥開，將剩下那半只朱果弄碎了，與你送進口去，又餵了你幾粒丹藥。

「待了一會，我除身上有些酸麻外，比起先時果然要好得多，漸漸行動自如，才跑出去又採了兩個朱果，取了些仙露。與你分吃之後，見你朱果入口，雖然已能自然下嚥，人仍未曾醒轉。心想：你年紀雖輕，根賦比我還厚，如所中妖法與我一樣，怎的會比我要重得多？心中奇怪。見你老不好，急得實無法想，便把我母親給我留下的許多法寶，只要有驅邪破祟靈效的，都用來試了試。末後用這少陽離火扇輕輕給你搧了一下，才將你身上邪氣驅退。但你仍不曾回生，法寶業已試盡，正在心焦，你卻醒了。這柄扇兒，乃純陽離火之精英所萃，專能驅除邪毒。照此看來，你中的乃是一種迷魂邪術，並非五陰手之類了。我曾見你在空中盤旋不去，才引得妖人上來害你，想是看下面景致，路遇的了。」

元兒聞言，才知是南綺深情追趕，方得救了自己勝命。適才強留，也是好意，不該負氣不辭而別，幾乎身遭毒手。一摸身後，雙劍仍在匣中，並未被妖人奪去。不由又感又愧，便忸怩著把前事說了。

南綺氣他不過，本想著實埋怨他幾句，見他所受委屈，又覺不忍出口。故意問道：「你耽誤了這麼多時候，你的二位師兄必在金鞭崖上懸望。真是我任性不好，害你生氣受苦。你如覺著復原，又不想在此調養，梯雲鏈在此，拿了走吧。省得少時私自逃席，又去吃苦。」

元兒見南綺已然轉了面容，炯炯星眸注定自己，若喜若嗔，隱含幽怨。一時愧感交集，無話可說，忸怩著把南綺拉著自己的那一隻手就勢拉將過來，捂在自己的臉上，說道：「好姊姊，你還怪我嗎？」

南綺沒有留神，吃他陡地一拉，身子往前一撲，人未十分復原，本也覺著懶倦，便順著勢子臥倒，與元兒同睡在一個枕上。見元兒仍用自己的手捂臉，便奪過羞他道：「自己做事對不起人，卻拿我手給你遮羞，連我都怪臊的，到底現在走不了呢？」說罷，忍不住撲哧笑了出來。元兒這時與南綺並肩共枕，益更親密。見她雲鬢低亞，肌理瑩潔，真個麗質仙根，其秀入骨。加以香息微聞，春纖在握，又值患難之後，哪不令人愛而忘死。就算身已復原，康健如常，也不忍拂她意思，逕自歸去。何況全身委憊，暫時實難行動呢。便笑答道：「姊姊只要不怪我，我便不走。」

南綺笑道：「這就奇了，走不走，其權在你，怕我怪則甚？這不是多餘麼？再說我與你雖是名頭夫妻，也得順著你一點才是呀。」

元兒見她又暗點前事，便央告道：「好姊姊，我認錯就是，你不要再提了，我下床給你負荊請罪如何？」

南綺聽他不走，已是心喜，隨話答話，並不存心。見他惶急，益發生憐，忙又攔住道：「我隨便一說，並非故意譏嘲。論起來，我也有不是之處。你為長久打算，不在一時，道理原對。也是知道明走我必不肯，又不願我遇事任性，才不辭而別，怎能怪你？我天生這般喜聚不喜散的脾氣，現已幾乎惹出大禍，還是不捨你走。我想你在此調養，比在青城總要強些。上次聽你說，除功夫未純外，劍法已盡得紀師兄所傳，並不是非回山用功不可。

「只是你此次出來，計算時刻，下方已是兩天一夜。來時未和二位師兄說明，也不知你受傷之事。少時待我用你口氣，代你修下一封書札，由本山仙鶴送去。說明你回山之時，想練習長路飛行，路遇妖人，受了重傷，如今雖然救轉，還得養息多日。請那位紀師兄允准，俟人復原，我二人把飛劍一同練成，再回金鞭崖向紀師兄請命如何？」

元兒此時對於南綺已是無不惟命，便點了點頭。喜得南綺也不再理會身上酸痛尚未痊癒，逕自縱起，將書信依言寫就，與元兒看過。走向室外，曼聲長嘯了兩次。不消頃刻，便有一隻白鶴展翼飛來，降落前面。南綺囑咐了幾句，那鶴將信啣好，逕自沖霄飛去。南綺依然回房，坐向榻側，陪著元兒談了一陣。又去將那萬花涼露取來，與他服用。

二人喁喁情話，恩好無間，雖然沒有燕婉之私，卻也你憐我愛，柔情款款，其樂無極。過有幾個時辰，二人連服許多靈藥仙果，南綺固然全好，元兒除精神稍弱外，已能離榻起坐，行動自如。二人正站在窗前並肩閒眺，待鶴歸來，忽見一道青光從谷口飛將進來。南綺剛歡呼了一聲：「大姊回來了！」那青光已然穿窗而入，到了二人面前落下，現出一個青衣少女，正是舜華。南綺、元兒忙即見禮。剛要開口述說經過，舜華先說道：

「我同紫玲姊姊一同下山，走了好些地方。昨日遊到黃山，謁了餐霞大師。路上又遇一位名叫廉紅藥的道友，紫玲姊姊因舊居不遠，便邀往紫玲谷閒坐。廉道友說起她日前從岷山經過，看見下面一個極危峻的山谷之中寶氣上騰，直薄雲際，看出谷中藏有寶物。

「及至降下尋找，寶氣忽然隱去，只有一片五彩毒霧瀰漫谷間，好似有甚極惡毒的妖物在那裡盤踞。因為起初在甘肅鐵鷹嘴吃過大虧，見毒氣太濃，未敢招惹，打算找了幫手，再行前往查看。紫玲姊姊一聽，因大家都是奉著師命出外積修外功，左右無甚一定要事，便約了大家同去。

「剛剛飛近青城山境，便見元弟的師兄陶鈞和青螺峪怪叫花凌真人的門下——陸地金龍魏青，同駕劍光往萬花山尋你。紫玲姊姊看出是自己人，忙趕上前去相見。大家降落一談，才知昨日神尼優曇大師路過黑蟒山赤水嶺，看見一個矮叟朱真人的年幼弟子，正為鬼老門下妖法所傷。行法的一個，已為大師飛劍斬斷了一臂逃走。下面還有一個鬼老的門徒，想是入門未久，無甚本領，並未看出同黨斷臂逃走，正在仰面向天，準備害那受傷落下的敵人。

「大師當時本要降落下去相救，誰知就在此時，又飛落一個少女，所用劍光也是朱真人家數，一到便逕去搶救那受傷降落之人。

「大師暗忖：朱真人怎會收有女徒？默運靈機一算，才知因果，這一男一女便是你和元弟。大師因那下面妖人道行甚淺，不比斷臂逃走那一個已得鬼老心傳，你一人足能應付。僅在元弟落地時，略提了一把，以免震傷內臟，故沒有降落，誰知那小妖人竟學會了鬼老的五陰手，乘你搶救元弟之時，給了你一下。

「大師見他如此可惡，想用飛劍將他除去，再行解救你和元弟時，你已用梯雲鏈，抱了元弟，飛了回來。大師見你雖為五陰手所傷，仍能使用法寶救人，知無妨礙。再一細看那廝，雖然妖氣滿身，惡跡還未大著；加以原來秉賦尚好，異日如能悔悟，並非沒有自新之路；又吃你臨飛起時，打了他一下火雲梭，險些中了要害，已然受傷不輕，足可示儆。便不願再開殺戒，逕自飛走。

「大師飛沒有多遠，便遇見陶道友前往峨嵋領訓，當下喚住，告知此事。陶道友原是奉了紀道友之命，前往峨嵋凝碧崖大元洞，呈驗那十二蕉葉仙劍。當時拜別大師，到了峨嵋呈劍之後，並向朱真人陳說元弟飛劍已成；你雖然劍光稍弱，也已差不多，再練些日，便能運用純熟。並說路遇伏壘大師，得知元弟為鬼老門下妖法所傷，被你救回山去等事。請示二人痊癒以後，是否要朱真人回去後，再行領命下山。朱真人聞言甚喜，說自己還有些時日耽擱，不但准元弟在一月之內自行下山，還因你劍法不如元弟，特降殊恩，准元弟從今以後便與你同在我們這裡修煉。直到月終，再行同赴青城，與紀、陶二位辭別，一同下山積修外功。那時必有後命，用飛劍傳書，轉由紀道友告知元弟。

「陶道友領命出來，遇見魏道友來取還九天元陽尺，回轉青螺峪。陶道友和他，以及還有一位也在凌真人門下名喚俞允中的，俱是舊交至好，許久沒有相見，陶道友想借往我們這裡傳命之便，順路繞道青螺峪去，探望俞道友敘闊。便邀道友先同往金鞭崖見了紀師兄，然後一同起身，打算到了萬花山見你之後，再行轉赴青螺峪，偏巧又和我們在雲中相遇。紫玲姊姊因魏道友帶的那柄九天元陽尺乃天府至寶，妙用無窮，再三相勸紀、陶二位同去岷山除怪尋寶。又恐你二人尚未痊癒，命我代傳真人口諭，並帶了兩粒上次凝碧仙府群仙所煉的靈丹，與你二人服用。你二人之事，我已盡知，如無甚別的話說，我還有事相托紫玲姊姊，此時趕去，或者他們也剛得手呢。」

南綺笑道：「話倒沒有什麼。我因不久下山，你何時回來呢？」

舜華剛道得一聲：「至多半月之後，這家不愁沒人看的。」說罷，一道青光起處，已往谷口外飛去。

舜華剛走，那送信仙鶴也便飛回，口中啣了紀登的回信，大意與舜華所言相同，南綺拍手歡喜道：「單大姊說，還怕你不信，這總是你紀師兄親筆寫的吧。」

元兒也是歡喜非常，連說：「哪有不信之理？」

二人在階下一同遙叩，謝了師恩。由此每日同在一處練習，加緊用功，靜候到日奉命下山不提。

且說元兒和南綺在長春仙府努力練劍，閒來時便往後山頂上觀星群出現，飲露餐花，分泉鬥果。加以情深患難，無嫌無猜，其樂真有勝於畫眉，連日月全都忘卻。只等到了時日，舜華回山，便即起行往青城去向紀登拜辭請命。

光陰易過，不覺過了一月，舜華仍是信音杳無。二人也不知到了日期，只是懸念而已。這日元兒與南綺練完了劍，覺出已能運用純熟，隨意所之，甚是心喜，並肩攜手，正在山亭閒話。南綺忽然一眼望到谷口外光華亂閃，喊聲：「有人！」便飛身出去。元兒跟著，飛往谷口外一看，正是陶鈞，已為封谷煙雲圍著，一道劍光護住全身，似電馳星飛一般亂閃亂竄。

元兒忙喊：「南綺，快快收法，陶師兄來了。」南綺連忙收了法術。

陶鈞也將劍光收去，與二人相見，元兒引見過了南綺，便即拉了陶鈞的手一同入內。到了山亭落座，南綺便去搬了酒果出來，殷勤相勸。

陶鈞笑對元兒道：「你還沒成仙，就在這洞天福地享受清福。本門連師叔那一面算起，同門許多師兄弟，誰能比得上你？你真是第一個福人了。」

元兒笑答道：「日前聽舜華姊姊說，她在中途與師兄相遇，說師兄同一位姓魏的道友往青螺峪去訪友，為秦紫玲師姊約往岷山除妖。今日到此，可是從青螺峪回轉麼？」

陶鈞道：「你真是在做夢呢，今天都是幾時了，我還剛從青螺峪回來？我自和秦師姊岷山除了毒蛇，秦、廉二位各得了一樣寶物，便分了手。我和魏師兄徑往青螺峪，見了凌師伯，交還九天元陽尺，只住了一日，便即回山。那害你的妖人已打聽出來，正是你的表兄甄濟和一個同黨，因各已受重傷，也未再敢往青城窺伺。

「我和紀師兄在山中候了一月，你一直未歸。今晨接到師父從峨嵋來的飛劍傳書，著你與師弟妹即日下山。先回青城，讀了恩師法諭，辭別紀師兄後，先往滇黔一帶行道。師叔門下還有幾位師弟，也在那裡辦一件事，見面自知。靜等明年奉了師父法諭，那時方可回山，隨了師父同赴妖人之約。

「紀師兄說你今日必歸。我因你無音信，恐忘了日期，誤了師父之命，特地趕來，催你回去，就便觀光長春仙景。不料你果然還沒準備起行，我如不來，豈不誤卻？」

元兒聞言，惶恐道：「我們因與舜華姊姊約定，等她歸來，便是行期；這裡晝夜常明，也不知日月，所以忘卻。既有師命，我們就即刻回轉青城吧！」

南綺笑道：「師父有命，自然應該就走，這家交給誰呢？大姊真氣人，一出去，便不想回來。為今之計，只好我把谷口封鎖，由它自去吧。」

言還未了，忽見一片彩雲從谷口飛來，落下兩個女子。一個正是舜華，一個穿著全身紅衣，背插雙劍，身容美秀，英姿颯爽，卻不認得。

舜華分別見禮，又給引見道：「這便是日前所說的那位廉紅藥姊姊。我昨日見已到了月終，正想趕回，紫玲姊姊偏邀我到青城山紅菱磴去，代餐霞大師辦一件事。廉姊姊又要我繞道，伴往巫山神女峰去，取些應用東西，準備同我到此遊玩。所以來遲了一步。」

南綺搶道：「大姊回來正好，我們已奉了朱真人之命，即日就要往青城山金鞭崖去，拜別紀師兄，領命下山行道。陶師兄也是為此而來。如無甚事，我去後面取了應用法寶，就動身了。」

舜華道：「我不久也要下山去尋紫玲姊姊，她已答應將我引進到玉清大師門下。邱氏夫妻事也辦完，我已命他二人再隔半月來此，代我們看守門戶。你們不可誤了大事，只管先走吧。」

南綺道：「這丫頭回來，千萬叫她把借我的那口劍給留下。」說罷，匆匆飛回修道室內，將法寶藏入囊內，把其他應用之物也打了一個包裹，便飛回亭中。

元兒聽舜華說起歸途曾往紅菱蹬一行，猛想起方環、司明二人在彼。因舜華、紅蘗俱和陶鈞敘闊，不便插嘴詢問；及至南綺取了寶物回轉亭內，陶鈞便催速行，始終也未得問。便和南綺隨了陶鈞，向舜華、紅蘗作別，同駕劍光直往青城山飛去。

這次飛行不比上次，元兒和南綺功力業已大進，憑凌太虛，迎著罡風前進，絲毫也不覺力乏寒冷，自是心喜非常。便是陶鈞，見二人小小年紀，為時無多，居然練到這等地步，也是贊羨不置。

過有兩三個時辰，落到金鞭崖上，紀登已含笑在觀前相候，元兒忙和南綺上前叩拜。見禮之後，同入觀中，紀登取出朱梅法諭，二人先遙遙叩祝了一番，然後起立恭聆訓示。書上所說，前已表過。只元兒因離家日久，思念父母，此次下山，意欲先往環山堰去省親二老。再往且退谷去拜見以前恩師銅冠叟、方母和方端、雷迅等人，然後起身入滇，問紀登可能允准？

紀登道：「師父法諭，原命你五月夜前趕到雲南省城，別的事可便宜行事。思親歸省，原是正理，只管先行前走，遇便我代你稟明師父便了。」

元兒連聲稱謝。又由紀登給了數十粒靈丹，帶在身旁，重與南綺向紀、陶二人辭別，出了觀門，逕往青城山麓環山堰飛去。

第四章　初逢伏蟒

話說元兒的父親友仁，自從營救甄濟的父母，田產耗去大半，仗著妻子甄氏持家勤儉，依然不失素封之家。讀書課子，倒也安閒。友仁想起元兒自從打發他出走，只有銅冠叟來過一次信，說人已到達金鞭崖，寄寓方氏兄弟家中，不久便要上崖去拜仙師，以後便斷了音信。還有內侄甄濟，也是避禍出走，一去不歸。

甄氏每日想道：「此子有一身本領，雖不致死於虎狼之口，但是他父母事已平息，全家均往雲南，投庇在舊上司宇下，以免再有牽連。甄濟在外，不會不知道一點訊息，怎地也沒有回來探聽？」友仁更大是不解。又想他和方氏兄弟原有同盟之誼，許和元兒都在一處學習武功，也說不定。

友仁幾次想打發人去至金鞭崖探望元兒與甄濟下落，又因銅冠叟來時，談起那裡山高路險，猛獸毒蛇甚多，常人不能到達，去了休想生還，也就止了念頭。

這日友仁夫妻對坐談話，又提起元兒無音信之事，正在思子情殷，忽然老長年裘老二飛跑進來報道：「元少爺回來了，還同了一個體面小姑娘。」言還未了，友仁已聽得門外喊：「爹爹！」果是元兒同了一個容顏極美，平常人家裝束的少女。元兒進來，放下手中包裹，先向友仁夫妻跪下行禮。喜得甄氏心花怒放，忙將二人攙起。也不暇細問經過，先喊長年：「快點打水與少爺小姐們洗面，叫伙房安排吃的，晚餐煮臘肉豆花。並派人到學裡去把小少爺們接來，說他哥哥回來了。」一面又把南綺拉到懷中，看了又看，向元兒道：「你這姊妹也是方家的麼？怎會一個人同你來此？」

元兒見旁邊丫頭傭婦咸集，不便明言，便支吾道：「兒子和南姐走了許多路，緩緩氣，少時人靜再說吧。」

友仁見他紅著一張臉，吞吞吐吐，便把丫鬟僕婦們支了出去。

元兒見房中無有外人，重又跪下，請了罪。然後起立，從入山遭險、為山虎所困絕糧說起，直說到萬花山訂婚，奉命下山。因見南綺雲裳仙裾，恐驚外人耳目，下山時，特地飛向城市中將自己那粒寶珠當了數十兩銀子，買了一身常人衣服，與南姐更換。又一同飛向近縣，雇了轎子回來，向父母請安稟告，與南綺正了名分，然後一同出外行道。只瞞起甄濟為奸人引誘，入了邪道一層，以免甄氏聞之傷心。

友仁雖是禮法舊家，知道元兒身俱仙根，與常人兩樣，又是仙人主持婚事，再加南綺端莊淑雅，美如天仙，知非塵世中人。佳兒得此佳媳，喜歡都喜歡不過，哪有絲毫責怪之理。當下便由友仁傳語全家，說南綺是個詩書世家的孤女，幼失父母，寄養方家，由方母與老師為媒，因方母有病，山中不便置辦，元兒又未告父母，特命隨了元兒回來，稟命完婚等語。友仁鄉居多年，與戚友素少往還，又是存心不事鋪張，故喜訊傳出去，只有一些左近的鄉族鄰裡來賀，人並不多，除驚新娘太美外，俱都不疑有他。當下便由友仁夫婦為他兩人擇吉合巹。

元兒原打算回家稟明父母，正了名分，少住即去，偏有這許多俗禮糾纏，少不得還要耽擱時日。後來一想，自己久違定省，此去一別，至少又須一年半載才得歸省，正好藉此承歡幾日，也就不再置念。

轉是南綺雖然生自仙家，紅塵尚是初到，見了人世上許多物事，俱覺新奇。又加甄氏愛憐體貼，勝逾親生。兩個兄弟天資也不惡，因聽母親說新嫂嫂是仙人下凡，南綺又天真爛漫，常用法術變幻，逗引小兄弟們取樂，因此一下學便糾纏不清，甚顯親熱。

雖循俗禮，在未拜堂以前，不與元兒相見，倒也不覺難耐。

依了甄氏，愛子初歸，又有這麼天仙一般的美媳，恨不能把吉期拖得遠些，多留些日子，才稱心如意。還是友仁知道玄門教規素嚴，恐耽延日久，誤了師命，強主持著將吉期提早，擇定月中。等兩人完婚，過了滿月，再藉元兒送媳婦歸寧為名，出外行道。

元兒在鄰縣當去的一粒寶珠，也著人去贖了回來。元兒結婚那日，自有一番應有文章，全家只說是一雙兩好，誰也料不到二人仍是名色夫妻，始終同床異夢。

光陰易逝，轉眼滿月。友仁因元兒此次出外積修外功，少不得要力行善事；還有路上用的盤川，也須帶富足些。便和甄氏商量，將家中積年存備的一些餘金，命人換了金條，與元兒帶在身旁備用。甄氏心疼愛子，還要跟上次出門一般，要他帶些路菜起身。

友仁笑道：「他們已能和羅妹夫一樣上下青天，飛行絕跡的了。此去山行野宿，隨處皆可安身。那金銀如非帶去做好事，都無用處。元兒背人和我說，離家百里，行囊便須丟卻，要帶好些東西去，不過形式而已。還帶這些累贅東西則甚？你沒見元兒還不怎顯，新媳婦吃我家的酒類，只沾一沾唇應景麼？」

說時，元兒見南綺站在甄氏身側，抿著嘴直笑，猛想起父母雖因那年服了羅姑丈所贈靈丹，從無病痛，畢竟漸入暮年。也朝峨嵋默祝，取了幾粒靈丹，與友仁夫婦服了。

又因回來那日，南綺曾將帶來的萬花涼露取了幾滴，和了山泉，遍飲父母弟兄。個個讚不絕口，說是服後口中甘芳，心清神爽，要將那一葫蘆萬花涼露全都留給父母。甄氏知是元兒夫婦長途中的飲料，執意不肯，小夫妻再三勸說，才勉強留了半葫蘆。這臨歧話別，老少個個依戀，又耽誤了大半天，才行分手。

元兒、南綺拜別出門，先坐家中備的小轎走向鄰縣後，便藉詞改坐船走，打發掉轎夫。走向無人之處，將行李拋棄。仍帶了來時包裹和應用的東西，同駕劍光，先往貴州省城飛去。照朱梅飛劍傳諭，二人到了滇黔交界，便須降下，和尋常客旅一般，往省城走去，時時考查民間不平之事，無故不再御劍飛行。二人在家中已將道路方向問好，飛行了一陣，快達貴州省境。只見下面山嶺雄秀，綿亙不斷，除有時發現一些深山裡的野苗外，往往數百里不見人煙。元兒恐趕過了路，打算擇一個靠近城鎮的隱僻之所降下，再行問路前進。且行且想，一眼看到前面長嶺前橫，甚是險峻。嶺這面童山光禿，尺樹不生。嶺脊那面似有一縷縷炊煙復起，由似斷還連的嶺脊凹處裊裊上升，搖曳天空，隨著微風飄蕩。忙招呼南綺，逕往嶺脊凹處降下。

落地一看，荒山寂寂，四無人蹤，兩頭俱是峭壁，排天直起。偶一說話，回音反應，半晌不絕，真是幽靜已極。兩人便往前面有炊煙的所在走去。誰知那嶺凹在天空看去不大，下來前行卻是很遠，走了十餘里路，才得越過。剛走到嶺那一面，忽見叢莽茂密，山花怒放，迥與來路不同，宛然另一世界。加上時當春暮。到處都是穠李天桃，競艷爭妍；古木森森，碧蔭如幕；岩高山轉，徑險峰迴。越顯雄奇清麗，風景非常。

二人見林莽鬱蔥，花蔭匝地，除了有時遇上一些天生的石路外，連個樵徑都無，不似有甚人家居住神氣，再望前途，炊煙已杳，更無尋處。

元兒心中奇怪道，「適才明見炊煙上升晴空，就在近處，怎地到此，人家不見，連炊煙都沒有了？」

南綺道：「你看錯了，莫是雲吧？」

元兒道：「我自服靈藥以後，目力比先前要好得多。何況自幼生長鄉間，見慣了的，怎連炊煙和雲都分不出來？」

南綺道：「萬花山有時也煮熟東西，只是用那地火，炊煙原不曾見過。還是那日在你家，同了二弟在後園坡上看花，見伙房中的煙囪有白煙嫋嫋升起，才得親見。也不過高出房頂丈許，隨風散去。適才我們在空中，離地差不多有好幾百丈。就這山凹低處，也有數十丈高下。看那煙就在我們前面足下飄揚，聚而不散，一點點熱氣，怎會飛得那般高呢？後來落下，走入山凹，被高崖一擋，就看不見了。聽姊姊常說，深山大澤，實有龍蛇，山行如有異狀，必有怪物潛伏。看那煙來得奇特，我們莫要大意呢。」

元兒聞言，忽然醒悟。細揣那煙，果與尋常炊煙不同；而且已是過午，不是山民做飯時候。只因忘了自己身在高處，也把那煙當作平處看，所以認錯。便答道：「這次我們奉命下山，原是為世除害，如遇見有甚妖物異類，正可拿牠試劍除害，怕牠何來？」

南綺道：「上次紫玲姊姊囑咐我說，我二人異日下山，險難正多，逐處都要留神。你本領能有多大？不過練了兩口好劍罷了。驟遇厲害妖物，如事先沒有防備，不等你下手，先吃了大虧，誰來解救？若和你上次遇見妖人一樣，那才糟呢。」

元兒聞言，臉上一紅。因為發覺前面有了妖跡，便停了尋覓人家之想。一路端詳適才所見白煙升處，留心往前找去。南綺又斷定那白煙升處離此不遠，如再駕劍光升空觀察，恐將妖物驚覺，仍主張步行探尋。走約里許，終無動靜。細查左近草木，也無異狀。

剛想走向高處一看，忽聞流水之聲。行處是個斜坡，並無溪澗，照水響處找去，才知發自路側叢莽之中。南綺拔出劍來，撥開灌木一看，原來是一條極窄的水溝，寬才尺許。

但泉水滾滾，其流甚疾，飛珠濺沫，觸石有聲。用劍一探甚深，又折下一根丈許長的樹枝往下一試，仍不到底。正在試水深淺，忽然手中一鬆，那樹枝竟齊水淹處斷去，沉底不起，以為偶然如此，再拔了兩根長竹一探，不特其深莫測，仍是一入水，轉眼便斷。知是毒水，心中一動。

南綺便叫元兒也將劍拔出，削去兩旁叢莽一看，那水源竟發自右側面高崖之上，順著崖坡下流，一條水溝也不知多長，筆也似直。仗著寶劍鋒利非常，挨著那多年野生的灌木密菁，如摧枯拉朽一般，不消多時，便將那條水溝兩面的草木削去，開出一條二尺多寬的夾水小道。下流落底之處，二人並未查看，只管循著水源往上開闢。由下往上約有里許之遙，路也越發險峨。又走了半箭多地，才到了盡頭之處。前面的危崖忽然凹了進去，其深約有十丈。怪石底處，搖搖欲墜，隱隱聞得地底怪嘯之聲。到此已是寸草不生。走將進去一看，那條又深又窄的水溝，直達崖凹深處。靠壁中間現出一個深穴，那水便從穴中箭射一般沖出，仍是一條溝道，凹中景象甚是陰森。

二人看了一陣，看不出所以然來。元兒見那水穴甚大，偶想起身帶寶珠，可以燭幽照暗。試取出來，側身探頭進去，用珠往裡一照，只見那洞穴外觀險惡，裡面卻是寬大平坦。光影中那股奇水，竟和一根銀箭相似，在地面上閃動。別的也無異狀。

元兒一時動了好奇之想，打算進洞看看那水源究從何處發出，怎會有腐木消石之力，便和南綺商量。南綺也和元兒同樣心理。為防萬一有甚變故，各將應用法寶、飛劍準備停當，仍用珠光照路，從側面飛身而入。誰知那洞竟深得異常，連元兒那般好的目力，都看不到底。冷氣侵入，勝於寒飇。

正行之間，元兒見前面毛茸茸一團。再往前看，便不見那條水影。猜是水源快盡，心裡一急，便加緊往前飛走，眼看達到，猛又見那水溝盡處的黑影中有水霧騰起。方在辨視，忽聽身後「咦」了一聲，一道光華，直朝那黑影飛去。

元兒見南綺忽然越過自己，運用玄功，飛劍上前，料知出了事故，忙即催動劍光，隨後趕去。這時黑影中的白霧越發濃厚，珠光照處，元兒也同時看出有異，不由大吃一驚。二人因那黑影中的怪物生相奇惡，又大又長，不敢稍為怠慢，俱都不問青紅皂白，兩道劍光，一先一後，相次發出手去。那怪物想已睡熟半日，為二人聲息驚醒。剛得睜眼，兩道劍光接著飛來，攔身一繞，不但沒有等牠張口噴毒，連吼都未吼出聲來，只鼻子裡嗡了一下，當時了賬。

原來南綺經歷雖少，畢竟要細心些。她緊隨元兒身後，正行之間，忽然一眼望到前面那團黑影中所發出來的白氣，竟和適才洞外所見的炊煙一樣，情知有異。再定睛一看，煙氣籠繞中，還隱隱有兩三點碗大的綠光閃動。那溝中毒水，也是這怪物在那裡作祟。

因元兒在前還未發覺，恐有失誤，決計先下手為強。身臨已近，也顧不得招呼元兒，脫口「咦」了一聲，飛身過去，就是一劍。

那怪物原名九眼神蟒，大約長有十圍，形象極怪，有頭無頸，沒有五官，只在前胸上生著九個碗大的眼睛，卻兼備耳目之用。食物之時，全憑九眼吸力。無論什麼野獸蟲豸，多惡毒的東西，只要牠目光能及，便被牠吸住，沾在眼上，不消多時，便化成濃血，全都到了牠的肚內。這怪物又沒後竅，吃東西有進無出。除九眼外，還有一個肚臍，長而不圓，約有尺許，終年長開，流出毒水。這水所經之處的草木皆有了毒，人服必死，沒有救法。所幸這怪物雖然貪狠惡毒，卻是上下左右一團。只在肚腹以下生著十八個小足，托著這麼一個龐大的身體，臃腫非常，行動卻極遲緩。其性又愛貪睡，除當正子午時外出吞吸日精月華外，永遠伏在陰暗之地，眠而不醒。目光所見又短，不比別的怪物靈敏。醒時非九眼齊開，不能行動。哪還經得起元兒、南綺二人的雙劍同發，所以死得那般容易。

不過這九眼神蟒乃是兩個，一雌一雄。二人所斬是個雄蟒。還有一個雌蟒，在這洞底地穴之內。適才二人入洞時，所聞地底嘯聲，便是此物。因為正產生小蟒，沒有外出。

二人只搜完了後洞，以為怪物只有一個，業已殺死。一時疏忽，未曾想到入洞時所聞地底怪嘯，以致留下異日禍根。雖然是個大錯，可是雌蟒如也同在地上，照怪物素習，雌雄同居，必定相隔數丈，互相噴毒為樂，一個被殺，另一個必然警覺，二人能否平安脫險，不為所傷，尚屬難定呢。這且不言。

元兒、南綺劍斬妖物之後，聞見奇腥刺腦，頭目昏眩，知道其毒非凡，不敢近前。又恐洞裡面還有餘怪，便繞著飛越過去。

前進不遠，四壁鐘乳漸多，映著手上珠光，宛如珠纓錦屏，甚是美觀，卻不再見妖蹤。越走洞道越窄，連前計算，已行有三四十里。

忽見前面隱隱有光，飛近前去一看，業已到了出口之所。洞口約可通人，奇石掩覆，蛛網塵封。洞外也是危崖高聳，草木密茂。遙望左近，一片參天古樹，林蔭中隱隱見有紅牆掩映，彷彿廟宇。

依了元兒，因為洞中怪物奇毒無比，雖已身死，倘有人誤入洞內，為餘毒所中，豈不送命？還有那條水溝，既能腐石消木，其毒可知。那水到怪物身前便止，想是怪物所噴，也不能留著害人。想回轉前洞，將洞口用石堵死，再將那條水溝一齊填沒。南綺一則不願再聞嗅怪物那股子奇腥之味；二則因那水溝又長又深，一時半時怎填得滿？估量這裡數百里不見人煙，因為隱僻，路又奇危絕險，決不會有人由此經過，再加水溝深藏叢草灌木之中，現時雖被二人開出一條小徑，不是預知尋覓，日久草長，又復遮蔽，更難發現。何況怪物已死，毒源已絕，行即乾涸，怎會害人，何必多費這一番冤枉氣力？

元兒聞了，只得作罷。因後洞這一方面地勢比較平坦，元兒仍恐有人誤入洞內，中了妖毒，見洞頂上突出一塊很大的危石，正好用來封洞。便將劍光飛起，繞著那石只一轉，一塊重有萬斤，大約數丈的危石便倒塌下來，恰巧落在洞門凹處，嵌得緊緊的，將洞口封住。這一來，又在無心中將那條雌蟒的出口斷去一面。

元兒仔細看了看，見人獸都難走近，才放了心。前望那片樹林，甚是鬱蔥，既已發現廟牆，想來左近必有人家。便和南綺略為整頓衣履，彈了彈身上塵土，便往樹林中有廟牆那一面走去。入林一看，樹上落葉淤積尺許，看神氣縱有廟宇，也是荒山坍廢的古剎，未必有人。正覺有些失望，忽聽南綺嬌喚：「元弟慢走，這不是有人打此經過，留下的腳印麼？」

元兒側臉往地下一看，果然積葉上有一行很深的足印，其長約有二尺，寬約五寸，比起常人足跡大過一倍還多。這時經行之處，乃是一片梧桐樹下，碧幹亭亭，參天直立數十丈。每樹相隔較稀，又無繁枝密椏。那積年落下的桐葉，飽受雨淋日曬，都已汙蝕成泥，勻鋪地面。見那些腳印個個足趾分明，二人心中詫異：「明明是人的足印，怎會大得出奇？」

循著足印走了一段，不但樹的距離越稀，更發現路旁有好些廣約畝許的深穴。地上時見殘鬚斷梗，穴旁浮土環拱，起成了一圈浮堆，附近林木也都歪向四面。二人看出穴中原有樹木，被人連根拔起。普通樹木上下同時生長，上面樹幹枝葉有多大，下面的根鬚也一樣有多長多大。而這些樹木之根俱在地底，盤行糾結，一旦拔斷，挨近的林木俱受了影響。二人見那些樹木最小的也有合抱，如被風吹折，不會連根拔起，也不會只斷一株。如是人物所為，神力還不必說，單那身量就大得出奇了。

二人驚訝了一陣，元兒猛想起前在青城學劍，無事時常強著陶鈞敘說峨嵋山一輩劍仙的軼聞奇跡。有一天曾談及三英中的李英瓊，初得紫郢劍，在莽蒼山遇見兩個巨人，如非當時機警，險些為妖吞吃之事。這麼大足印，說不定也是山魈、夜叉一類。便和南綺說了。二人知雖又蹈危境，畢竟因那足印入土那般深法，可見這東西縱使力大無窮，也只能在地上行走。李英瓊遇見巨人時，尚未入門，只憑身輕靈巧，尚能連斬雙魈；自己已將飛劍練成，除牠豈非更易，便放了心。一路留神觀察，循著足印前進。

又走約有三數里，忽見大澗前橫，寬有十餘丈，那足印並未過澗。於是低著頭行走。及至走下半里路去，又見一根天生的大石樑橫跨兩岸，足印也到此為止。越過石樑一看，仍是無有。試沿澗往回路一尋，見這面林木稀疏，積葉極少，看不甚清。走了幾步，遇見一小段泥潦，足印又才出現。知道這東西過澗，須要繞道由那石樑行走，連這十餘丈的澗面都不能飛渡，其蠢笨可知。

這面沒有密林，目光易察，二人便沿澗飛行。轉眼工夫，繞過一座低崖，忽見前面現出一片廣坪，坪上現出適才所見的那座廟宇。該廟雖然僻處荒山，年代久遠，牆粉殿瓦大半調殘剝落，廟牆殿宇卻是好好的，一些也沒有坍塌。廟前還森列著兩行一般大小粗細的桐樹，土石平潔，綠蔭如幕，並無殘枝腐葉，彷彿常有人在這裡打掃一般。

最奇怪的是廣坪下面，順著山坡開有許多田畝，其形如八卦，高高下下，大大小小，層次分明，錯落有致。田裡除了麥、豆之類外，還種著水稻和數十畝山麻。元兒心想：「看這神氣，廟中既住有人，鄰近兩處妖穴怎地不怕侵害？那大人足印到了坪上，便即不見，分明這裡又是妖怪常來之所。」越想越覺奇怪，便和南綺信步往廟前走去。

剛到廟門，地下忽見一灘鮮血，血跡斑斑，又有大足印在內。便猜來遲了一步，廟中居人已為山魈所害。不由義憤填胸，一拉南綺，便往廟中飛去，進了廟門一看，門前有兩尊神像，金漆業已剝落。過了頭門，便是一個大天井。當中人行道路用石板砌成，寬約一丈，長有十丈，直通大殿。

路形是個十字，通著兩旁的配殿。正路兩旁也種著兩排桐樹，翠蓋森森，濃蔭匝地。殿宇雖然古老破舊，卻甚高大莊嚴，地上潔淨得連一片落葉都沒有。再往殿中一看，殿門已不知何在。神案上五供俱無，神像多半殘落，又不似廟中住有僧人模樣。二人見殿宇甚多，也不知供何神像。連喊幾聲，無人答應，便往後殿行去。

二層殿落內，樹木、天井俱和頭層相差無幾，只是後殿門窗戶牆及神像俱都撤去，只剩一座殿的骨架，與亭子相似。裡面有一個極大石灶，上面放著一口大鍋，見邊沿上還鑄有年代，卻是宋時行軍之物。鍋底中還有一些麥粥，因那鍋周圍大有丈許，就這點附著鍋底的殘粥，猶敷十數人之食。用手一探，灶火仍溫，彷彿此中人進食未久。

灶旁還有一條丈許長的青石案，陳設著許多廚中應用之物，柱上乾獸肉累累下垂。這些東西，無一樣不比常人所用大出好幾倍。除此之外，一邊橫著一個神案，鋪著一床麻製的被和一個竹枕；另一邊橫著一塊長及三丈、寬有八尺的青石，甚是平滑。石上空無所有，只靠裡一頭，有一塊二尺多寬、四尺多長的玉石。餘者還有一些農具。形式古拙，大小不一。

再穿出後殿，便是廟牆，卻始終未見一人。元兒詫異道：「這口鍋，比起長春宮道士用來煮飯的那口，還大出幾倍。如果盛滿，少說也夠百十人吃的。就以鍋中殘粥而論，廟中的人也不在少，難道都給山魈吃盡了麼？」

南綺笑道：「這些用具，都比你家所用要大得多，莫便是那大人所用吧？」

元兒道：「我先也想到，但聽陶師兄說，山魈鬼怪專一殺生血食。就說荒山尋不著人吃，山裡有的是野獸，牠也不會有這種閒心種地煮飯吃，和人一樣呀，這事奇怪，總該查看個水落石出才走。適才前面兩配殿沒進去看，只在院中喊了幾聲。也許殿中人正在午睡，懶得答理我們，且去看來。」說罷便起步回走。

南綺見那大石上面橫著一塊玉，濕潤瑩滑，白膩如脂，走過時無意中用手一托，覺著甚輕。因為元兒心急催走，當時也未在意，匆匆放下，便隨了出來。走到前殿外十字路口，正要側向兩旁配殿，猛一眼看見廟門外廣坪之下有一團綠影起落了兩下，便即隱去。元兒目光敏稅，看出綠影中似藏著一個人面，但因坪下盡是山田，地勢較低，沒有看真。忙用手一拉南綺，同往廟外廣坪上飛去。等到臨近，先將飛劍收起，以免將怪物驚走。

元兒正待掩將過去，忽聞坪下有人曼聲呼喚，喊的是「阿莽」兩字，音聲嬌婉，頗似女子。

先還以為這般荒山，哪有女子，疑是妖物幻象。見坪盡頭恰巧生著幾株古松，便同走過去，隱身松後，往下一看，果然是一個女子，身材比常人高出一半。頭上頂著一個桐樹織成的斗笠，大如車輪。赤著上身，胸前雙乳鼓蓬蓬的。下身穿著一條用麻製成的似裙非裙的短圓筒子，腳也赤著。田壟上放著兩副一大一小的石桶，小的面圓也有三尺，各有一根比碗還粗的樹幹擔著。那女子正在田裡插秧。體格雖大，卻是面目美秀，周身玉也似白。行動更是矯健非常。不時翹首向前，曼呼「阿莽」。

這山田種水稻，除非高處有水可以汲引。這裡雖有水源，卻在懸崖深澗之中。元兒見那些稻田中的水多半滿滿的，正在猜想這水的來頭，南綺道：「這女子一點妖氣都沒有，明明是山中苗人。我們下去，朝她打聽怪物的蹤跡吧，只管在這裡窺探則甚？」

元兒猛一抬頭，忽然驚道：「南姊快看，那不是大人來了？」

南綺順元兒手指處一看，果然從山坡下面轉過一人，下半身被坡腳擋住，單那上身，自腰以上已長有兩丈開外。一手提著一個黃牛般大小業已洗剝乾淨的野獸，一手抱了一大捆枯枝，晃悠悠的，似要擇路往坡上走來。元兒因為怪物走得不快，把他看輕，等他快上坡，才想起那女子尚在田中，莫為怪物所害。待要飛身下去救護時，那女子業已從田中站起身來，口裡喊著「阿莽」，迎上前去。

那大人應道：「你叫我去洗野牛，又沒到山外去玩耍，緊喊我做啥子？」一口蜀中土音，聲如洪鐘，震得四山都起了回聲。

二人見大人已上坡與那女子站在一起，其長足有三丈四五，兩人一比，愈顯大得駭人。方要說話，南綺忙攔道：「呆子，這兩個決不是什麼妖怪，你莫忙去，且看他們做些什麼。」言還未了，又聽那女子答道：「我這兩天心裡老動，怕和去年一樣，又遇禍事，你一離開我，便害怕蛇來咬我。都是今年多種了十幾方田，做不完，人便累了。」

大人答道：「我每次出去，只在你的近處，一喊就回來。適才你喊我時，我正在洗虎肉，見你一個人在這裡，旁邊又沒什麼，才來得慢了些。哪能老像上回一樣害你吃苦，你怕什麼？當初種這幾畝稻田，我就說多啦，我們有蛇肉獸肉添補著吃，用不著種這麼多。你偏不信，說是今年要給我討婆娘，怕人家來了，吃不慣野東西。

「我再三攔你，說我這個樣兒，誰能嫁我？你偏說地麻雀有餓老鶴，難道世上人材高大的只我們兩個？再三不聽。你一天到黑，做這樣，弄那樣，有的是獸皮不穿，又還要抽那爛麻絲，已夠忙啦，又添種了這麼些田，果然累了不是？你且躲開，待我來替你做了吧？」

那女子笑說道：「你種什麼？旱田都種不了，還種這水田，怕不把秧都踏扁了。我因你去了好一會，一個人有些心慌，哪個怕累呀？倒是那邊田裡的水不夠，你挑水去把它灌滿了吧。放水時，手腳輕些，慢慢地倒，看又把那些秧給沖倒了。做水桶時，我說我力氣比你差太多，我的一副給我做小些，你還是做那麼大。不裝水時，挑著都把肩頭壓得生疼。看你給我挑一輩子水，也不再想別的了。」

大人也不答話，逕自往那旁田壟上，把那一副重逾千斤的大石桶，用樹幹一頭一個輕輕挑起，放在肩上，往坡下走去。

走沒多遠，那女子又喚道：「阿莽回來，你看你做事，總是沒得後手。那虎肉洗得乾乾淨淨的，就擱在田坎上麼？春天來了，蛇蟲又多，弄髒了，看你少時怎吃？」

大人似乎不耐，回頭答道：「你總是這麼囉嗦，一會要做這樣，一會又要做那樣。挑了水回來再拿怕什麼？把我吼冒了火，看我打你。」

那女子聞言並無懼色，反怒道：「阿莽，你要打哪個？我給你打！」說罷，從田中縱起，拔步追去。

那大人哈哈一笑，挑了水桶，邁開大步便逃，一晃眼下了坡，轉過崖腳，沒了影子。那女子也斂了假怒，仍舊轉回田中去了。

元兒、南綺俱看出這二人乃是天生異質，並非怪物。先以為是一雙夫婦，後來一聽說話神氣，卻又不像。越看越有趣，不由動了好奇之心，便不下去，仍在樹後潛伏，等他挑水回來。那女子做完田裡的事，少不得走回廟中，再迎上前與他們相見，問個明白。

一會工夫，那大人挑著兩個大石桶，盛著滿滿的水，從坡下飛跑而回。走到那需水的田岸上，放了下來，一手抓著一個桶沿，順著田邊輕輕側倒，將水放入田中。隨又回身，往山下跑去。不消半個時辰，已接連十幾個來回，將那七八畝先時還差著尺許的水稻田灌得滿當當的。

二人算計那桶連水挑起，少說也有二千餘斤，那大人卻是行若無事，運步如飛。算他挑來挑去，總計所挑的重量，已達數萬斤之多，卻一毫沒有吃力之色。這種天生神力，著實驚人，那大人每挑回來一次，必與那女子說上幾句，辭色之間甚是親愛和睦，也不再提起要打之言。

末一次放完了水，往坡下走時，那女子又喚道：「阿莽，今天的水果然放得好，沒有沖傷我的秧子。都這樣心放細些，我便歡喜了。田中水已足用，不用再倒。只再挑一次，用一桶給瓜田喂喂，剩一桶挑回家去，今日便夠用了。回來時候，可繞到澗那邊採些野筍來，晚上我做鍋魁，煮臘雞，取出桂花酒，與你打牙祭宵夜。」

那大人聽有酒吃，連聲喊好，如飛而去。大人走後，女子一陣高興，便曼聲高唱起山歌來。這一男一女，都是生具異稟。女的尋常說話，還不似那男的說話那般洪亮。及至情發乎中，脫口一唱，那歌聲真如鳳鳴高岡，龍嘯碧海一般，餘韻悠長，襯著空山迴響，半晌不絕。二人只覺歌聲震耳，恍然黃鐘大呂之聲，只是好聽，也沒聽出是什麼詞句。

二人聽了一會，大人仍未回來。忽見一團團一片片的白雲，從女子存身的稻田側面一座峰角捲將過來。南綺剛道得一聲：「哪裡來的這陣旋風？」

那女子身穿的一件麻布統裙已被風吹得鼓蓬蓬的，頭上長髮也都吹亂。但仍是一面分秧，迎風浩歌，且作且歌，通未覺察。轉眼工夫。忽又從峰腳下跑過一群群的猴子，忘命一般順著田岸四散奔逃，彷彿後面有人追趕模樣。有一個跑得大急，往前竄過了頭，正掉在那女子附近的水田裡面。女子邁步上前，一把撈起，丟向岸上，罵了聲：「該死的猴兒，今兒前山又不放糧，亂跑些什麼？連我唱兩句，都來討厭。」

元兒、南綺二人見那些猴子見樹都不往上攀援，只管沿著田岸飛跑，不禁奇怪。順著來處一看，峰腳山麓是被鄰近的一座危崖擋住，只見樹幹搖動，枝葉飛舞，如狂潮起伏，卻未看到什麼東西。從峰腳起，直達坡下田間，這一條路上看去風勢那般大法。二人存身的石坪上面，一樣也有草木，卻僅微微搖動，風力甚小。南綺越看越疑，方在尋思，那田岸間的女子扔開了那隻失足落水的猴子，雖然歌聲停住，並未在意，也似嫌那風大，嘴裡自言自語地嘟噥了幾句。因田裡的秧還有一束未分好，伸手略理了理頭上亂髮，正待重返原處，剛一舉步，忽然啞嘶了一聲，撥轉身，慌不擇路，連縱帶跌，亡命一般往坪口跑來。

這時坪上的南綺目光專注峰腳那一面，見那陣旋風已然吹過峰腳，樹搖漸止，不似先前騷亂，方以為事出偶然，忽聽元兒大喝一聲，飛下坪去，轉臉一看，首先看到那女子已連連縱越了好幾處田岸，渾身上下都被泥水沾滿。一條弓形怪蛇，長約兩丈開外，蛇首蛇尾俱都上翹，尾尖上豎著一個大如拷栳、顏色鮮紅、形如靈芝的肉菌，昂著一顆比碗還大的頭，尖口開張，紅信吞吐，露出上下四根極犀利的白牙，身上烏鱗映日生光，蜿蜒如飛，從那女子身後追來，兩下裡相隔也只兩丈遠近。那女子想是嚇得心慌神亂，竟捨了正路不走，反去縱越田岸。一個用力過猛。

又落在稻田之中，雙足陷入泥內，行動益發不便。等到奮力縱起，那條怪蛇就在這瞬息工夫，已輕輕巧巧，疾如電轉風馳，順著田岸遊移過來，正迎著那女子的去路。「吱吱」一聲怪叫，身子一弓，便要撲上前去。

說時遲，那時快，當此危機繫於一髮之際，南綺早已飛身而下，劍光過處，一顆昂起的蛇頭立時揮為兩段。那蛇蓄勢太強，雖然被斬，那蛇頭竟被激起數丈多高，才行落地。那截無頭蛇身，仍帶著餘勢往前竄出，從那女子身上越過約有十多丈遠，尾尖肉菌始終上昂。方一停止，倏地連身疾轉，盤作一堆，恰好將那尾尖上的鮮紅肉菌端端正正擁在中間。遠看宛似一團烏金，上面插著一朵鮮紅靈芝，甚是美觀。南綺見死蛇仍能行動，疑是雙頭，連運飛劍，一陣亂砍，霎時之間，血肉分飛，弄成一堆稀爛。

那女子正在亡命奔逃之間，忽見怪蛇攔向迎面，以前吃過苦頭，驚弓之鳥，不由嚇了個膽落魂飛。再想拔步回身逃走，已是四肢無力，動轉不得。一時情急，拚命一掙，方喊出「阿莽」二字，猛見一道光華自天直下，耀眼生花，那蛇頭忽然飛起，從對面撲來。慌忙驚竄中，又被腳底石頭一絆跌倒。剛一臥地，便聞一陣奇腥，那蛇已然竄向身上，立時嚇暈過去。南綺卻看得清楚，見那女子雖未受傷，卻未爬起，一定嚇暈過去。

當時忙著救人，也沒顧到元兒何往。急忙上前將那女子扶起，喚了兩聲，不見答應，又給她口中塞了一粒丹藥。

待了不多一會，女子醒轉一看，身旁站定一個美如天仙的少女，不由脫口問道：「蛇呢？」

南綺答道：「你莫害怕，蛇已被我殺了。」

女子再往側面一看，那蛇已化成了一堆血肉，不由喜出望外，翻身跪倒。剛要叩謝，猛想起她的同伴，又曼聲喚了聲「阿莽」。正要說話，南綺忽聽元兒在坡下面呼喊之聲，飛劍光華隱隱閃動，才想起元兒適才分明首先看出有了怪物，怎未先救那女子？這會工夫，也沒見他露面？心中一著急，也不再和那女子答話，逕自駕劍光直往坡下飛去。

到了坡下一看，元兒手指兩道劍光，與一條渾身土色，有水桶粗細，一雙紅眼火光四射，頭生麗角，長約十餘丈的大蟒，正在相持不下。那大蟒口吐一圈碧熒熒的光華，元兒的劍光被牠阻住，兀自不得近身。那大人卻站在一塊危石之上，四圈環繞著許多長長短短各式各樣的怪蛇，個個紅信焰焰，身子盤做一堆，昂頭怒視。間或吱的一聲，便有一條朝大人竄去。大人手無寸鐵，臉已急漲通紅，仗著身子還算敏捷，又力大無窮，那蛇縱上去，吃他伸手撈住，一扯便成兩段，隨手扔開，死蛇一段段地散落了一地。四圍群蛇已激怒得個個昂首鳴嘯，似要一擁齊上。

南綺一見情勢危急，料知元兒雖未得勝，還不要緊，便將劍光一指，直朝大人身前飛去。這時群蛇剛剛同時連聲竄起，那大人一雙手哪裡應付得了那成百以上的毒蛇，剛剛抓著一條最大的，未及扔開，身體已被那蛇疾如雷轉般繞住，施展不開。只一遲頓，其餘群蛇也都紛紛飛上身來。正在危急之際，恰好南綺劍光飛至，光劍飛繞中，腥血四濺，群蛇俱都身首異處，斷落地上。只被大人捉住頸部的那一條，下半身雖被飛劍斬斷，上半身仍緊束大人的臂腰不放，雙目怒視毒吻開張，並未身死，大人一見又來了一個使用光華的女神，將群蛇殺死，心中大喜，奮起神威，猛地一聲狂吼，恰如晴天打下一個霹靂，聲震山嶽。吼聲過處，那條粗如菜碗的大蟒竟被他齊頸拉斷，再舉臂連繞，蛇身便已脫落。

大人解圍之後，見那條怪蟒還在與先來的那個神人拚鬥，就地下拾起兩塊大石，便要奔上前去相助。南綺細尋餘蛇業已斬盡，回看元兒，仍未得勝。正暗怪元兒為何不分出劍光斬蛇，剛要回劍相助，忽見大人拾石奔去。知道那條大蟒所吐丹元既能敵住元兒飛劍，必定通靈成精，凡人怎可近身？忙喊：「此蟒厲害，不可前去。」並飛出劍光時，大人手中大石已然發出，直朝那蟒打去。

那蟒雖然厲害，畢竟石大力沉，全神又注著前面的兩道劍光，不及躲閃。及至挨了一下，不禁激怒發威，將身只一屈一伸，忽然暴脹粗大起來，猛地下半身豎起，直朝大人打去。同時南綺的劍光也已飛到，恰好迎個正著，一繞便成兩段。蟒尾一斷，橫飛過去，就這一擊餘威，那挨近的一排大樹，竟被牠齊根打斷了七八株，枝葉紛飛如雨，大人差一點沒被打中。

南綺也不暇再顧大人，見蟒雖只剩上半身，仍然未死，劍斬之處也未流血。想是疼痛已極，口中啞聲怪叫，半截身子不住發顫。轉眼工夫，身子忽又暴縮做一堆，只將頭昂起，怒睜火眼，與人相持。南綺劍光飛近前去，竟被那團碧熒熒的光華吸住，收回尚可，想分開來去傷牠，卻是不能。這才知道蟒的丹元厲害，元兒雙劍不能分開之故。適才如非出其不意，那下半截蟒身正伸開時，也未必能夠斬斷。

南綺正在尋思，忽聽身後有巨物倒地之聲，接著又聽喊了兩聲「阿莽」。回頭一看，大人業已倒臥地上，坡田中所救的那個女子正在扶持呼喚，口中直說：「你的眼睛怎麼了？」一句話把南綺提醒，暗罵了一聲：「該死的孽畜！」隨手從法寶囊內取出七根火龍鬚準備發出去打那大蟒雙眼。後來一想：「這火龍鬚乃母親當年所煉防身至寶，雖然厲害，因那大蟒丹元能吸飛劍，恐難奏功。」便朝元兒使了個眼色道：「這東西有數千年道行，既已斬去半身，我們就饒了牠吧。」

元兒聞言，不知何意，便答道：「這般毒惡之物，還留牠害人則甚？」

一言未了，南綺微嗔道：「蠢東西，你不饒牠，就這麼和牠相持一世麼？你不會把飛劍收回，由我來對付牠？」

元兒方才醒悟南綺要另用法寶致牠死命，恐他飛劍也被丹元吸住，故意退去，以便奏功。

二人剛將飛劍緩緩往回裡收，誰知那蟒竟是異常通靈，就在二人問答之間，已知敵人有了巧計。一任二人劍光退去，只將那團碧光放出，離身丈許以內，並不追趕，二人見大蟒不來上當，只氣得南綺直罵：「孽畜，我不殺你，誓不為人！」回看大人，已被那女同伴扶了回去。身帶法寶雖多，急切間只想不出使用之策。

兩下裡又相持了一會，忽聽坡上連哭帶喊，縱下一人。回頭一看，正是適才救的女子，手中拿著一個三叉樹枝，上面綳著一個顏色紅紫，大有丈許，形如魚網的軟兜，一路哭喊著：「你害我兄弟，我和你拚了！」南綺適才見女子初遇一條怪蛇，已嚇得膽落魂飛。這蟒又大過好幾倍，如此厲害，萬沒料到她忽然這般勇猛，敢於上前拚命。就在這一怔神之際。那女子已然掠身飛越而過。

南綺喊聲：「不好！」忙也將身縱起，上去救護。見那女子縱臨蟒前。身在空中，還未落地，相隔那蟒約有兩丈高遠，猛將手中樹幹一伸，樹杈上那個兜囊恰好把那團碧熒熒的光華撈個正著。那樹杈也吃元兒的飛劍挨著一點，折成粉碎，兜囊斷將下來。同時南綺飛行迅速，也已趕到，看得逼真，見那團綠光竟被那女子兜囊收去，不禁又驚又喜。因那女子相距大蟒不足兩丈，南綺恐防有失，仍和先前一樣救人要緊，當下一運玄功，一把抓著那女子膀臂，橫飛出去。身剛落地，耳聽一聲慘嘯過處，回頭一看，那大蟒已被元兒兩道劍光飛繞過去，斬成數段。

元兒起初本就知道那團碧光是件奇寶，卻沒奈它何。誰知竟被那女子用一個兜囊網去，飛劍沒有了阻隔，才得奏功。一時好生奇怪，見那大蟒一死，兜囊扔在地上，隱隱閃放碧光，便跑將過去，拿那半截幹杈，翻轉過來。見那光華已變成一粒碗大珠子，碧光雖然依舊晶瑩，已不似先前那般芒彩萬道，大有丈許了。再看那兜囊，非絲非麻，觸手黏膩，紋孔又細又亮，只看不出是何物所製。

剛把珠拾起，便聽南綺呼喚。過去一看，那女子正跪在地上哭喊救命。一問原因，才知適才大人手捕群蛇，業已中毒。後來拚命用石擊蟒，吃蟒尾一斷，橫飛過來，躲避不及，微微沾著一點，又受了傷，便再也支持不住，倒於就地。那女子扶持了一會工夫，毒氣發作，渾身烏黑疼痛，兩眼通紅。大人一面掙命，一面掙扎著對那女子說：「今日所來一男一女，手能放光，誅蛇如同割草，定是仙人，千萬前去留住。能救我更好，不能，務必也請二人暫留一時，等我死後，你好跟了同去，以免孤身一人，獨居山中，又為毒蟒所害。」

那女子原是大人的姊姊，自幼相依為命，聞言心如刀割，連忙跑出求救。因適才扶救大人時，見二人劍光為大蟒碧光所阻，不能近身，猛地靈機一動，想起平日用來網斑鳩和山雞的兜囊，現正放在廟門後面，好久不曾使用。這東西刀都砍不斷，何不拿去試試？出門時順手抄起，一路哭喊，跑下坡去。一見那蟒盤做一堆，正朝那團碧光噴氣，想起殺弟之仇，義憤填胸，也忘了和南綺招呼，奮不顧身，縱上前去，舉兜便網。

這姊弟二人除了天生異禀，身長力大外，並不會甚法術。那個兜囊原本就在廟內，自從大人姊弟避難來此，無心中在後殿發現，不知是何物所製，甚是堅韌。起初不知有何用處，後來大人的姊姊看見林中斑鳩、野雞甚多，只捉不到手，無心中拿它去一試，卻是一網一個準。無論飛得多快多高的禽鳥，休說還兜住鳥身，只一照著鳥的影子，便即入網。這才時常使用。有一次閒著無事，嫌那繃兜囊的樹幹不直，形式不佳，特地用粗竹和藤子做成網圈和柄，打算將它重新繃過。誰知大人那麼大神力，怎麼撕也撕不下來。大人之姊恐連樹杈折斷，又揭它不下，反而沒了用，才行止住。那兜囊又腥又膩，大人網未撕掉，手卻整臭了好幾個月。從此便行擱開，不想今日無心巧用。

南綺知那兜囊必是一件奇物，能將大蟒元丹克制。便囑咐那女子：「樹幹雖斷，這兜囊切莫棄掉。你兄弟中了蛇毒無妨，我二人俱帶有仙丹，可以救他回生。快些起來，隨我前往。」那女子聞言，好不心喜，連忙爬起，拾了那網兜，飛跑向前引路。元兒、南綺恐去遲了，大人又多受痛苦，便駕遁光趕去。

飛行迅速，到了後殿落下一看，大人正臥在那條石案上面，已是人事不省。二人忙將丹藥取出，撥開牙關，塞了進去。一會，女子趕到，見大人這般情狀，不由又放聲大哭起來。南綺連說：「你兄弟已服了丹藥，少時便會毒退醒轉。如今還要用藥敷治中毒之處。他心裡明白，你這一哭，反害他難受。」那女子聞言，又朝二人叩頭。元兒連說：「你再跪哭時，我們便走了。」那女子只得滿臉悽惶，含淚起立。南綺又研了幾粒丹藥，與大人傷處敷上。吩咐大家走開，莫去擾他。便同了元兒，去向殿外石階之上坐定。那女子便去拿了許多食物果子要二人吃，二人隨意接了些，這才互談經過。

原來元兒正向田裡女子呆看，忽見狂風中靠峰那面坡沿上，出現兩團碗大火光，地皮也似在那裡顫動。定睛一看，竟是一條灰土色大蟒，行得極快，正向那女子立處潛襲過去。這一驚非同小可，也不及招呼南綺，便飛身下去。那蟒原是此山蛇王，其毒無比，竟識得元兒飛劍厲害，不再追人，掉頭往坡下便走。

元兒哪裡容得，也跟縱追下。誰知那蟒王原為報那殺子之仇而來，另一條怪蛇在前引路，已從另一條路竄向坡上，直撲那女子。餘下的蛇還有一二百條，見蛇王退走，也都追隨退去。那蛇剛退繞到前坡，元兒已經追到。蛇王知難逃走，這才返身迎敵。元兒先將那聚螢劍放起，被蛇王吐出丹元敵住。再分鑄雪劍去斬時，蛇王只噴了一口氣，碧光忽然脹大，恰好護住全身。這蛇王的丹元，因為常食本山所產一種靈草，與別的怪物所煉不同，竟能將劍吸住。口中吱吱連叫，那些隨從怪蛇俱都不敢上前。

就在這時，大人回轉。群蛇原找他尋仇，便包圍上去。大人忙跳向一個石樁上，先將一對水桶舞了個風雨不透，本難近身。無奈那桶太重，竹藤麻合製的桶索雖然結實，哪裡禁得起他神力一掄，咔嚓一聲，同時折斷。大人沒了兵器，只得用手來搏。因恐乃姊遇上，始終沒有出聲。雖然弄死了好些條，蛇數太多，兀自不退。後來竟蓄勢發威，一擁齊上。若非南綺趕來將群蛇殺死，早已喪了性命。因為那蟒退得太急，元兒追得也快，南綺剛聽元兒呼喊，便一眼看到那條怪蛇正在追趕那女子。二人俱是各顧一面，直到事後談起，才知究竟。

正談之間，那女子忽然驚喜交集走來，說她兄弟兩眼業以睜開，雖然還是赤紅如火，身上疼痛漸輕，已能低聲說話。問二人可還要再服甚藥。

南綺答道：「無須，你只囑吩他閉目靜養，不要勞神，自會逐漸痊好。你只可安慰他幾句，便到這裡來，一則免擾你兄弟，二則還有話問你。」那女子連忙應了，立刻到大人榻前轉了一轉即來。

南綺方拉她坐下，元兒便問道：「你生得這麼高大，已經少有。你兄弟更是大得出奇，和古來的方弼、方相一般。莫非生來如此的麼？」

那女子未及答言，南綺回眸微嗔道：「人長得大，有什麼稀奇？我們忙了半日，連人家姓名還未得知呢，這也忙不及的問。我還有話要問哩，不要打我的岔。」元兒知她想問那網兜的來歷，便笑了笑，不再說話。

那女子道：「我姊弟二人姓狄，起初原是貴陽讀書人家子女。只因明亡之後，家道中落，我父親無法，只得販了些貨物，在寨裡販賣。那年我母親忽然有了身孕，可憐懷了兩年零四個月，才一胎生下我姊弟兩個。因為生下來骨格太大，我母親禁受不了痛苦，流血過多，當時死去。由此我姊弟二人一天長似一天，到四五歲上，已長得和尋常大人一般高大。鬧得那些苗人都說我姊弟是妖怪投胎，不但不買貨物，還要弄死我們。我父親被迫無法，仗著多年做苗人生意有點積蓄，便攜了我姊弟逃出山寨，置辦了些農具、種籽和豬牛之類，逃在這山中居住。

「彼時我姊弟雖然長大，因為外人不知是只有五六歲，還可到遠方集鎮上置辦些用的東西。誰知上天故意捉弄人，在七歲上，又錯吃了幾個毒果，兩天兩夜工夫，身體暴長起來，不消幾年，直長到現在這般模樣才止。從此一出山去，人見了，俱當是山精野怪。不是嚇得紛紛逃散，便是拿著弓弩，準備陷阱埋伏，要將我們置於死地。

「我父親又再三告誡，不准還手傷人。只好終年藏在山裡，不敢出世。一切應用東西，俱由我父親親去置辦。我姊弟恐他為野獸毒蛇所傷，每次去時，總在暗中護送，到將近有人之處，才行止步。等他辦了東西，接了同回。

「這一年行到中途，偏遇山上發水。我父親雖仗我姊弟身長力大，從逆水中救了回來，當夜就受了寒，一病不起。臨終遺命，如無大力量人援引，無論如何，不准出山，以防受人暗害。我們就在本山葬埋了他老人家後，由此相依為命，益發守著遺言，不敢出去。好在這裡各種米麻菜果，我們都種得有，又有天生岩鹽，連佐料都現成。又因山外人十分可惡，便也息了出山之想。起初原有一對牛，十來對豬，還有七八個牛犢子。

「前年春天忽然牛豬日漸減少。說是虎狼所害，卻又明明關在廟內，好端端地怎會不見？可是無論怎麼防備，每隔一夜，定少去一兩個。隔了三四天，最後一次少了兩個還不說，竟是全數死去，一個不留，身上又無傷痕。我兄弟以為是怪物所害，天天守候牠的蹤跡，卻又沒有發現。剩下那些死豬死牛，也不見再丟失。我剝了一隻，見渾身黑紫，恐怕有毒，只得扔在山澗之內。

「我兄弟因牛絕了種，耕田須靠人力。他吃的毒果又比我多，身子比我更大，手腳太重，無法相助，自是又氣又急。偏巧這日他在山窩中捉回來兩隻小虎，大虎已被打死，打算將小虎養馴了，給我解悶。想給小虎弄些肉吃，一轉身，又去擒捉野獸。找了好一會，沒找見。忽從高處遠遠望見前山下有許多苗人，趕著一群牛羊在走。忙奔回來和我說，要拿父親餘下的幾十兩銀子，趕向前去，仗著路過苗人沒見過他，假裝山神，將苗人嚇走，放下銀子，和他換兩條牛回來，助我種田。我恐他為苗人毒箭所傷，再三攔阻。

「後來他見我生了氣，才悶悶而止。可是他心並未死，第二日竟偷偷帶了銀子，假說心煩，打獵解悶，留我一人在田裡，二次偷往前山，打算遇上那群有牛的苗人，趕下去和他相換。

「我等他半日不回來，正在心焦，那對小虎卻吼個不住。吼了一會，竟引來了兩條大毒蛇，一到便將那兩隻小虎吞去，又來追我，幸而那蛇還不算粗，各吞了一隻小虎，把頸塞住，我也還逃得快，沒有被牠咬傷。追來追去，眼看就要被牠纏住，正在危急之間，恰值我兄弟所求不遂，無精打彩走了回來。將近坡前，聞得我拚命急喊，連忙趕回。

「因為手裡沒有傢伙，隨手扳斷兩根石筍，只一下，便將一條蛇頭打得稀爛。另一條僥是逃走得快，也被他趕上前，一石筍打出去，正打在那蛇尾上，蛇尾被他打扁，鮮血飛濺。

「那蛇卻像射箭一般，竄向對岸。等到我兄弟繞路過去一尋，哪裡還有蹤跡，只在一個岩凹中發現許多豬牛皮骨。這才知道以前失去的豬牛，是被蛇吞去，益發恨到極處。我又常聽父親說，打蛇務要打死，否則三年之後，必來尋人報仇。時刻都在提防，不許我兄弟遠離。

「今日他去挑水，我正在田裡唱歌，忽見坡下面竄上一條大蟒，眼裡直冒火光。我一害怕，剛一轉身逃走，忽見一道光華在頭上閃了一下，從側邊又竄上一條大蛇。我一看，正是前年逃走的那條，顏色大小一般無二，只尾巴上被石打爛的地方長起一團鮮紅肉菌。我以前原吃過牠的苦頭，何況牠今天又帶了一條比牠還大幾倍的毒蟒前來報仇呢，一著急，也忘了喊我兄弟。蛇在側面，蟒在後邊，我只得拚命往坡上逃走。不想又被石頭絆了一跤，那蛇業已竄上身來咬我。多虧女仙飛出寶光，從天落下，才得活命。

「人才稍為清醒，又想起還有那條大蟒，不知盤在什麼地方。見女仙已往坡下飛去，心裡一害怕，跟著趕來。一看，我兄弟早被一群毒蛇所圍。他因恐我知道趕來，同受其害，所以始終沒有出聲。我去時群蛇雖為寶光所殺，又因他膽大心粗，不顧自己受傷，上前用石打蟒，已被蟒尾掃跌在地，不能起立，我見他兩眼其紅如火，渾身抖顫，知道受毒已深。只得勉強扶他起立，倚在我的肩上，好容易扶到了家，便即倒在石床之上。我正悲痛心急，沒有主意，幸而他當時人還清醒，掙扎著說話，叫我來求二位仙人，這才把我提醒。

「因恨那大蟒入骨，手邊又沒可用兵器，想起那兜裹平時有些奇怪，隨手抄起趕到坡下。見那蟒仍然靠牠口吐的光，將二仙寶光敵住，仍未身死，一時情急，縱上去用兜囊一罩，便將那團綠光網住。還沒看清，便被女仙將我救開，那蟒也被二仙所殺了。」

南綺接口道：「你莫滿口女仙男仙的，我們都不愛聽這稱呼。他姓裘，我姓虞，我們都是道家門下，你只叫我們一聲道友便了。別的事全知道，不用說。我只問你那兜囊，從哪裡得到手的，這般神妙？」

那女子便將兜囊原在廟中殿裡，還有一口大鐵鍋，俱不知何人所遺，以及那日拿它網鳥，只照著影子，便一網一個準等語，說了一遍。二人還是沒有問出頭緒。再拿起那網兜仔細一看，始終看沒出是何物所製。用鼻微聞，果然有一般奇腥之味刺鼻。

那女子見二人不時把玩，知道心愛此物，便說受了大恩，無以為報，如不嫌棄，情願相送。元兒笑對南綺道：「你有那許多法寶，還要這腥臭東西則甚？」

南綺道：「你知道些什麼？你那兩口寶劍，乃仙家至寶，劍法又出自師門心法，何等厲害。那蟒雖是長大凶惡，並不是一個變化通靈的怪物，怎麼所吐丹元，能將我兩個的飛劍全都吸住：當時牠將全身盤作一堆，在牠丹元發出來的碧光照護之下，法寶休想近身。我原想故作退去，引牠來追，偏你不解我意，被牠看破。萬不料這麼一個看去不甚出奇的兜囊，會將牠那丹元收去，定是一個專收怪物丹元，具有生克妙用的異寶。他姊弟二人僻處空山，又和毒蟒惡蛇結下深仇，難保不有餘孽，等我們走後乘隙來犯。有此兜囊，他二人正可藉以防身。我們拿著，自是於理不合。不過這東西如此神奇，僅是一時湊巧用上，始終不知來歷，不明用法，真是憾事呢。」

那女子見二人看了一陣，仍是不要，心裡著急，正要開口，忽聽大人阿莽在那裡大聲呻吟。連忙跑將進去一看，見他身上腫處越發消退，看去已有了生機，但是復原還早。

因為朦朧中聽見殿外三人說話，喊乃姊去問二位仙人說些什麼。那女子便把前事一說，阿莽聞言，皺眉蹙額，似在想一件已往之事。

過有一會，元兒、南綺進來看視。南綺見他病勢仍重，心想：「他人既如此長大，服藥少了，恐難奏效。」便又向元兒要了幾粒丹藥，與他服用。剛走到他頭前，猛一眼看見他所枕的那塊玉石，瑩潔晶明，寶光外映，不禁心裡一動。便問乃姊道：「他睡的這塊玉石，莫非也是廟中原有的麼？」

一言甫畢，阿莽猛在石條上叫道：「我想起來了。」三人忙問想起什麼，這般著急。

阿莽道：「適才我聽姊姊說，二位仙人問我兜囊來歷。好似前十幾天，也有人問過，只想不起是在什麼地方。如今又聽女仙問這塊石枕頭，竟與那人所問大致相同，才把我提醒。

「原來那日追一豹子，追進峰那邊亂山叢裡一條谷中。那地方又窄又險，走我一人，還是勉強。因為谷口外倒了一片崖，才現出來，所以都是這多年沒去過的地方。往日我捉虎豹，只須跑大步追上前去，一把撈住後腿尾巴，往山石上一甩便死。這隻豹子身子不大，跑起來卻比箭還快。我懶得追進，牠又回頭追我。惱得我性起，一心非捉回來不可。誰知走到盡頭，忽見右面崖壁已然走完，現出一片平地溪澗，滿山遍野俱是梅花，那豹卻鑽入左側崖洞之中。那洞比這殿略高，彎著腰也走得進。」

「剛剛趕到，還未進去，忽從洞內出來一個小老頭，穿著半截黃色衣服，腰束藤條，光腳板，穿草鞋。我守著爹爹遺命，怕把他嚇壞，正要回身，誰知他卻不怕我生得長大，反嚇我說：

那豹子是他家養的，我如傷牠，便要我抵命，神氣惡狠狠的。我因為他生得瘦小，一把就會把他捏死，不願和他一般見識。便對他說道：『豹子是你家養，我先不認得。好在牠生得渾身烏黑，遍體黃星，與別的豹子不同，容易認出。既承你招呼，下回相遇，我不弄死牠就是。』說完，我又要走。他又把我喊住，忽然改成滿臉笑容，說是想不到我性情這樣好，留我坐一會，與他談談。我想山中素無生人，那老頭雖然神氣可厭，難得他不怕我，日後多一個人解悶也好，便坐下問他有何話說。他才鬼頭鬼腦，笑嘻嘻地對我說：前兩天已看見我，我正在網鳥，他最愛那個兜囊。後來無心中走到廟裡，又看我床上這塊玉石。只要我肯，多少錢或寶貝都和我換。

「我因姊姊最喜吃鳩和野雞、雪雁，這些東西不比野獸，飛得甚高，我只有網兜才捉得到。這塊玉石，睡起來冬暖夏涼，錢和寶貝有甚用處？所以執意不肯。這才明白，起初他故意用豹逗我生氣，和他打架，打了再裝死來嚇我，好要這兩樣東西。誰知我不和他嘔氣，便改為和氣。他見改為和氣，仍然無用，便留我吃點東西。我知除我姊姊，世上沒有好人，恐他害我；又恐在外時久，姊姊擔心，不肯吃他東西，便走了回來。走出好遠，還聽他在咕噥，說我面帶晦色，此時不肯，日後悔之無及。回來見姊姊正睡晌午醒來，一直忘了說。這玉石原也是廟中之物，二位恩人、仙人如愛，只管拿走便了。」

南綺聞言，便猜那谷中怪叟定知兜囊來歷，說不定那蟒也是受其驅遣。便問阿莽去時怎樣走法。事隔兼旬，阿莽只去過一次，也說不甚清。南綺一則因那女子乃弟未癒，再三跪求好了再走；二則又想會會那谷中怪叟是人是怪，如是左道旁門，便將他殺了，為世除害。索性好人做到底，便答應留下不走。阿莽姊弟原商量好了一個主意，聞言好不喜出望外。

南綺已知大人名叫阿莽，便問那女子叫甚名字。女子道：「我叫勝男，我兄弟叫勿暴，阿莽乃是乳名。」說時，見天色傍晚，便把油燈掌起，要給二人安排食宿，便問：「喝酒麼？吃葷還是吃素？」

元兒道：「葷素倒不拘什麼，都可將就。我這南姊姊帶得有些萬花涼露，我也還有一點乾糧，你只給我們取點乾淨山泉來足矣。」

南綺道：「人家有病人在床，惡蛇雖誅，難保不會有餘孽，要山泉不會自己去取？這般時候，卻教她出去。」

勝男連說：「無妨，這泉水就在這殿側大石上面，又甜又涼，只取不多罷了，要拿來吃，大約還夠。」說著，早從架上取了一個木瓢，往外就跑。

二人因適才在田時還聽勝男叫阿莽挑兩桶水回家去用，卻不想水源近在咫尺，不知為什麼要捨近求遠，便跟蹤出去。見側面廟牆空著一個兩三丈寬的缺口，牆外果有一塊挺立的奇石，上豐下銳，高有數丈，圍僅數尺。上面生著許多大小孔竅，因風作響，聲如鳴玉。那泉水便從石頂一個小竅中涓涓流下，宛如一根銀線，隨風搖曳。水落處，有一個盆大水坑，水深只兩三寸。勝男拿著木瓢，接有半盞茶時，還未接滿。元兒見那水自石中流出，量雖不多，長年不歇，覺著新奇。試將瓢接過一嘗，竟是甘芳滿頰，涼滑無比。想叫大家吃些，又接了一會，才接了滿滿一木瓢，仍由勝男要過去，捧著一同回轉。

元兒在前，剛走入牆缺沒有幾步，忽聽殿內阿莽一聲怪叫，猜是出了變故，腳一頓，便往殿前飛去。就在這轉眼進殿工夫，忽見一條黑影夾著一個東西，迎面飛將出去。元兒目光何等敏銳，早看出是生著一雙火眼的怪物，手中拿的正是阿莽枕的那塊玉石。又聽阿莽急叫，更疑遭了妖物毒手。心裡一著急，大喝一聲，飛劍早隨手而出，光華過處，只聽咔嚓鏗鏘，夾著妖物慘叫之聲，墜落下來。

後面勝男，關心乃弟憂危，早把木瓢一丟，跑進殿去。一看阿莽右手緊握著一片黑的毛皮，身子已橫了過來，伏在石榻之上。左手指著門外，氣喘吁吁說道：「那石頭被搶走了。」

勝男見阿莽無恙，心才放下，匆匆將他扶正。拿了油燈，再出殿去一看，殿台階下寶光閃閃，元兒手捧著一個方匣，正與南綺同觀。寶光照處，地下躺著一個是人非人的怪物，業已齊腰斬斷，鮮血流了一地。

原來元兒一劍成功之後，忽見怪物身旁閃閃放光，連忙上前拾起，未及細看，南綺也已趕到，問道：「妖物殺死了麼？」

元兒道：「你看這是什麼？」

南綺低頭一看，元兒拿的正是阿莽枕的那塊玉石。想是適才劍光發得迅速，妖物不及逃避，便拿盜來玉石去擋，被劍光繞住，連同妖物屍身斷成兩截。二人見玉石齊中心斷處，圍著一個長方細線，玉色有異，霞光閃閃，料是藏有寶物。將斷處朝下，順手一倒，微微嗞嗞的一聲，一邊一塊長方形的碧玉滑將出來，大有七寸，厚有寸許，通體渾成，一絲也未傷殘。細看正面，隱隱有四個朱文古篆，從玉中透映出來，看不甚清。

二人只知是一件寶物，俱都不知來歷用處。正在參詳，猛想起適才聽見阿莽怪叫，不知受傷沒有，還未走進，勝男已出來說：「阿莽並未受傷。只妖怪來盜那玉石時，被阿莽將妖物身上的皮揪下一片，仍然被牠逃脫，故爾狂喊。現在人已漸好。」說時，順手地扯起妖物屍首，想要提開，忽然驚叫道：「怎這妖物是人變的？」

元兒、南綺低頭一看，果然是一個赤身男子，上半截屍首上所穿的假皮套，業被勝男揪了下來。細察那人，不過二三十歲。周身虬筋糾結，看去頗似練過武藝。死後越顯相貌猙獰，決非善良之輩。再一回想他逃出去神氣，還似會一點飛行法術。他既冒險盜這玉石，定然知道用處。只可惜一劍殺死，無從詢問。所披的是一張似猿非猿，黑毛紅睛的野獸皮。人死之後，方才所見妖物頭上紅光便即不見。二人也未端詳，便由元兒相助勝男，將兩半截屍首連同獸皮，一齊扔入山澗之中。勝男又將兩塊斷玉取來合在一處，與阿莽當枕頭。又匆匆弄了些吃的。

元兒重到牆缺外面接了一木瓢泉水，由南綺取出玉瓶，滴了些萬花涼露在內，四人各飲了些。阿莽服後，覺著心頭清涼，煩惡更減，便自沉沉睡去。勝男見南綺始終拿著那兩塊碧玉，只管沉吟不語，知她心愛，執意要南綺收下。南綺知道這類寶物，如在常人手內，不但保存不住，弄巧反招來禍事，便應允，不再謙謝。

一會夜深，二人原想在兩旁配殿之中安歇，讓勝男好自安睡。勝男一則恐二人走去，二則今晚連出禍變，已成驚弓之鳥；阿莽命雖可保，二目紅如火，並未復原，萬一半夜裡又有變動，雖說二人聞聲即至，終是同在一處好些。再三哀懇，要二人在她自己床上安歇，不要離開。二人情不可卻，只得應允。

勝男等二人打坐入定以後，又去煮了半鍋粥，準備阿莽餓了好吃。把一切應辦之事全都收拾清楚，然後走向阿莽榻前，尋出幾張獸皮，席地而臥。直到天明，且喜未生變故。一問阿莽，雖覺好些，仍未復原。元兒、南綺暗忖：「所帶靈丹，原有起死回生之功，怎的先後與他服用了十多粒，收效甚緩？這蛇毒竟厲害到如此？」只得又給了兩粒，與他服下。因昨日許過勝男姊弟，阿莽如不復原，決不他去，看神氣得過兩日，便也不作行計。

這時勝男正理早餐，想弄豐盛一點，只顧忙進忙出。元兒閒著無事，想往附近一帶峰谷中閒遊一番。南綺仍拿著昨晚所得兩塊碧玉，正在仔細觀察那個朱文古篆，看究竟玉裡面還藏有別的寶物沒有。

元兒喚了兩聲，又說：「你如不去，我要獨自走了。」

南綺看出了神，並未答理。元兒一賭氣，便往廟外走去。南綺與元兒原是鬧嘴慣了的，元兒去時，南綺心中正盤算著那玉中透出來的古篆文；又因昨日連出事變，恐難保沒有餘孽到來尋仇，兩人不便同時離開；便由他自去，沒有答理。直到勝男弄好酒飯，來請進食，元兒去了已有兩個多時辰，尚未回轉。南綺也未在意，隨便用了點酒果。因勝男姊弟昨晚連誇那萬花涼露好得無比，與阿莽病體尤為相宜，又取出玉瓶，命勝男取來山泉，滴了些在內。

分飲之後不多一會，阿莽忽要行動，勝男要在旁服侍，南綺一個人便走出殿來。平時和元兒在一起跬步不離，一旦分手這大半日工夫，先時一心專注那兩塊碧玉，用志不分，還不覺得，這時未免孤寂。正在無聊，猛然一看日影，已是未申之交，不由心中一動。暗想：「元兒如往遠處，必要回來拖了自己同行。他飛行也頗迅速，怎在近處遊覽，去了這麼久的時候不見回轉？這裡妖物蛇蟒甚多，莫非又出了什麼事故？人孤勢單，那還了得？」

南綺想到這裡，一著急，便不暇再顧別的，朝著殿內匆匆說了句：「我去尋人，少時就回，決不遠走，你姊弟不要多心。」說罷，飛身而上。到了天空，先不前進，四處仔細一看，空山寂寂，峰巒起伏，毫無異狀。山的周圍又大，一時也觀察不到。算計元兒必不往回路那一面遊玩，便隨意往前面飛去。以為元兒如在下面，看見自己飛行劍光，必要跟蹤追來。誰知飛行了一陣，已經快出山境，仍無元兒蹤跡。益發著了慌，忙從側面繞轉，飛了有百十里路。

正在著急，下面兩崖濃蔭之中，現出一條形勢極為險惡的谷徑。因為危崖雜遝，那座山谷潛隱其中，如非身臨谷頂，留神下視，決看不出。

想起昨日阿莽所談的谷中怪叟形跡詭奇，元兒還許是為了自己心愛那兩塊碧玉，因谷中怪叟也曾垂涎，想不讓自己先曉得，逕去詢問究竟，好教自己喜歡，單憑兩口飛劍，卻又不是人家對手，被陷在彼也說不定。

阿莽曾說谷徑盡頭，襟山帶水，景物幽曠，便循著谷徑飛去，南綺越看下面，越像阿莽所說，及至見兩旁危崖忽然合連一起，無路可通，才知百忙中走錯了方向。谷口石封，定是妖人所為。連忙又往回飛，且喜徑還不長，頃刻之間，已然飛回原處。看準方向，前進約有十餘里，漸漸看出前面一邊崖勢忽止，有了空曠所在，知將到達，恐驚敵人耳目，便收了劍光，落向谷中，貼地低飛，悄悄前進。沒有多遠，果然到了阿莽所說之處。

這地方除來的一面外，一面是危崖刺天，一面是崇岡蔽日。岡上面一條大瀑布，從百十丈高處石蹤裡，白龍也似倒掛下來，落入岡麓無底絕壑之中。那麼粗大的瀑布，只聽得見上半截嘩嘩之聲，落到底下反不聞什麼聲息，離岸千百丈間，只是煙霧騰騰，其深可想。還有一面是一個不大的草坪，雜花生樹，紅紫相間。那大瀑布從中間斜坡上又分了一條小流，到此匯成一條清溪，水碧山青，益發相映成趣。這面景物如此清麗，對面的危崖卻極險峭，阿莽所說那怪叟住的石洞，更深在岩凹數十丈以內，望去陰森幽黑，加上奇石猙獰，欲飛欲舞，危崖壁立，如墜如傾，兩下一對照，簡直無殊鬼域。

南綺見怪洞深黑，不見一人，到底不能斷定元兒是否來此，不敢冒昧逕入，在洞外徘徊有半盞茶時。暗忖：「自己與元兒奉命行道，凡百苦難，均非所計。那怪叟知道碧玉來歷，人地又那樣詭秘，已入寶山，豈可輕回？反正得查著個下落再說。」

南綺剛往岩凹中走不幾步，忽然一眼瞥見一塊怪石後面，像茅草團似地動了一動。定睛一看，那東西並非茅草，乃是一顆人頭，已從怪石後面徐徐拱起，頭上亂髮如蓬，臉上鬍鬚糾結，不見口鼻，只露出兩個烏光四射，亮晶晶的眼睛，漸漸現出全身，正是阿莽所說的怪叟。見了人來，理也不理，一晃眼間，便坐向怪石前面。

南綺情知不是易與，不由吃了一驚。急忙暗中準備，決定和他先禮後兵。便問道：「請問道長，可曾見有一個青衣少年到這裡來過麼？」

那怪叟先仔細端詳了南綺一陣，然後怪聲怪氣地答道：「你是那胡蠻子的妹子麼？你來得正好。這可惡的東西，我昨日指點了他的明路，又借法寶與他，是他自願效勞，往蛇王寺去盜那大人的一塊玉石和一面萬年金蛛結成的金絲網。我曾和他說，玉中奇書，非我不能取出，叫他得了，務必來此，他卻一去不來。那大人雖有些蠻力，並不會絲毫道法，照情理，決然擒他不住，不過事也難料。他如非被擒遇害，便是賣了我，盜寶之後，昧良逃走。那玉中的奇書，我只想看一看，助我脫難，並不要它。他如不來，休怪我日後無情，心狠手辣。」說罷，不住獰笑，大有得而甘心之意。

南綺聞言，知他把自己錯當作了昨晚盜玉妖賊的妹子，正好將機就計，便答道：「你說那玉中奇書，可是兩塊寸許厚的碧玉，上有四個朱文古篆的麼？」

怪叟聞言，驚訝道：「那藏書玉石，經過仙法封鎖，非仙家千莫至寶，不能開取。他那口劍，無非頑鐵煉成，怎得取出？」

南綺心念元兒下落，忙又搶回道：「這且不說。我只問你，昨日他走之後，直到今日，可有別人來過？」

怪叟怒道：「我先也未見過他，昨日還是頭一次，因追一野豹到此。我見他還有用，拿話引他，他不服，和我動手，被我用木石禁形法禁住。是他再三哀求，說家有老母妹子，叔父胡高非常凶暴，情願拜我為師，我才饒恕了他。是他自告奮勇前去，幾時再見有人來過？如今玉網既都被他得去，必然欺我暫時不能離開，仍在前山惡鬼峽居住，不曾逃走。你來了正可代他為質，那網還不打緊，那玉中奇書如不送來與我一看，你也休想回去。」說罷，嘴皮亂動，似在行法。

南綺一想，先下手為強，便大喝道：「不知死活的鬼老頭，哪個是那妖賊妹子？他昨晚盜玉，已為我飛劍所斬。快把那玉中奇書與蛛網的來歷用處說將出來，饒你不死。」

言還未了，肩搖處，劍光直朝怪叟飛去。那怪叟一見，大吃一驚，忙停了念咒，手一指，先飛起一團黃光將劍光擋住，口中喝道：「那女子且慢動手，如惹翻了我，休想活命。胡蠻子既被你所殺，那兩塊玉石想必也到了你的手中。我實不要，如能與我一看，不但解了我的大難，還助你得一部仙家奇書，豈非兩全其美，彼此有益麼？」

南綺覺著這怪叟所發黃光頗有力量，便減了一半勇氣。暗想：「這怪叟形跡詭異，莫要鬥他不過，上了他的當。既已知道玉中所藏的是部奇書，至多日後我去求師父，也不愁取它不出，何必忙在一時？」便將那劍光收回，設詞答道：「我同來還有一位道友，投宿在大人廟內。昨晚劍斬妖賊之後，我那同伴的飛劍無心中連妖人所盜玉石一齊斬斷。雖見碧玉朱文內映，並不知它的來歷，隨後揣入他法寶囊內。今早他獨自出遊，便沒回轉，此玉並未在我的身上。你既居此多年，想必知道這裡還有什麼旁門左道。你如能告訴我地方，我將同伴尋到以後，與你看看何妨？不過你既不要，又看它則甚？也必對我說明，才能允你。」

這時怪叟也和南綺同時將黃光收去，聞言答道：「你哪知我的來歷？適才見你頗似旁門中人，又錯把你當作胡蠻的妹子。後來見你放出來的劍光，卻是嵩山二老中朱矮子的傳授。這兩個矮子俱都不收女弟子，想必另有淵源。我看在矮子份上，才不願與你一般見識。我的姓名遭遇，說也慚愧，異日如見朱矮子，你提起此事，他自會對你說。胡蠻有一妹子，名喚三娥，受他惡叔鬼臉子胡高傳授，學了一身旁門法術，還有幾件厲害法寶。胡高此時已然雲遊在外。你那同伴必是誤走惡鬼峽，被此女用迷神法術困住。我今指你明路前去尋找，如遇胡三娥，她飛劍非你敵手，下手越快越妙，可急速將她殺死。

「此女極淫，你那同伴必被她困入千尋峽谷之內。尋到之後，急速來此。將兩塊碧玉交我，我便代你將玉中奇書取出，只看一眼，仍然還你。你勿錯會我意，我實因受了師門法術禁閉，在此受罪多年，急於脫身。急病亂投醫，又不願違了師父戒約，逼迫不會法術的庸人。偏那大人阿莽有寶不知，又和我無緣，不肯聽我的話，我無奈他何。這合沙仙長的兩部奇書，在蛇王廟內大人阿莽手裡，日後必有外人知道奪去，我出困更是無期。我的行動，只能在這塊供我坐臥隱身的石頭數十丈左近，不能他去，無從尋人幫我的忙。

「這才行法，開了谷徑，幻化虎豹，引那胡鑾到此，勢逼利誘，制服得他為我效力。不想遇見你們，從旁得去。那書上有我解禁之法，你救了同伴，如與我看上一眼，不但你們得了至寶奇書，日後我隨時相助，終不忘報；否則我災厄終有滿時，必不與你甘休。來否在你，快去救人，休被淫魔毀了真光，悔之晚矣。」

南綺聞言，將信將疑。因為這怪叟說元兒正在危境，不禁心慌，匆匆問明路徑，說了一聲：「果如道長之言，必不違命。」便自起身，照他所說方向往惡鬼峽飛去。劍光迅速，頃刻之間，便即到達。一看，那惡鬼峽藏在兩座崇山之間，四外都是高崖峻壁圍著，又有藤莽封蔽，終年不見天日。地勢卑濕，到處都是毒嵐惡瘴，彩霧蒸鬱，映日生輝。崖壁叢草之間，蟲蛇亂竄，見人昂首追噬，果是個極險惡的所在。

南綺覷定一處空隙，直下千尋。峽底雖然陰晦森森，地面卻大，到處滿長著極鮮豔的花卉。因為到處山崖都由下往上收攏，許多大小瀑布俱是憑空直落，又沒有風吹動，宛如數十根晶柱銀條筆直下垂。南綺一路留神搜索前進，眼看峽徑將完，除形勢險惡陰晦外，並無人跡。正在焦急，忽見盡頭處似有天光斜照。探頭一看，上面好似一個大有畝許的天窗，四周圓壁上滿生著藤蘿異卉，翠葉丹莖，交相盤結，紫花朱實，纍纍下垂。

那形勢也是越往下越顯寬大，地底比所行峽徑還要深下百餘丈。暗想：「怪叟曾說，人如被困，必被淫女胡三娥深藏在千尋谷底。」細看谷底前左右三面，水石花樹，盡有奇景，人仍未見一個。因腳下一面有藤蔓遮住，看不甚清，對面無可著足，自己業已深入，索性飛身下去，看個仔細。下時因三面景色俱已看過，只剩腳底下這一面，便照這面飛落。

離底還有一半，剛剛去了藤蔓遮蔽，便看出下面一片燦如雲錦的花樹林中有人影閃動。那地方已離巖窗老遠，天光照不下去，也不知哪裡來的光亮，竟比上面光明得多。

再降下十餘丈，看得越真。那人影竟是個赤身美女，雪膚花貌，掩映生輝，坐在一株繁花盛開的大樹下石榻上面。身側原有兩個赤身壯男正在指著前面，媚聲媚氣說話。再定睛往他所指之處一看，不禁大吃一驚，更不尋思，將劍光往下一沉，急如流星，往下飛去。原來南綺所見之處，乃是一片花林中的空地。一團彩霧，千絲萬線裹住一人，隱隱見有兩道光華閃動，認出是元兒的聚螢、鑄雪兩口仙劍，知定是元兒被困在內。心裡一著急，便直朝那女子飛去。

那女子困住元兒，用盡方法，元兒只是不肯投降。又喚來兩名面首，做了許多醜態，元兒仍不為動。那女子正是怪叟所說的胡鑾之妹、胡高之侄女胡三娥。見元兒這般倔強，那兩口飛劍又非常厲害，雖然將他困住，卻沒有擒到手內，任性擺佈。三娥本來淫凶狠毒，見勢迫欲誘，敵人全不為動，一時性起，剛要另施邪法取元兒性命，奪那兩口寶劍，正在全神貫注前面，準備下手之際，忽聽頭上破空之聲。三娥也是如臨大敵，知道有人暗算，更不敢怠慢，連頭也未抬，一點步便飛出去數十丈遠近。這才回頭一看，見一個絕色少女，駕著一道青光，有如閃電一般，從空中直朝自己坐處飛來。方想起兩個面首，因為逃避匆忙，忘了攜帶同行時，耳聽一聲慘叫，青光過處，內中一個最心愛的面首業已身首異處。方在悲痛憤恨，那青光更不稍停，只一轉，又朝自己飛來。三娥看出那女子所用劍光與適才被困少男同一家數，而且一見面就動手，知是同黨。又加心愛的人身遭慘死，不由恨怒交集，把牙一錯，先從身繫紫囊內取出一物，直朝對面打去。

南綺記著怪叟之言，知三娥妖法厲害，本想出其不意將她殺死。不想敵人甚是機警，一聞破空之聲，連頭也未敢抬，逕自縱避開去。只劍光掃處，殺死了一個無用的臭男子。

擒賊擒王，也懶得再殺那一個。又見三娥有了準備，須留後手，便立定身，一指劍光追將過去。眼看飛到，忽見敵人將手一揚，飛起一團粉紅色的光華，將飛劍敵住。同時敵人又回手身後，去掏取寶物。南綺知她邪法異寶甚多，元兒業已被困，一個閃失兩人便要同歸於盡。因此不敢怠慢，忙把身佩葫蘆取在手裡，揭開頂蓋，施展用法，將葫蘆口朝外一甩，立刻便有青紅紫橙黃綠藍七色混合的數十個透明的彩彈，各帶著許多縷彩絲飛將出來，直朝三娥打去。

三娥以為南綺也和那先來的童男一般，除飛劍厲害外，別無本領，正在放心施展邪法。不想敵人忽從身後取出一個朱紅葫蘆，只一抖，便有數十道彩煙夾著彩彈，疾如星飛打到，知道厲害。同時自己所用一面寶幡，也從法寶囊中取出，百忙中便舉幡連展，立時黑霧騰湧，滿以為可將敵人法寶汙穢，再取敵人性命。誰知南綺葫蘆中彩彈乃聚太陽真火煉成，不怕邪汙。自從火燒元兒，幾乎鑄成大錯之後，經紫玲、舜華再三告誡，說南綺不久出山，無暇聚煉，用一次便少一次，須留備緊急，加以用時還有許多顧忌，千萬不可輕用。今日也是元兒被困，一時情急，迫而出此，便不假思索，儘量發將出來，比起上次還要厲害得多，三娥的幡如何抵敵得了。

說時遲，那時快，那數十個彩彈挨著黑煙，立時叭叭連聲，紛紛爆散開來。接著轟的一聲，化成一團畝許大小的火雲，將三娥全身罩住。三娥看出不妙，想要脫身，已是不能。那柄幡早已燒掉，先放出去的一柄飛劍也被南綺劍光絞斷。本人雖然運用玄功拚命支持，當時沒被火燒死，身上已被火烤傷了許多處，再遲片刻，便要化為灰塵。三娥明知這峽谷底下與別處不同，盡是地火窟穴，因為危機已迫，萬般無奈，只得用旁門地行遁法，往下鑽去。

第五章　瘴雨蠻煙

話說南綺見胡三娥鑽入谷底，如不用火窮追，原可無事。一則不知谷中究裡，二則恨她入骨，見火雲中三娥忽化一道黑煙，往地下鑽去，知她衝不出火層，想用地行道法脫生。罵一聲：「不知死的賤婢，還待逃向哪裡！」將手一指，那團火雲得縫便入，也跟著三娥的黑影往地下鑽去。

還算南綺雖然追敵情切，在這危機一髮之際，仍然兩面兼顧，一面指火去燒三娥，一面早飛向元兒被困之所。也想不出什麼破法，先用飛劍去破那包圍元兒的五色氛層，卻衝不進去，一著急，想起適才敵人放出來的黑煙一遇火便化成淡煙消散，何不試它一試？便將手一指前面，將追敵的火雲分出一股，飛向五色氛層之中。果然見效，火一到，便聞見一股奇腥之氣，嘫的一聲燃燒起來。接著一道光華閃過，元兒連人帶劍飛將出來。

二人見面，驚喜交集。還未說話，南綺因三娥已是萬無生理，適才下來時還見有一敵人的同黨，不知躲向何處，斬草須要除根，這般淫孽留他則甚？正在四下觀望，忽聽地層隆隆之聲四起，四外山崖地面都似有點動搖。

元兒道：「南姊，這地要震了，莫又是那鬼丫頭鬧什麼虛玄吧？」南綺側耳微一靜聽，這時地下轟隆之聲越大，這才想起所放真火有許多顧忌，不宜在峽谷深處發放，如將地火勾動，一發不可收拾，不由大吃一驚。再環顧四處形勢，忙喊：「元弟快先逃上去，待我來收那火。」

元兒剛在張惶欲起，南綺已聽出地下有了炸音，喊聲：「不好！」忙把葫蘆口朝下，手掐收訣，準備將火收回。誰知這峽谷底下本是千萬年前一座火山的出口，地下潛蓄的火勢甚是強烈。那葫蘆口的太陽真火並非南綺親手煉成，只不過承著先人傳授，尋常用時，尚是能發能收，這次追敵心切，深入地底，敵人雖難免死，可是那太陽真火已將地火勾動，連成一片，本在地下磅礴排蕩，就要噴湧而出。如果見機即時遁走，發還稍緩，偏又不捨丟棄，這一收不打緊，一股火雲剛從地面上升起，還未出盡，緊接著紅雲後面又夾著一股青煙，粗約數尺，冒將起來。

南綺一見那煙，益發知道不妙，忙駕遁光，往上飛起，往巖窗上面穿去。就這瞬息之間，身剛飛近巖窗，還未出口，猛聽震天價一聲巨響，山鳴谷嘯，震耳欲聾。昏眩中剛覺著身上奇熱，手上似被什麼東西扯住，連身下墜。猛地虎口一痛，手中葫蘆再也把握不住，直往下面墜去。這才身子一輕，急不暇擇，往上飛去。

身剛出口，那座巖窗四周的危岩已經震塌下來。且喜元兒事先聞警，早已逃出，在空中相候。低頭一看，下面岩石紛紛崩炸，陷成許多穴口。數十股烈焰大小不一，從穴中騰騰勃勃，沖霄直上。山石爆烈之音，響成一片。山石經著烈火，都被燒成溶液，往低處滾流下去。頃刻之間，數十個大穴經強烈火勢震燒之後，紛紛坍塌，漸漸由多而少，聚集到了一處，化成一股粗約數十丈，高齊天半的沖天火柱。滿天空都是紅雲瀰漫，黑煙飛揚，火勢越發強大。地底更轟隆不休，全山都有震動之勢。

南綺猛想起大人阿莽兄妹尚在蛇王廟中，倘若地震蔓延，如何是好？再加火勢太大，二人雖駕遁光飛身空中，往下巡視，離火早遠在十里之外，仍覺灼體炙膚，奇熱難耐。

明知憑自己能力無法消滅，錯已鑄成，悔之無及，只得回轉。二人彼此一打招呼，便往蛇王廟飛去。行至中途，南綺偶然回望，彌天紅焰中似見有兩三道黃光從斜刺裡往惡鬼峽火地裡飛去。因為忙著回廟去救護阿莽兄妹，那黃光轉眼沒入火雲之中，也未來得及喊元兒去看。

蛇王廟相隔不過二十來里，及至快要到達，眼看下面近山田處似在波動。知是地震，越發擔心，忙催劍光前進。忽聽頭上隱隱有破空之聲，抬頭一看，一道青光其長經天，高出二人頭上約數十百丈，帶著慧星般的芒尾，星飛電駛，正從空中橫越過去，甚是迅速。二人俱以為是本山隱居的異人，因為火山炸裂，存不住身，不是趕去救援，便是覓地遷居。

一路尋思，不覺到達廟前，果然地已有些震動。飛身後殿一看，石榻依然，哪裡還有阿莽兄妹蹤跡。心中驚訝，四外細尋，並無絲毫可疑之兆。大鐵鍋中還煮著大半鍋米飯，蒸有醃臘，殿中絲毫不現零亂痕跡，連適才阿莽的便溺都已收拾乾淨。

二人先以為是勝男見火起地震，恐怕波及，扶了阿莽覓地躲藏。他兄妹對自己感恩依戀，又曾答應阿莽未癒以前決不他去，看那灶火猶溫，分明離此不久，斷定他們必要回來。四處飛身尋找不見，只得回到殿中石榻上坐定等候。

二人互談經過，才知元兒果是把阿莽之言記在心裡，因南綺心愛那玉，想去尋見那怪叟，問個就裡，誰知照阿莽所說的方向路徑，並未尋到。正要改道尋覓，忽見遠遠飛來一道粉紅色的光華，直向身側里許的山坳之中落下。一時動了好奇之念，飛身過去一看，粉紅光華已是不見。細看山坳裡還隱著一條夾縫，藤蔓糾結。從空隙裡望下去，綠森森望不到底。暗忖：「這兩面危崖上窄下寬，中通一線，頗與阿莽所說谷徑相似，莫非下面便是怪叟所居不成？」

元兒正在遲疑欲下，鼻中聞見一股異香吹來，接著便聽身後有人哧的笑了一聲。回頭一看，面前站定一個女子，容色甚是妖豔，媚眼流波，含笑說道：「這裡慣出豺狼虎豹，毒蛇怪蟒，你年紀輕輕的，跑到這裡來作甚麼？」

元兒見那女子神情舉止蕩逸飛揚，穿著又那般華麗，估量不是個好人家女子。便正色答道：「我在此閒遊，關你什事？快些住嘴，免得自討無趣。」

那女子聞言，微嗔道：「我好心好意問你，你卻出口傷人。什麼叫不關我事？我名胡三娥，這底下惡鬼峽便是我家。你賊頭賊腦在此窺探，意欲何為？」說完抿口微笑，似喜還嗔地又遞了一個媚眼。

元兒見聞本淺，先並未想到別的，及聞女子道出：「惡鬼峽」三字，不由心中一動。暗想：「下面如此險巇陰森，好人怎會居住在此？這女子形跡詭異，說不定便是山精狐鬼一派，豈可輕易放過？」想到這裡，猛喝道：「你到底是什麼妖邪？快快說出實話，饒你不死；否則，小爺飛劍定要取你狗命了。」

三娥勃然大怒道：「瞎眼小賊！你姑娘見你長得伶俐，才和你說話，竟敢放肆，口出不遜，快快跪下，隨我一同下去，有你好處；不然，叫你死無葬身之地！」說罷手一揚，便有一道黃光隨手飛起，直取元兒。元兒疑心一動，早有防備。一見女子劍光飛來，也將鑄雪、聚螢雙劍先後放出手去。這兩口仙劍，三娥如何能敵得住，才一交接，便覺不支。轉瞬之間，黃光被元兒一青一白兩道光華繞住，只一絞，便成粉碎，化成萬點黃星，映著日光，紛紛墜落如雨。

三娥先見元兒飛劍厲害，忙往回撤，已是不能，便知不妙，打了退身誘敵之策。見黃光剛一絞碎，早慌不迭地化成粉紅色光華，直往峽谷底下遁去，元兒初生犢子不怕虎，見三娥逃走，以為伎倆已窮。既看出是妖邪一流，如何肯捨，便緊跟追蹤下去。三娥見他追來，心中大喜。她那遁法本極迅速，卻故意使元兒可望而不可及，以便引他入阱。

元兒追了一陣，見前面粉紅光華飛至盡頭，忽然不見。到了一看，危崖四合，僅有一畝許大小的天窗，比起上面峽谷，還要深廣得多。知是妖邪的巢穴，略一端詳，便飛身而下。

元兒見到處都是繁花異卉，水木清華，景物甚是幽麗。正在四處尋覓妖蹤，忽聽前面花林中有男女笑語之聲。飛進林中一看，適才所見妖女業已換了裝束，周身衣履全行脫光，身上只裹著一領薄如蟬翼的粉紅紗片，坐在花叢中一塊平齊圓滑的大石上面。一個赤身精壯男子，正捧著她一隻腳在那裡揑弄。粉彎雪股，柔乳豐肌，宛然如現。再襯著石旁的落英繽紛，花光人面，相映生輝，嬌滴滴越顯妖豔。三娥見元兒飛進林來，絲毫也沒做理會，笑嘻嘻地對那少男說道：「我說的雛兒便是他，你看好麼？」

元兒少不更事，見了這般形狀，一些也沒有戒備，大喝一聲，便將劍光飛出手去。眼看飛到，三娥忽從石上縱起，周身仍是粉紅光華圍繞，往花林深處走進。元兒不知是誘敵之計，只管追逐不捨，轉眼工夫，追到一片櫻花林內。正行之間，三娥猛然轉身，朝著元兒一指，立時便有數千百道彩絲從那櫻林上面飛將下來，將元兒渾身罩住。

元兒忙運飛劍去斬時，竟斬不斷。忽聞一股異香透鼻，便覺心迷意蕩。知道中了埋伏，情勢危急，只得運用玄功，將身劍合而為一。身雖護住，未被彩絲纏繞，可是四面俱被彩絲密密層層包圍，用盡心力，休想衝突得出。元兒耳聽敵人不住口勸他降順。末後又喚來兩個壯男，做出許多淫蕩之態。元兒只管按定心神，勉力支持，不去理睬。過了好一會，惹得三娥性起，正要運用邪法，將彩絲收聚，取元兒性命，恰值南綺尋來，方得脫險。

談了一陣，南綺埋怨元兒道：「我那太陽真火葫蘆，當年母親費了多少心力，才得煉成。今日為尋你，才遇見那妖婢，勾動地底真火，將它毀去。自從奉命下山，寸功未立，反闖了這樣大禍，不知要傷害多少生靈。都是你亂跑，才惹出來的亂子。」

元兒正要答言，猛一眼望到窗格外面蒼宇澄鮮，星稀月朗，風景如畫。僅遙天空際有一兩朵雲，暗霞微映，迥不似先前火雲亂飛，滿天都赤神氣。不禁「咦」了一聲。南綺便問何事驚訝。元兒道：「你看這天，先時那般烏煙瘴氣，如今卻這樣皎潔，地也不震了，莫非火熄了嗎？」

南綺聞言，也覺奇怪。暗忖：「惡鬼峽谷底，明明是一個地火的窟穴，不發動則已，這一發動，又有太陽真火助它威勢，正不知何年何月，那火才得宣洩完盡，怎熄得這般快法？」當下同了元兒走出殿外，飛身上空，往適才來路上去看。

惡鬼峽火山方面，休說不見烈焰飛揚，連一點火星俱無。如非月光底下遠望過去，還看得出適才崩陷的火穴和震倒燒殘的山岩林木，幾疑適才火發地震是在夢中。越想越覺那火熄得古怪。依了元兒，便要前去察看。南綺因回廟時節，中途曾見兩三道黃光往惡鬼峽飛去，隨後又有一道極長的青光當頂飛逝，這兩起事兒，如與火熄有關，那人既有滅火之能，本領必出己上。看路數又非一家，如是妖人一黨，豈非送入虎口？又惦記著阿莽兄妹回來，便止住元兒，不可輕往。

這一夜，二人只顧閒談等人，竟會忘了谷中怪叟之托。直到天明，二人連番在廟前後周圍數十里，把隱僻之所全都搜遍，始終沒見阿莽兄妹影子，漸漸絕望。互一商議，阿莽吃了許多靈丹，性命業已保住，日久自會痊癒。現在也並沒發覺他兄妹被害痕跡，如是另有藏處，地震止後必要回廟探看。一夜不歸，說不定被別的能人救走，也未可知。

且喜火山已熄，禍變不致越鬧越大。自己前途有事，留此無益。決計先行起程，異日如有機緣，再行繞道來此一探。

主意打定，二人略進飲食，準備起身。值此晴日麗空，水田平蕪，風景依然如昨，人已不知何在。元兒還不怎樣，南綺卻想起勝男天性純厚，對於自己更是感恩依戀，大有相從之意，不料一日夜工夫，遭此巨變，存亡莫卜，好生惋惜。行時也沒和元兒說話，便即飛行前進。直到飛出山外，將近有人煙之處，才行落下，仍用步行，往前面鄉村之中走去。

尋人一問，乃黔蜀交界一個極隱僻的所在，地名叫做榴花寨。居民多半山民，漢人甚少。寨在山麓之半，一面臨著大江，風景甚是雄秀。雖是個不知名的小地方，因為泉甘土肥，到處雞犬桑麻，看上去頗有富饒之象。

二人覺著沒事可做，打算稍停即行，略問一問前往貴陽省城的途徑。見沿途野景甚好，便在江邊擇了一家乾淨茶棚落座。隨意要了兩碗酒、一碗炒豆渣、一碟臘肉、一碟椒麻豆，對著前面大江，且說且飲。南綺嫌那酒味太濃，又滴了些萬花涼露在內。飲食了一陣，元兒總覺這次下山是奉命積修外功，理應扶弱鋤強，多行善舉才是。雖和南綺飲酒談笑，卻不住留神四外觀察，巴不得有甚不平之事發生，好上前下手。

那江邊茶棚共有四五家，俱是江邊居住人家的副業，帶賣酒和熱菜。每家都有一些茶客，只二人飲酒這家沒有一個客人，雖是鄉村野鋪，地方卻極清潔。不但白木桌上沒有絲毫油膩汙穢，棚中石地都似洗過一般，淨無纖塵。棚內只有一個垂髫幼女，相貌醜到無以復加，不過往來執役倒甚勤謹，衣著也是舊而整潔。有時添酒，便往屋中去取，始終不見一個大人出來。二人除覺出這裡人民愛乾淨外，並未在意。元兒偶一眼望到隔鄰茶棚內那些本地茶座，都朝自己這面指點談說。一見元兒側臉去看，便即止住，神態頗為可疑。還以為自己和南綺雖換了鄉間裝束，到底乍到眼生，語言行動總有不類，難免有遭人談說之處，也未理睬。

正當這時，元兒忽聽南綺說道：「你只管呆看些什麼？還不早些吃喝完了走路。」元兒聞言，便回過臉來，猛一眼又看到茶棚外江邊半截斷石欄上坐定一個老頭，身旁放著一個三尺來長，二尺來高的雜貨箱子，正在朝著自己呆看，頗似走山寨的漢客。元兒忽然心裡一動，正想喚他進來同吃一杯，那賣茶的垂髫醜女已飛也似跑將出去，罵道：「你這老不死的東西，去年坐在這家門前歇汗，我姊姊見你年老，給你一碗茶吃，你卻賣弄玄虛，將我們的人引走，一去不來，害我姊姊時常想起就哭。後來才知道是你老鬼做的爛事。依我性子，怕不把你打死，才稱心意。你卻一口賴了不認帳，又說只要我姊姊心堅，那人自會回來。姊姊見你露出口風，可憐她那麼性情高傲的人，竟跪下來求你。

「也不知你亂說些什麼，從此我姊姊氣得連門都不出一步。今天好容易來了一個客，你又闖見鬼一樣，到我家門口裝瘋。快些給我滾開便罷，如若不走，我便把你丟在江裡去。」

那老頭聞言，並不動怒，只笑嘻嘻他說道：「聶三姑娘，你莫生氣，我歇一歇自會走的。」

醜女還要怒罵，元兒已走了出來，止住她道：「你小小年紀，怎麼欺侮老人？快休如此。」說罷，又朝那老頭道：「老人家，想是走得累了，莫與年輕人嘔氣。隨我到茶棚裡去吃兩杯酒，解解乏吧！」

醜女一聽元兒要邀他為入座之賓，不禁慌道：「客人，萬要不得。這老鬼專破人好事，便是你給錢，我們也不賣給他的。」

元兒見那老頭生得慈眉善目，又是漢人，醜女之言決不可靠，便發話道：「你做的是賣茶酒生意，只要給你錢，管我請誰飲食？我也不與你計較，你不賣，我們向別家吃去。」說時，南綺見兩下爭執，也走了出來。元兒說著，早從懷中取了兩塊散碎銀子，交與醜女。醜女不接道：「要走只管走，看你到得了家才怪。誰還希罕你的錢？」

元兒只當氣話，也不理她，將銀子扔在地上，便去提老頭的貨箱。

老頭先本打算道謝攔阻，及見兩下裡口角，事已鬧僵，略一低頭尋思，也不作客氣，跟了元兒便走。走到隔鄰那家茶棚門首，元兒、南綺便揖客入內。老頭剛說了句：「前邊有好地方，莫在這裡。」

言還未了，茶棚主人早跑出來，攔道：「你們上別處去，我們這裡不賣給你們。」一面攔住元兒，一面卻朝著老頭行禮，悄悄說了聲：「么公夜裡小心些。」神氣非常古怪。元兒、南綺見茶棚主人既與老頭相熟，見面又那等恭敬親熱，卻不解他為何不讓人進去。想張口動問，見老頭連使眼色，只得賭氣前走。到第三家茶棚，未及上前，老頭已搶上一步說：「他這裡也不賣外人，我們別處吃去。」果然話剛說完，棚主是一個半老婦人，已跑了出來，先朝老頭行禮，口裡直說：「么公真體恤人，過天我給你老人家賠禮去。」

南綺見兩家茶棚阻客情形，已看出是適才和醜女拌嘴的緣故。暗忖：「這裡的人倒真愛群，惱了一個，眾人都不理你。不過兩家棚主既和老頭那等熟識親密，為何也不接待？臉上又帶著憂愁之色？其中必有緣故。」不由動了好奇之想。

元兒本先打算稍待一會即走，經這一來，既已說出請那老頭一頓，又漸漸覺出別家不納，是怕得罪那醜女。再想起適才眾人交頭接耳和醜女行時辭色，諸多可疑，也想問個水落石出。走到末一家，也和前兩家一般神氣。幾次想問，俱被老頭攔住。當下由老頭指路，往山環中走去。

元兒細看那老頭，年紀有六七十歲的人，腳底下卻甚輕健。又見當地的人見了他，俱都紛紛行禮，知道不是常人。暗忖：「打他身上也許問出點事來。」便息了起身之想。

跟著走有十來里路，漸漸斷了人煙，到處都是深林密菁，路更難走。忍不住正想問時，老頭已引了二人從深林中穿出。林外是一片廣約數十頃的湖蕩，湖當中有一個三五畝方圓的沙洲。湖水漣漪，因風微蕩，清澈可以見底。那沙洲孤峙湖心，其平如砥，上面種著許多樹木花果。一片濃蔭翠幕中隱現著一所竹籬茅舍，幽靜中另有一種清麗之趣，令人見了塵慮都蠲。

元兒對南綺說：「你看邊山裡竟有這般好所在，真想不到。」一言未了，業已行近湖邊。那老頭忽然嘬口一聲長嘯，聲音並不洪大，卻是又亮又長，頗為悅耳。嘯聲甫住，便見洲上綠蔭中飛起一大群白鳥，雪羽翩躚，凌波飛翔，約有三五百個。一會工夫，飛到老頭面前，老頭便伸手去接。有的翔集老頭的兩肩，有的落在老頭的手上，不住飛鳴歡翔，音聲清脆，與老頭嘯聲相似。那鳥與鷹差不多大小，都生就雪也似白的毛羽，紅眼碧睛，鐵爪鋼喙，神駿非常。元兒、南綺俱讚有趣。忽又聽遠遠傳來打槳之聲，抬頭往前面一看，洲旁濱水的一片疏林亂石後面，一個赤著半身的小孩架著一隻扁舟，手持雙槳，正朝岸前駛來。

二人目力原異尋常，見那小孩年紀雖輕，身上毛茸茸，長得那般怪眉怪目，身手卻是矯捷非常，兩條臂膀運槳如飛，一起一落之間，那小舟便像箭一般穿出老遠。轉眼靠岸，跳將上來，向老頭叫了聲：「外公。」

老頭忙指元兒和南綺道：「這兩位尊客俱是好人，快上前見過。」那小孩朝二人看了看，拱了拱手，侍立在旁，不發一言。二人見那小孩周身黃毛，凹鼻突眼，又瘦又乾，甚是醜陋。那兩片槳卻是鐵的，看去少說也有百十斤重。

方要向他言語，老頭道：「前面小洲便是寒舍。此子乃老漢外孫，幼遭孤露，與老漢在此販賣些零星藥物，相依為命。不想今日一時多事，在聶家門前小憩，惹出這場是非。憑著老漢目力，知道二位不是常人。一則想請二位到此盤桓一二日，就便查看中毒也未；二則略貢芻蕘，以為預防之計，想不致推辭的了。」元兒方要答言，老頭也揖客登舟。

元兒、南綺見了這等好所在，本打算一遊。再一聽老頭之言，越知內中有了文章，互相點頭示意，便相隨登舟，那木箱已由小孩接了過去，放在船頭。拿起雙槳，便要往前划去。南綺見那小孩屢拿眼看元兒，好似意存藐視，一時興起，便笑道：「這沉重的鐵槳，你划來划去，不嫌累嗎？我幫你一下好麼？」

那小孩聞言，看了南綺一眼，也不作聲，把鐵槳往船頭上一放，逕自站起。老頭早看出小孩有些看不起來人文弱，正要呵斥，南綺已笑道：「我卻用不慣這個破銅爛鐵呢。」說罷，將身朝著船尾，一口氣噴將出去，然後默運玄功，將手一招，立時便有一股極強勁的風向船尾吹來。那船不搖自動，衝波前進，疾如奔馬，只聽船頭汩汩打浪之聲，不消頃刻，便到了沙洲前面。那些隨舟飛翔的白鳥反倒落後。

那老頭本精於風鑒，早年也是個成了名的武師。起初見二人小小年紀，漫遊苗疆，雖然改了鄉農子弟裝束，氣宇終非凡品。再一細看二人舉止，不但丰神超秀，英姿颯爽，是生平從未見過的骨相；而且二人的那一雙眼睛俱是寒光炯炯，芒采射人。只以為二人受過高人傳授，內外武功俱臻極頂。老頭恐怕二人中了聶氏姊妹的道兒，但因自己以前與之有過嫌隙，雖有本地兩個有力量的酋長相助，畢竟聶氏姊妹也非易與，還是不宜把仇結得太深。當時不便進去，正想主意警告，元兒已走了出來。同時他的心事也被那醜女看出，索性一不做，二不休，便把二人帶了回來，察明受害與否，再行看事行事。當時心中雖然贊羡，仍未免以識途老馬自命，一任元兒代他提著木箱，連客套話都沒一句。

及見南綺呼風吹舟，才知來人乃是劍仙一流，自己還是看走了眼，好生內愧不已。又不便改倨為恭，只得倚老賣老到底。見他外孫失聲驚詫，忙用眼色止住，仍如無覺。到底元兒、南綺俱都敬老憐貧，南綺更是一時高興，逗那小孩玩，並非意在炫露，又看出老頭是個隱士高人，始終辭色謙敬，老頭心才略安。

登岸不遠，穿過兩行垂柳，便是老頭居處。竹舍三間，環以短籬。籬外柳蔭中闢地畝許，一半種花，一半種菜。環著竹舍，俱是古柳高槐石榴桃李紅杏之類。花樹雜生，紅紫相間。一片綠蔭翠幕中，點綴著數百隻雪羽靈禽，飛鳴跳躍，愈覺娛耳賞心，樂事無窮。

再進屋一看，三間兩明一暗，紙窗木几，淨無纖塵；茗棋琴書，位置井然。當壁一個大石榻，略陳枕席。另外還有一個藥灶，大才徑尺，可是灶上那口熬藥的鍋卻大出好幾倍。

大家落座之後，老頭首先要元兒伸出手來，讓他診脈，又看了看元兒的舌頭。末了對南綺也是如此。當時問他，卻又不說，只管凝神注視。約有頓飯光景，忽把眉頭一皺，說道：「二位三兩天內如果走出此寨，性命休矣！」二人聞言。不由大吃一驚。

第六章　古洞誅蟒

話說元兒、南綺聽老頭說他二人如離榴花寨境，性命難保，忙驚問何故。老頭道：「這裡苗人只有曾、聶兩性。曾姓族人最多，老漢曾經救過他們酋長曾河的性命。加上老漢以醫藥雜貨為業，俱合他們的用處，連沙洲前這點小產業，也是眾苗人合力贈送的，本來極為相安。那聶家族人雖然極少，卻很有幾個厲害的人物，並且都是女子。最厲害的，便是適才茶棚中醜女的兩個姊姊，一名玉花，一名榴花，不但武藝出眾，而且邪術驚人。

「這裡人大半養著一種惡蠱，專害路過漢客。玉花姊妹又是神月山沒羅峒天蠶仙娘的義女，她那蠱放出來，又勝過別人十倍。起初對於老漢無恩無怨，見了面也和眾人一樣行禮，叫我一聲么公。只因前年這地方來了一個漢客，乃前明忠臣，從福王在廣西殉節的瞿式耜的幼子瞿商。因避網羅，逃隱苗疆，也和老漢一樣，以販賣雜貨為生，與老漢在石阡縣城內曾有一面之緣。

「那日來此採辦藥材，歇腳在聶氏姊妹茶棚之內。他久走苗疆，原也看得出，凡是門庭整潔，沒有絲毫塵土的人家，主人一定養有惡蠱。也是他一時少年氣盛，仗著自己武藝高強，又學會許多破解之法，見茶棚裡兩個女子公然與過客挑戰，在茶棚上斜插著兩股對尖銀釵，便走進去討茶吃。

「不料聶家姊妹所放的蠱受過天蠶娘傳授，非比尋常。所以別人養蠱，俱都掩掩藏藏；惟獨她們，不但毫無隱諱，而且棚插銀釵，耳戴藤環，便是蠱王的標記。休說久走苗疆的人一望而知，便是本地山民也不敢走進去一步。這等狂傲，本地苗人也個個恨她，只是怕她如虎，奈何她不得罷了。

「其實玉花姊妹雖然養著許多惡蠱，學會許多邪法，卻是情有可原。一則她們因為父母雙亡，人單勢薄，自己眼界又高，不願嫁與同類，有此便可防身；再則她們的本心，只為擇婚，門口明擺著有蠱王的標記，即有上門的人，也是願者上鉤，並不勉強。再若是來人不中她們的意，只要不將她們惹翻，也從不輕易加害。因此算起來，受害的人沒幾個。

「瞿商一進去，先就說了幾句行話。聶氏姊妹當他是明知故犯，愛慕自己的姿色本領，有為而來。見他本人既英武，相貌又好，當時便中了意，益發殷勤款待。正打算探他的口氣，姊妹當中要哪一個。誰知瞿商本是去和她們開玩笑，並無室家之想，只管得理不讓人，和她姊妹一再取笑。玉花愛他最甚，還不怎樣著惱；榴花卻早惹翻，不但飲食之中給下了蠱，還用一種邪法禁住他，他如不歸順，定遭慘死。

「可笑瞿商少不更事，仗著自己帶有解藥，學會破法，以為白臊了一陣皮，不會怎樣。吃完給了些酒茶錢，又說了幾句便宜話，才行揚長走去。這時除那個名叫叉兒的醜女還在忍怒照應外，玉花、榴花業已發怒，進了屋子。因為後來瞿商的話太刻毒，行時榴花已轉愛為仇，惡氣難消，連起初想他歸順玉花之心全部收起，準備他一離開寨子百里之外，便將禁法和惡蠱一齊發動，使他發狂慘死。

「還算玉花情重，再三和妹子說好話，追到棚外，給了他一道符籙，說道：『論你行為，死不足惜。不過你究竟是漢人，不知我們苗人的忌諱，稍為學了兩三句三字經，便在人前賣弄，死了也真冤枉。這符和酒茶錢你都拿去，一出榴花寨，你如遇見凶險，可將此符燒了，和水吞下，急奔回來，還可活命。』瞿商哪知利害好歹，不但把那道保命神符扔在地下，還辱罵了幾句才走。

「我當時正在他棚外石欄上歇腳，他們這些事早看在眼裡，不過老漢深知苗人忌諱，不便進去招恨結怨。正等他出來，再背著聶氏姊妹，趕上前去指點明路。一見瞿商出來時，背上現了蠱影，才知中毒太深，縱有解救能人，也是遠水不救近火。心中雖代他焦急，因為殺身之禍，由於他本人自取，難怪別人。既是無能為力，何必去犯這渾水，徒樹強敵？正打算避開他，省得見面招呼，忽又見玉花追出棚來，贈他靈符。方以為他有了一線生機，他偏恃強任性，辱罵不要。氣得玉花將腳一跺，撥轉身便走了回去。

「當時休說他的對頭敵人，便連老漢也恨他少年輕薄狂妄，無心再去救他。也是他命不該絕。那符被他扔在地下，玉花氣極回身，沒有去撿，被老漢拾起。知道那符可以脫難，終念他是忠臣之後，雖然一時無知，誤蹈危機，平時尚沒聽人說過他有什麼錯處，見天已黃昏，左近無人，便追上前去，將他喚住。說明厲害，又給他指了徵驗。他歷試破法解藥，俱都無效，才著了慌，求我相助。我便對他說：『如要二女為妻，事極容易，只須將那神符火化，服了以後，掉頭便走，急速回去，跪在二女面前，再三苦求，說什麼，聽什麼，無不惟命是從。以後只要不背叛她們，另行改娶，不但你身可以無恙，你便有時看她們不順心，再打她罵她，二女俱都非常恭順，不會反抗，傷你半根毫髮。』他卻執意不願屈膝醜女之前，除回去登門跪求外，別的如有生路，皆可依從，否則寧死不辱。

「我見他頗有志節，便給他出了主意，引他去求一位異人。這人是竹龍山中一位隱居的漁父，名叫無名釣叟。我先只知他專破惡蠱，醫道如神，曾從他學過幾年醫。他對老漢，並不以師長自居，相待甚厚，極為莫逆。當時我並不知他尚有別的驚人的本領。

「那時瞿商情勢甚是危急，不但身背後已隱現著惡蠱的影子，連頭上也隱隱蟠著一條張牙舞爪的金蠶。他自己往溪澗中一照，便看得清清楚楚。況且聶氏姊妹的邪法又甚厲害，吞符之後，如往回路走還可，若改道另往別處求救，不過當夜子時，百里之內尚可苟延殘喘，否則簡直沒有萬一之想。救人須要救徹，老漢於是捨命陪他前去。

「那竹龍山離此約有二百多里程途。他照老漢所說，先取了碗涼水，將符焚化，吞向腹內。

立時隨了老漢起身，往竹龍山跑去。起初不見有什麼響動，剛走出百里之外，便聽身後呼呼風起，惡蠱怪叫之聲吱吱大作。總算未交子時，腹中惡蠱同所施禁法還未發作。在這存亡頃刻之間，我二人嚇得連頭也不敢回，亡命一般在前飛逃。腳步後面風聲和怪叫越來越近，天又昏黑，路更崎嶇，時辰也快到了，活的希望甚少。正逃之間，瞿商猛覺頭背俱被許多鋼爪抓住，心裡一害怕，腳底被石頭一絆，便即跌倒在地。已經過了限定的地界和時間，性命在呼吸之間，哪還經得起這麼一下。老漢跑在他前面，聞聲回視，料他必無生理。正待想法先保住自己，日後再去為他報仇，眼看千鈞危機繫於一髮，忽然來了救星。也沒看出怎樣，只見幾條比火還紅的長線，比電還疾，射向我二人身後，便有兩條三尺多長金碧光亂閃的金蠶惡蠱，彷彿吞鉤釣魚一般，吃那紅線鉤起，直往紅線來路上飛去。接著一片紅光一閃，那無名釣叟已出現在我二人的面前，將瞿商扶了起來。

「我二人隨無名叟到了他的家中，問他怎會來得這般巧法。才知他不但醫道通神，還會法術。練有三口飛劍，能取人首級於百里之外。這日本也不知我們遭難之事，因為新從都勻去看望一個故人之子，還在那裡耽擱了些日，也是我二人五行有救，不前不後，偏趕他那一晚回來，不想無心中救了我們。

「那苗疆七十二種惡蠱中，以金蠶蠱最為厲害，飛起來帶著風雨之聲。有時養蠱人家放牠出來，在野外遇見，望過去好似一串金星，甚是好看。知道的人必須趕緊噤聲藏躲，否則被牠迎頭追來，腦子和雙眼便被牠吸了去。不過如非養蠱人與人尋仇，以及一年一度惡蠱降生之日，須放牠出來打野覓食外，愈是惡毒的蠱，愈不肯輕易放牠出來。

「這晚無名釣叟所擒的三條金蠶惡蠱，俱長有三尺多，通體金黃色，透明如晶，蠶頭百足，形如蜈蚣，胸前兩隻金鉗鋒利已極。那時我二人如被牠抓上，焉有命在？在事後想起，還是不寒而慄。

「老漢便勸釣叟，這樣害人的惡蠱既擒到手，還不快運用飛劍，將牠殺死，為世除害。那無名釣叟先是不置可否。等到問明結仇經過，才說聶氏姊妹的為人他所深知，又是天蠶娘的義女，這事起因，原怪瞿商不好。不過，她也做得太狠毒些。一則，異日有用天蠶娘之處，此時須留一點香火情面。

「二則，苗疆少女多煉惡蠱，本意多屬防身自衛。聶氏姊妹所煉之蠱，共是六條，俱用本人心血祭煉過，與性命相連。這三條金蠱如果當時殺死，說不定便要了她姊妹二人性命。她們平日並未妄害無辜，只是未免過分。三則，瞿商腹內所中蠱毒已深，非法力可解，縱有靈藥，不是一日半日可以除根。如今她姊妹禁法一破，惡蠱遭擒，必已知道遇見剋星，驚惶萬狀。如將惡蠱制死，她姊妹七個化身才傷三個，內中只要有一人活著，一狠心，豁出性命報復，仍可制瞿商的死命。她知惡蠱未死，必不敢妄動取禍。且先把瞿商的性命保住，他才可以運用靈藥緩緩收功。

「那瞿商禍變餘生，忽然福至心靈，謝完救命之恩，定要拜在無名釣叟門下為徒。我初遇無名釣叟時，也曾有拜師之念，他卻執意不允。瞿商想是和他有緣，只一說便即答應。拜完師後，才把他真實姓名說出。他本名叫作邱揚，乃峨嵋派小一輩劍仙神眼邱林的叔父。當時叔侄二人一同出外訪師學劍，先投在苗疆有名異派劍仙麻老僧門下。後來麻老僧兵解，邱林改投峨嵋。他因承襲乃師衣缽真傳，不忍改投他人，立誓要為本門發揚光大，為異派中人放一異彩。偏偏所學終是旁門，除他一人正派外，餘人都是為非作歹。沒有多年，許多同門大都因為作了惡事，不是惡劫，便是伏誅。只剩了他一個，枉自氣惱，也無用處。於是自稱無名釣叟，隱居竹龍山。每遇見好根器的子弟，總是給他指引明路，往別處投師，自己從不收徒。

「收瞿商的原因，乃是他自己近來鑒於這多年潔身自好，內外功行俱將圓滿，超劫出世之期將近，才想給師門留一條根脈。選一個好的門人，將本門所有邪法異術足以貽禍將來的一概收起，只傳吐納功夫、本門的劍術和安身立命之學，以備承授自己衣缽。瞿商雖然年紀已有二十五六，但是宿根深厚，人也義俠正直，又是忠臣之後，所以一見就看中了意。老漢自代他師徒喜歡。

「在竹龍山住了三五日，老漢便即回家，以為人不知，鬼不覺，聶氏姊妹不會怪到我頭上。誰知那玉花心愛瞿商到了極點，以為中途必被迫逃回，婚姻定然有望。及至等到子正過去，不但瞿商沒有被迫逃回，忽然心神一動，見蠱神壇上的七根本命燈有三盞滅而復燃，光焰銳減。猜是出了變故，不由心裡害了怕。榴花忙又搶著一收禁法，竟無回應。再一收那放出去的三條金蠶，不收還可，一收，那滅而復燃的三盞蠱神本命燈，越發光焰搖搖欲滅。

「這才知道不但遇見能手，將所有的邪法破去，連那三條金蠱也都作了籠鳥網魚，生死在人掌握。因為那三條金蠶的生死關係二女自身安危，哪裡還敢作害人之想。欲待登門去求人家寬放，一則不願輸那口氣；二則對方法力甚大，簡直無從尋蹤。所以只是提心吊膽，焦急如焚。

「偏偏玉花又甚情癡，到了這般地步，仍是戀著瞿商。暗忖瞿商並非慣家，行時明明見他將符扔去。自己當時氣急，忘了收回。後來再去尋，也未尋見。這符並非平常紙片，如無人取，不會被風吹起，前半夜沒有動靜，明明仍仗那符出的境。否則惡蠱中途必然發動，哪有這等平安？先還疑心，以為他走出不遠，又害了怕，回來將符拾去。

「後來方想起瞿商行時決絕神氣，哪有自行回來之理？必另有人看出破綻，拾了符前去相救。然後又遇見能人，破了法術，擒去惡蠱，始合情理。否則瞿商一出門便遇能人，禍事早就發作，不會等到半夜才有驚兆。玉花思來想去，放蠱行法之時，茶棚中並無外人，只她自己追著送符出去，曾看見一個老頭影子，在石欄前閃了一下。素常恃強，料定外人不敢來管閒事，也沒注意看那人面目是否相熟。

「及至喊來醜女叉兒一問，她卻早已看清是老漢我。第二日一早天還未亮透，便帶了醜女叉兒前來尋我，威嚇利誘，無所不至。末後，竟跪下哭求起來。老漢見她雖是苗女，卻甚貞烈，相貌操持，無一不好，娶了她，也不為辱沒，便答應代她勉為其難，她才歡然走去。第三日，我又到竹龍山，先向無名釣叟一談，才知他當初不弄死金蠱，也是有此心意。反是瞿商卻另有私意，執意不肯。

「原來瞿商的父親瞿式耜是錢牧齋的門生。牧齋妾柳如是，自牧齋死去，便即殉夫。遺有一個孤女，名喚琴言，才只三齡，寄養在他表叔家中。那表叔姓翁，宦遊四川，琴言自然隨往任所。瞿商自父死後，當道追尋式耜遺族，當時年尚幼弱，全仗一個義僕瞿忠帶了小主人，輾轉逃亡了好幾年，來到四川。因與翁家為世交至好，望門投止，當時琴言已有十三歲，比瞿商小不了兩歲。那姓翁的先還不錯，為瞿商改了姓名，留他住在後衙，對人說是他表侄。因恐走漏風聲，長年不許出門。又與琴言在一處讀書，時常見面，兩小無猜，兩三年間便定了終身之約。便是姓翁的，也有為表侄女相攸之意。後來老翁忽然續弦，有一寵妾扶了正，不但對琴言日加欺侮，而且對瞿商更是包藏禍心，屢次慫恿乃夫出首。琴言知道老翁雖然不肯，日久恐瞿商遭了毒手，私將多年積下的花粉錢和首飾贈他逃走。

「誰知瞿商還未起身，這一晚正值中秋月明，琴言供完瓜果，獨自對月沉吟。丫頭連催她睡不應。第二日早起，後門未開，竟會失了蹤跡。只庭心供桌上留著一個紙條，說已為雲南碧雞山未生大師度去修道。那妾卻咬定是與瞿商有私，被他藏起，每日吵鬧不休。老翁無法，既懼內寵，又恐鬧將出去惹禍，去喚瞿商進來，用銀子打發他走。

「瞿商業因琴言不知去向，當日憂急成病，臥床不起。老翁便給了些銀子，命原來義僕瞿忠扶了他，另覓存身之處。瞿忠含淚，領了小主人出走。瞿商行時，得知未生大師留字，定要瞿忠雇了舟轎，往雲南碧雞山去尋琴言下落，否則寧願投水而死。可憐瞿忠一路服侍，到處延醫，剛將瞿商的病調理好，便因年老不堪久勞，中了傷寒之症，死在途中。瞿商慟哭了一場，將他覓地埋葬以後，獨自仍往雲南進發。

「到了雲南，除碧雞山不說，所有五百里滇池周圍的山峰岩洞全都搜遍，哪有絲毫跡兆。盤川逐漸用盡，眼看落在乞討之中。多蒙雲南一位姓潘的俠士收留回去，學武三年，有了一身本領。心中終是苦想琴言，便辭師出來尋訪。偏巧又遇見一個精於星算的道人，算出未生大師現在雲南苗疆之中行道，他年必可重逢。他也和我一樣，改作販貨售藥的漢客，一半尋人，一半為謀衣食。直尋了好些年，始終沒有影子，可是仍不灰心。他既如此堅定，怎肯悔了前約，去娶苗女？

「當無名釣叟和他一說，他便跪下，哭訴所苦。無名釣叟和未生大師有些淵源，當時並未說破，只誇獎了他兩句，便命我轉告玉花，三條金蠶，再隔些日一定放回；婚事已然無望。老漢回來和玉花一說，當時只見她臉上顏色慘變，忽然吐了一口鮮血。我勸她天下美男子甚多，何必如此相戀。她說瞿商同她取鬧，無心中碰了她的乳房，雖然看出無心，可是照苗疆習俗，就非嫁此人不可，否則這人便是生死仇敵。如果瞿商要她做妾，也所心甘。否則早晚狹路相逢，必與他同歸於盡。

「過了月餘，三條金蠶果然給放回。玉花本不願傷瞿商性命，我救了他，並不怎樣怪我。榴花先雖對我仇視，因那金蠶是由我給說開放回，又經玉花一勸，也就罷了。

「惟獨那醜女叉兒，自幼父母雙亡，全仗玉花恩養。玉花自從婚事不諧，便跑到天蠶娘那裡，哭求為她設法。天蠶娘一聽是無名老叟所為，不敢招惹，並未答應。玉花回家，一氣成疾，病了一年。雖然痊癒，由此傷心閉門不出。叉兒見玉花如此，便遷怒在老漢的身上，見了總是怒目相視。

「老漢已有好久沒打她門前經過，今日無心中又在那裡歇腳，忽見有人在內飲食。她那裡雖然鎮年開著茶棚，飲食俱備自用，除誠心相訪外，從無人敢公然為入座之賓，因此未免心中詫異。及至一看二位品貌根骨，迥非常人，心疑是有為而來，正在窺察，叉兒便出來和我爭執。我聽她行時之言可疑，她們近年的蠱又煉得越發厲害，說不定已下了毒手，才將二位引來老漢家中。適才據老漢診看，二位身旁必然藏有辟邪奇珍，所以惡蠱不敢近身。但脈象那等急促，只恐在飲食之中下了蠱毒，因二位精通道法，暫時縱然發作不快，至多三日，也必病倒。不知此時可覺得有點心煩嗎？」

一句話把元兒、南綺提醒，果然覺著微微有些心慌煩惡。南綺首先大怒道：「我們乃過路客，與她素無仇怨，為何暗中害人？我們一時失察，中了蠱毒，如非攜有仙師靈丹，要是真個發作，死得豈不冤枉？不將賤婢殺死，不獨此恨難消，日後更不知要害死多少人的性命。」

老頭忙問：「尊師何人？」元兒便將矮叟朱梅說出。

老頭拍手笑道：「如此說來，更不是外人了。老漢是紀光，朱真人門下大弟子長人紀登便是老漢之侄。自從幼年分手，多年不通音信，直到七年前在貴陽才和他路遇，老漢已然衰邁，他還是少年的神氣。一問他，才知已拜在朱真人門下。二位有此仙人為師，不致危及生命。不過玉花近來死守瞿商，不會再戀旁人，此事必是榴花所為。聽無名釣叟說，她們這蠱毒甚是厲害，縱有仙家靈丹，僅能保住性命。如不用解藥將它打下，頗難除根，時常仍是要在腹中作怪，疼痛不寧。既然靈丹現成，何不趁它未發作時服了下去，早些見功，豈不甚好？」

元兒、南綺這時腹中僅只微有煩惡，並不甚重，本未在意。因紀光是紀登之叔，算是長輩，再三相勸，便取出靈丹，各自服了一粒，雙方重新敘禮落座之後，依了南綺，當時便要去尋榴花、醜女算帳。

紀光道：「聶氏毒蠱，能解破者甚少。便是此地山寨酋長，也都沒奈何她。她平時雖不生事，早已目中無人。瞿商那一回事，榴花並未受到切身痛苦。今日她對二位下蠱，不是蹈乃姊覆轍，看中了裘道友，便是二位身旁帶有寶物，被她識破，起了貪心，行此毒計。醜女叉兒眼見二位與老漢同行，必疑到老漢又引二位繞道去往竹龍山求救。這裡去竹龍山只有一條極險巇的窄徑，名喚桐鳳嶺烏牛峽，乃是必由之路。我們行了半日，不見榴花追來。在她想來，只要老漢不往竹龍山求救，無論躲向何方，足可無慮。她必先往那要口上攔堵，暗用邪法下了埋伏，我等插翅也難飛過。等候過今日晚上子時，如不見老漢與二位經過，再跟蹤到此，與我們為難。

「老漢早料到她們有此一著，明知闖不過去，仗著無名釣叟防她姊妹尋仇，贈有信香。只要在相隔八百里之內將香點起，他即前來救援。因此索性領了二位來到寒舍，問明一切詳情，再行相機處置。據老漢推測，今晚一過子時，她如不見動靜，必定背了當初她父母與酋長曾河的盟約，潛入此山，暗算我們。

「老漢雖然不能飛行絕跡，卻也略知奇門遁甲，生克妙用。目前只近黃昏，我們一見如故，又是自家人，正可盤桓些時，以逸待勞。等晚飯後，老漢按陰陽生死，略佈陣法，等她前來，看是如何。如陣法為她所破，二位上前動手不遲。事若不濟，再將無名釣叟信香焚起，自信必無敗理。二位乃朱真人高足，飛劍道法定非尋常。老漢並非意存輕視，故加攔阻，實緣此女不但慣使邪法，詭計多端；且這裡苗人素極愛群，頗重信義。見二位未曾中毒，尋上門去，彷彿釁自我開，老漢日後便難在此立足。她父母在日，原與當地酋長立過盟約，不得擅入適才來的山口。不如由她自來，既可層層防衛，更可操必勝之券。擒到手後，盡可隨意處治。豈不是好？」元兒、南綺投鼠忌器，只得允了。

談了一會，紀光便命那小孩捧出晚飯，山肴野蔬，倒也豐盛。飲食中間，方談起那小孩的來歷。

原來紀光自從明亡以後，便獨身攜了年才十三歲的女兒淑均，隱居苗疆之中。仗著父女二人俱會武功，懂得醫道，體健身輕，不以跋涉為苦，不時往來川湘滇黔一帶，販些貨物藥材，附帶與苗人治病，以供衣食之需。當時意思，因為自己頗得苗人信仰，只打算積些銀錢，等女兒長大，物色一個好女婿。那湖心沙洲地勢隱僻，當時尚未被他發現，每來多半寄居在酋長曾河家裡。到第二年上，因為當地苗人感他治病之德，便給他在山口裡蓋了一所倚崖而居的竹屋。於是以此為家，一住年餘，父女出入總在一起，倒也相安無事。

偏巧這一年紀光接著湘南一個至友的急促函邀，說有要事相商。起身時節，偏巧瘟疫流行，苗人留他醫治，不讓他父女起身。同時邀他的那個湘南至友，又是他生死患難之交，事情重大，關係著身家性命，不容不去。眾苗人又那般環哭跪求。沒奈何，只得把女兒紀淑均留在那裡，獨自一人前往。及至事畢回家，疫勢已止，淑均卻不知去向。曾河正帶了許多苗人，到山中尋找蹤跡。

這一急非同小可，忙問原因。才知自己走後沒有幾天，淑均曾帶了兩個苗人往山深處採藥，一去不回。曾河派人一尋，只尋到那兩個同去苗人的屍首。傷處全在頭上，似被一種不常見野獸的利爪裂腦而死。接連搜尋了多少天，都沒發現一絲跡兆。

紀光生平僅此一個相依為命的愛女，自然不肯罷手，活著要人，死了也要尋著她的屍骨，好查出被什麼東西所害，為她報仇。便挑了數十名力大身輕，長於縱躍的苗人，帶了刀槍毒箭，親自又往山中搜尋。那山面積甚大。紀光窮搜亂找了兩天，無意中尋到離湖約有兩里多路之處，忽然發現淑均入山時所用的暗器。再找到湖畔，又尋到淑均所用的一根長矛和一口苗刀，所有暗器也零落遺散在地上，血跡屍身仍然不見。才知淑均被那野獸追逼，一路抗拒，將所有兵刃暗器全都用完，始行遇害。後一想：「那野獸雖連傷兩個同去的苗人，身上並無咬齧之痕。淑均如果遇害，屍骨和野獸的巢穴定在近處。」因那東西厲害，不敢大意，便命眾苗人加緊防備，把毒箭搭在弦上，隨時備發。

誰知圍著那湖尋了一日，除了湖心沙洲因河水太深沒有去外，所有附近一帶全都尋到，人獸都不見影子。

到了傍晚時分，紀光正準備將四面散開的苗人召集起來，進些飲食，連夜搜尋，忽聽林樾響動，音聲疾驟，由遠而近。覺出有異，不顧得再喊眾人，忙將身往一塊危石後面一縮，看看來的是什麼東西。身剛藏好，只瞬息工夫，那東西已到面前。紀光一看，乃是一個渾身黃毛，龍眼金睛，爪若鋼鉤，似猿非猿的怪物。兩臂夾著許多野生果實，一路穿枝跳葉，帶起呼呼風聲，眨眼已從危石下面一閃過去。紀光一看，便看出淑均和兩個苗人定是為這東西所害。無奈那東西穿越起來疾如電射，未容紀光動手，已被牠縱到湖旁，只聽一聲極淒厲的長嘯過處，已離岸百尺，縱向波心。身子依舊人立，並不沉下去泅泳，恰似點水蜻蜓一般，在水波上連縱幾縱，便到了沙洲之上，沒入密林深處。

那些散開的苗人，有幾個站在遠處看見的，俱都害怕起來，跑了來告知紀光。紀光知道苗人素畏神鬼，見了這種怪異之物，定要疑鬼。恐怕惑亂人心，未曾動手，先自心驚，自己益發勢孤力弱。連忙喚齊眾人，造了一番言語，說那東西是個猴類，只是力大身輕，並無足慮，只要眾人心齊，自有除牠之法；否則日久天長，被牠跑向山外，所有的人全得被牠抓死。眾苗人一則畏懼曾河的規條，私自丟下紀光回去，必受刑罰；二則想起紀光平時許多好處，當時雖然異口同聲，願效死力，心中兀自提心吊膽。紀光看出眾人有些內怯，知道不足仗恃。反正自己愛女一死，痛心已極，決計捨了命，與怪物拚個死活。便命眾苗人，怪物來時，無須上前，只往四下裡埋伏，用毒箭射牠致命所在。

分配好後，各自匆匆進了些飲食，重又散開，尋覓適當地方藏好。紀光算計那危石居高臨下，好似那怪物常經之路。便命苗人在石下掘了一個陷阱，上面用藤草蓋好，鋪上浮土。又撥四個苗人，準備乾柴火種備用。自己仍藏身石後，等怪物出來相機行事。

這一等直等到半夜，仍未見怪物出來。這時月明如晝，湖中波平若鏡，空山寂寂，呼吸可聞。有時湖心裡游魚在水皮微一騰躍，撲通一聲，旋起一個大水圈，銀光閃閃，往四周大了開去。聽在耳裡，越顯幽靜。紀光暗忖：「這般好地方，卻被怪物盤踞。即使今晚邀天之幸，將怪物除去，愛女已然玉碎珠沉，只剩自己一人形影相弔，有何生趣？」

紀光正愁恨交集，忽然有一陣狂風吹過，傾刻之間，四山雲起，瀰漫天空。一會風止，雲卻未收，月光全被遮住。四外黑沉沉，只剩湖中一片水光的白影。紀光身側一個苗人因候久無聊，逕將身旁火石取出，擊火吸煙。紀光看見，忙將他止住。話還沒說幾句，便聽前面湖中水面上有了響動。定睛一看，一條黑影和兩點似紅似綠的星光，正從水面上飛來。只是天色陰黑，看不甚清。正在暗中叫苦，那黑影已飛上湖岸。因為身臨切近，紀光又有內外武功根底，目力本強，黑影一立定，便看出是日裡所說的怪物。

尤其那一雙怪眼，黑暗中比起日裡還要光亮，看去更為清晰。紀光先以為自己伏處是怪物必經之地，只一近前，便可下手。誰知怪物一到岸上，便停了腳步，睜著那雙時紅時綠的變幻不定的怪眼，在湖岸邊往來盤桓，不住東張西望。有時又把前爪放下行走，好似尋找什麼東西一般，只不往危石下面走來。

似這樣走跳了一會，紀光猛想起：「適才苗人才一取火吸煙。怪物便即出現，定是那點火光將牠引來。」湖岸離紀光和眾苗人存身埋伏之處，相隔尚有四五十丈，一個打草驚蛇，一擊不中，說不定便有多少人要遭牠毒手。再拿火去引牠入阱，又恐有了響動，將牠驚覺。

這時那些埋伏的苗人，也都看見怪物縱躍如飛，行動矯捷之狀，個個膽寒，手中弓箭雖然上好了弦，誰也不敢首先發難。紀光正在委決不下，離紀光不遠有一個埋伏苗人，不知怎地看出了神，手一鬆，一支毒箭早朝怪物身側飛去，並未射中怪物，恰巧正射在怪物身側的石上，射得火星飛濺，那支毒箭也因反激之勢墜落湖中。說也真巧，箭射出時，恰值怪物轉身向湖之際，剛一聞聲回首，山石上火星濺處，箭已落水。怪物見石上冒火，便飛撲過去，一看沒有東西，又在附近尋找，並未被牠發覺箭從何處發來。否則紀光等人，至少也得死傷幾個。紀光見苗人失手，發了空箭，好生提心吊膽。及見怪物圍著山石尋找，越猜是在找那點火光。

又相持了一會，怪物好似尋得有些煩躁，不時朝著湖心河洲昂首怪嘯。紀光暗忖：「怪物不入埋伏，終難下手，事非行險不可。」便乘怪物回向湖心長嘯，輕輕從身畔取出火石，打了火，點燃一袋裝得極滿的旱煙，解了一根帶子繫住，從危石上面縋了下去。

那怪物嘯聲淒厲而長，紀光一切動作，均為怪聲所掩。等到他縋好了火，怪物見沙洲上面沒有回音，又回身尋找。這次神態益發暴怒，正在亂蹦亂跳，忽然一眼看到危石上面的火光，長嘯一聲，一兩縱，便到危石之下。怪物身長力大，來勢又猛，一下縱到浮土上面，撲通一聲，便墜下阱去。

那陷阱原是眾苗人懸著心，倉猝掘成，只有丈許方圓，兩丈高下。原定計策，只想略緩怪物之勢，以便下手，並不一定打算將牠困住。紀光早就屏氣凝神等待，見怪物一落阱，口裡一聲暗號，滿想眾苗人亂箭齊發，加上火攻，不愁怪物不死。誰知怪物縱跳咆哮了許多時候，眾苗人個個心驚膽寒，又在黑暗之中，箭雖發出去，卻少了準頭，一箭也未傷怪物要害。那怪物何等精靈，身已落陷阱，又聽有人吶喊，便知中了道兒。狂吼一聲，從阱中直縱起來。紀光身旁準備放火的四個苗人，嚇得手忙腳亂，連火也未點燃，將整束成抱的枯藤亂草往危石下面一拋，撥轉身，亡命一般四散奔逃。那浮土下面原是些藤蔓草枝之類，怪物落勢本疾，中心雖被踏穿了一個大洞，四外浮土藤草全被激蕩起來，再加縱上來的勢子更疾，那些浮土藤草正照定怪物迎頭落下。怪物驟不及防，反因上下過於輕捷，吃了大虧。口張處，先鬧了一嘴的土。同時滿頭滿臉，俱被藤草浮土瀰漫糾纏。急得牠暴怒如雷，啞著怪聲連連吼叫，正要順勢往危石上面縱去，尋找敵人。

紀光見怪物落阱，就在眾苗人零亂發箭之際，還未容自己下手，怪物已帶著阱中藤土，像半截黑塔也似從阱中往上縱起。知道這東西如從阱中逃出，自己性命一定難保。事已至此，除了與牠拚個你死我活，決難逃免。就在這端著弩弓，毒鏢待放在當兒，忽地眼前一亮，空中一道電閃。同時那怪物身子也縱起七八丈高下，剛與紀光存身的危石平頭。電光影裡，照見怪物滿頭滿身藤蔓交纏，一面上縱，一面兩隻前爪正向上亂抓亂扯，怪口開張，不住亂吐。一眼看見石上站得有人，吼一聲，便要抓將過來。

紀光知道危機瞬息，性命繫於一髮，哪敢絲毫怠慢。左手連珠毒藥弩，右手毒藥梭鏢，早分向怪物口眼一個要穴打去。那怪物捷如飛鳥，力能生裂虎豹，而且目光敏銳，性又通靈，周身除口耳眼等處要害外，刀槍不入。若在平時，就是萬箭齊發，也休想傷牠一根毫毛。這時一則天時人事，般般湊巧；二則自從出世以來，不曾吃過苦頭，一旦連遭失利，身上又中了苗人數十箭，雖未傷著皮肉，苗人箭勁力猛，多少總覺著有些疼痛。怪物本就急怒攻心，再加上鬧了一口的土，急於噴出，不住張口亂吐；頭上又糾纏了許多藤蔓，雖然力大，應手而折，可是藕斷絲連，一時撕扯不清。驟見敵人，更是急欲得而甘心。鬧了個手忙足亂，顧此失彼，在在授人以隙。紀光弩箭先發，怪物剛用前爪一擋，口裡已中了一毒藥梭鏢。一著急，紀光第二枝連珠毒弩又射中了一隻右眼。立時痛徹心肺，狂吼一聲，舉起前爪便向紀光抓去。倏地一個震天價響的霹靂從天空中打將下來，怪物重傷之下，猛地吃了一驚。加上縱得過高，勢子已成強弩之末。紀光終是腳踏實地，易於閃躲。一見怪物抓來，也不知究竟打中牠的要害沒有，存亡頃刻，到底有些惜命，不敢再發手中暗器，忙將身往後一縱，響雷業已打下。

怪物一把抓了個空，人未抓著，正抓在危石尖上。身上奇痛，又被雷一震，立時神志昏亂，忘了身子尚在懸空，不就勢攀石而上，反用力抓住危石，往懷中一扳。咔的一聲，一塊二尺來寬，三尺多長的危石尖端，竟被怪物用力半腰扳折，連身帶石墜落下去。

這時四外苗人全都逃散淨盡。雷聲過處，大雨傾盆而下。紀光難定怪物死活，不敢憑石下看。又知逃起來，決沒怪物跑得迅速。因此一脫利爪，見怪物落下阱去，首先照著相反方向，擇了一個適當地點藏躲。準備萬一怪物跟蹤尋來，憑著手中兵刃暗器，與牠拚個你死我活。

待了一會，只見電光閃閃，雨勢越大。雷雨聲中，隱隱聽得怪物在危石下面狂吼怪叫，騰撲不休，響成一片，始終未見上來。紀光估量出怪物不死，至少總受了一兩處重傷。所用弩鏢，俱是苗疆秘製，百草毒藥煉成，只一見血，任是多麼厲害的野獸，也不出一個時辰之內必死。紀光驚魂乍定，想起愛女慘死之苦，不禁悲喜交集。

又過有半個時辰左右，雨勢漸止，不聽怪物聲息。紀光心想：「這類猛惡之物，如非身死，或傷勢過重，縱不尋來，決沒這般平靜。」這才輕腳輕手走向危石前面一探，見下面陷阱只剩一些雜亂的藤草，用盡目力觀看，也不見怪物蹤跡。試拿一塊石頭丟了下去，只聽撲通一聲，彷彿積了許少雨水，卻不見有什反應。

這時雨勢忽止，一輪明月漸漸從密雲層裡湧現出來。新雨之後，照得四外林泉竹石宛如初沐。新瀑流泉遍處都是，月光下幻成無數大銀蛇，由高往下蜿蜒著，直往湖中駛去。真是風景如繪，清絕人間。

直到這月光現後，才看見湖岸邊上爬伏著一個毛茸茸的東西。試探著近前一看，果是怪物屍首。見牠業已死去些時，上半截屍首浸在湖中。猜是受傷之後，想逃回巢穴，到了湖岸，才毒發力竭而死。

紀光恨到極處，把怪物屍首拖上岸來，拔出身畔苗刀便砍。誰知那怪物雖然死去，身子仍如精鐵一般，那麼快的苗刀，竟會砍牠不動。再一查看牠那致命之處，一隻眼睛還光閃閃地瞪著，另一隻眼卻剩了一個茶杯大小血淋淋的深洞，裡面插著小半支毒弩。

想是受傷之後，痛極一拔，將弩箭折斷，連著眼睛拔出扔掉。又找到怪物口裡，還插著一支毒藥梭鏢，那鏢很長，鏢尖業已深插喉際。那粗有寸許的鏢頭，竟被怪物的牙咬缺。

怪物如此猛惡，渾身刀箭不入，紀光居然僥倖成功，未遭毒手，鏢箭俱都打中牠的致命所在，真是幸事。事後回憶，猶有餘怖。望著怪物呆立了一陣，因為提心吊膽，悲恨交集，忙了一夜，未免腹饑力乏。左右苗人已不知逃往何方。欲待過湖尋找女兒屍首，恐怪物還有同類在沙洲上潛伏；湖水又深，也沒法飛越。只得等到天明，再作計較。

紀光正打算將身上濕衣服脫下吹乾，取些乾糧果腹，忽聽湖心沙洲上有女子的叫喊。仔細留神一聽，竟是女兒淑均的聲音，不禁喜出望外。連忙高喊了幾句女兒，竟有回音，夜靜空山，聽得分外清晰。只是相隔過遠，沒法問答。這一喜，把餓渴憂勞全都忘卻，知道非將眾苗人找回設法，不能過去，忙即向回路上連喊帶尋。

幸而那些人並未逃遠，俱在附近十里以內的隱僻岩洞之中潛伏，一會工夫便相率找到。紀光把怪物已為自己射死，女兒現在湖心沙洲之上等語一說，苗人本是打勝不打敗，聞言個個欣喜若狂，隨著紀光一窩蜂似跑向湖邊。人多手眾，苗人又多會水，一會工夫，便砍倒一株樹木，各用苗刀削去枝葉，做成獨木舟，推入湖中，請紀光站在上面，眾苗人紛紛跳下水去，泅泳著推木前進。

頃刻到了沙洲上面，再一循聲尋找，在一個傍著丈許高土崖的深穴以內，將紀光女兒找著。她身上衣服俱已撕破，兩臂被一種極堅硬的荊條捆綁了個結實。怪物還恐她逃走，又在土穴外面堵了一塊數千斤重的大石。紀光和眾苗人費了許多氣力，才將她救了出來。父女相見，自免不了抱頭大哭一場。紀光見她赤著半身，忙把濕衣脫下一件與她披上，仍由眾苗人用獨木舟渡過湖去。

紀光見女兒形容憔悴，萎頓不堪，好生痛惜。便命眾苗人砍了些樹枝藤蔓，將各人身畔帶的繩索取出，做成網兜，將她抬起。又命幾個苗人將怪物屍身也抬了回去。到家以後，全山的人俱都轟動，見紀光單人除了這等巨害，益發敬畏不置。

父女二人到家，等人走後，才談起遇怪經過。

原來那日紀女因配製瘟疫的藥草不敷應用，特地帶了隨身兵刃暗器，往深山谷中採取。那種藥草原產在一個山崖絕壁上面，路程相隔約有百餘里路，路又極其險峻，當日不能回轉。為防萬一，還帶了兩個素有勇名，極其矯捷精悍的苗人相隨同往，以防遇見成群野獸，一人應付不了。清晨入山，傍午在半途上歇了一會腳，始終也沒看見一個野獸。方對同去的苗人笑說此行順遂，正要起行，猛聽身後風聲呼呼。回頭往坡下面一看，離身數十丈外的茂林草中起伏如潮，塵沙滾滾，樹折枝斷之聲響成一片。

紀女和苗人久住邊山，知有大批野獸過山。仗著本領，雖不敢速攖其鋒，卻也沒有害怕。只打算避開正面來勢，擇一隱僻地方藏起，等這群野獸過完再走。恰巧三人存身的所在，是一個形勢險峭的孤峰下面。當時也未及細看地形，一縱身便上峰去，各將身藏在危石後面，探頭注視下面動靜。

三人剛藏好，風勢越大，那些獸群已從叢草密菁中竄到坡前，紛紛從腳底下經過，亡命一般往坡上跑去。盡是些獐鹿狼兔習見之物，一個個跑起來都是比箭射還疾。只管各不相顧，搶前飛駛，雜還奔騰之聲，震得山谷皆應，卻沒聽出有一個吼叫。三人暗忖：「往日野獸過山，都是各自為群，是鹿便都是鹿，是狼便都是狼，從不混合一起。而且此吼彼嘯，互相應和，跑起來也沒這般迅疾。如是群獸後面有打獵的苗人追逐，一則來時沒聽說起，二則逃的方向只是一面，情景又覺不像。」

三人正在互相猜疑，忽見群獸來路上似有一個黃影跳躍，時隱時現。因為草樹茂密，非跑到近坡一帶無草之處，看不清楚。又因為下面群獸奔馳，還在騷亂，耳目應接不暇，也未在意。一晃眼工夫，坡前叢草中先竄出兩隻又高大又肥的鹿，一出草際，朝著土坡一躍，便是十餘丈遠近，正要從三人腳底下竄過。內中一個人看見這麼高大的肥鹿，忽然起了貪心，想用毒箭射死，剝了皮帶回去，賣與漢客。念頭一轉，弩弓隨手發出一箭，正中一鹿股際。心中大喜，知牠數百步內毒發必死，少時便可下去尋覓。

就在這發箭之際，倏地眼前一道黃影一閃而過。那中箭和未中箭的逃鹿本是比肩疾馳，忽然停步躍起，呦的一聲悲鳴，便已倒在地上。

三人定睛往下一看，一個似猴非猴，比人還要高大，長臂利爪，通體黃毛的怪物，不知何時躍到坡上，已將那兩個逃鹿一爪一個抓住，扔在地上。那怪物弄死二鹿，長嘯一聲，又從地上將鹿抱起，舉爪朝鹿腦上一抓，一個鹿的腦蓋連著五六尺長枝椏也似的大角，竟然被牠揭起，接著張開怪嘴，對準鹿腦一吸，一團帶著鮮血的鹿腦髓，咕嘟一聲，被怪物吸進嘴去。接著，第二隻鹿也被牠如此處置。

彷彿吃得甚是鮮美。吃完放下，並不吃肉。

這時群獸業已逃盡，只剩怪物一個在坡上。紀女和兩個苗人俱都看出那怪物目光如電，疾逾飛鳥，兩隻前爪比刀劍還要鋒利，俱都噤聲不敢妄動。滿以為再待一會，怪物必要前去追那一群獸，與自己所行方向相背，不足為患。

誰知苗人先前那一箭卻惹出殺身之禍。苗人弓勁，如深射入肉，本不易於墜落。但是這一箭只射在那鹿的胯骨上面，箭頭沒入只有三四米深，經怪物神力擒鹿之時一扔一放，業已活動欲墜。因為隱在胯骨之間，先時怪物並未覺察。偏巧怪物吃完兩個鹿腦，意猶未足，又將兩鹿抓起，吮吸餘瀝。不知怎地一甩，那支毒箭自行鬆落，錚的一聲，墜在山石上面。

怪物循聲拾起看了一看，又拿在鼻孔間聞了又聞，便昂起頭來四處亂看亂嗅。紀女便知情勢危急，一面手持兵刃暗器暗中準備，一面尋找逃脫之路。這時才看出那座孤峰上豐下銳，只離地有兩三丈高，有一塊丈許方圓，石筍般森列的危石突出在外，做了三人存身之所。初上來時因為匆忙，只道便於藏身，不料卻是一個不能上下繞越的死地，這時不由心慌起來。怪物行動如飛，下去必為發覺。除了照舊潛伏，候牠走去外，更無善策。只得朝二個苗人打了個手勢，不許妄動，以免一擊不中，反無退步。於是各自緊持兵刃暗器，伏在石筍後面，連大氣也不敢出。

待了好一會，忽然怪物怪嘯了一聲，以後便沒了聲息。三人試一探看，只見怪物來路上有一點黃影閃動，轉眼失蹤。死鹿和那支毒箭俱在地上。估量怪物行遠，放箭苗人便將箭撿起。紀女因為那一箭幾乎弄出大亂子，便再三告誡：山中既有了這般凶狠東西，以後不可再去惹事。誰知苗人天生愚蠢，才得免禍，貪念復熾，二人俱執意要將那兩張鹿皮剝走。

紀女勸說不聽，也是年幼心粗，以為怪物剛去，不見得就會回轉。又想這般凶惡的東西，如不除去，終是本山大患。先時因見怪物爪利若刀，身輕力大，自己藏處形勢大惡，誠恐一個弄牠不死，弄巧成拙，反受其害。如今身在坡上，可以隨意所如；苗人毒箭，見血必死。萬一怪物再來，只要自己機警一些，三人分別用毒箭射牠要害之處，縱被牠乘著餘力，弄死個把苗人，給大眾除害也值。紀女想到這裡，反悔適才為怪物凶威所懾，沒有下手，任牠從容自去，大已失策。便任二苗人自去剝開那鹿皮，不再阻止。吩咐如怪物回來，不可慌亂，應該用毒箭去射牠的要害。

這時紀女忽覺內急，便在附近擇了一個隱僻之處便解。事完，剛將衣衫整好，忽然聽苗人驚叫之聲。情知有變，忙即飛步跑出前面一看，一個苗人業已死在山坡腳下，血流滿地；另一個苗人手持著斷了半截的刀把，正從坡上面亡命一般飛縱下來，後面追的便是先前所見的那個怪物，兩下裡相隔僅止四五丈左右。

紀女眼看兩個同伴一個慘死，一個危急萬分，當時激於義忿，也不暇顧及怪物凶狠，一手擎刀，一手按定毒藥弩箭，一聲嬌叱，照著怪物兩隻怪眼，接連就是好幾箭。誰知那怪物行動迅速，疾如飄風，目力又極敏銳。紀女的箭發出去時，那跑的苗人已吃牠從後飛縱過來，一爪抓向後腦，立時腦漿迸裂，死於非命。正要落地吮吸腦髓，一見箭到，另一隻長爪往上一伸，那箭竟被牠擋落在地。

說時遲，那時快！紀女弩筒內一排十二支連珠毒藥弩，照準怪物身上要害已一齊發出。除打怪物雙眼的幾支俱都被牠撥落外，餘下七八支，雖然支支打中在怪物咽喉等要害之處，可是怪物通未絲毫覺察。牠也未來撲，站在坡前，先朝紀女齜著獠牙怪笑了一聲，又用爪護住面目，一爪抓起苗人屍首，張開大口，對著腦門只一吸，咕嘟一聲，和先前那兩隻逃鹿一般，苗人一團腦髓帶著鮮血，全被牠吸到口中，嘴巴動了兩下，便咽入腹內，然後舉爪一扔，那重有百多斤的苗人屍首，像拋球一般，被牠扔出去十餘丈高遠，墜入山溝之內。接著又是一聲怪笑，兩臂一伸，搖著兩隻利爪，向紀女慢慢走來。

紀女見牠生吞人腦這等慘惡之狀，嚇得神志昏亂，反倒忘了轉身逃走，還想再裝第二排毒藥弩箭。箭剛裝好，未及發放，忽見怪物走來，猛地心裡一驚，這才想起逃走，連忙回身便跑。論起紀女的武功，雖比兩個苗人要強得多，但是穿山越嶺，縱高跳遠，卻與二人不相上下，怎地能脫怪物爪牙？本可死得清清白白，無奈孽緣註定。怪物見紀女生得美麗，竟動了淫心，不肯傷她性命，只管追逐不捨，她快也快，她慢也慢。不時一縱二三十丈高下，攔向紀女前面。等到紀女驚恐亡魂，回身逃跑，牠又緊緊追趕，口中不時發出極難聽的怪笑，兩爪連比帶舞。

紀女也不知怪物是何用意。追逐了一陣，漸漸逃到離那湖不遠之處。紀女見怪物三面攔堵，保有一面不攔，猜出前面定有怪物巢穴。以為牠今日人腦必已吃飽，想將自己逼了回去，留待明日享用。暗忖：「左右是死，這一路追逐，所帶兩排毒藥弩箭俱都發完，現在武器只剩手中一把苗刀，背上斜插著的一支毒矛和三支家傳的梭鏢，自己又已逃得身疲力竭。那怪物大概除口鼻耳眼等處外，周身刀箭不入。何不緩了步法，等牠追近，先用三鏢打牠口眼。若再不中，索性迎上前去，朝牠口鼻等處，用虛中透實的手法，刺牠一下。萬一刺中，似這樣飽餵毒藥的兵刃暗器，只要些微透皮見血，不過一個時辰，定要毒發身死。那時能逃脫更妙，縱身因臨切近，怪物行動矯捷，被牠抓住同歸於盡，也算為同伴報仇，為世除害，總比白死要強十倍。事已至此，不如死中求活。」

紀女想到這裡，把心一橫，膽力便壯了幾分。忙把左手空弩筒丟了，將右手兵刃交給左手，探囊取出三支梭鏢，腳步由快而慢，一面跑，一面不時回望。見怪物咧著一張撩牙外露的血嘴，一路歡蹦而來，離身約有三四丈左右。知道危機已迫，怪物只要輕輕一撲，便可抓到自己，不敢再為遲延。跑著跑著，覺著腳底下踏著一根軟東西，當時也未細看，一面跑，一面把周身力量全運在右手指上，猛地一回身，仍用連珠手法，兩鏢打怪物雙眼，一鏢打怪物張開的怪口，同時發將出去。紀女弩弓學自苗人不久，雖也是百發百中，還不如家傳救命連環三鏢的神奇。以為這次按定心神，死生已置度外，不比先時射箭是情急逃命，心悸神昏，匆迫之中差了準頭，自信縱沒十成把握，也有八九。

那怪物雖然身上堅韌，不怕刀箭，到底中到身上，不無痛癢。起初也恐兩眼為人射中，甚是留神，及見紀女棄了弩筒，知道射牠的東西是從筒中發出，原以為敵人暗器發完，疏了防範。這三支梭鏢本難一一躲脫，只要中上一鏢，便可了賬。誰知冤孽逢時，紀女先時所踏的軟東西，乃是一條橫越山徑，有茶杯粗細，兩丈長短的大紅蛇。身子已差不多過完，只剩一點尾巴，被紀女腳踩上去，一負痛，立時返身掉頭，回轉來咬。

偏生那蛇身子太長，前半截已鑽入道旁密菁之中，迴旋不易，比平時要遲緩些。紀女回身發鏢，正值那怪物跑近蛇前；那蛇也剛剛昂頭穿起，一見怪物，以為是牠仇敵，張開毒口，紅信焰焰，朝怪物頸間便要咬去。三方面俱是不前不後，同時發動，那蛇恰好做了怪物的擋箭牌。怪物此時已是情動美色，專心致志，注定前面逃人。猛地看見這麼長大的毒蛇，驟不及防，也甚心驚。連忙將頭一偏，伸爪便去抓時，嗖嗖連聲響亮，紀女頭一鏢。竟將大蛇後腦蓋打碎，第二、三鏢俱擦著蛇身滑過，墜落在山石上面，一鏢也未將怪物打中。

那蛇也真凶惡，頭雖然被毒鏢打碎，頸子又被怪物利爪抓住，那身子卻還似轉風車一般接連幾繞，便將怪物上半身連一條左臂纏住。纏到末了，那尾巴叭的一聲，打在怪物背心上面。這一下何止數十百斤重的力量，直打得怪物野性大發，連聲怪嘯，又將那條未被蛇纏的右爪抓住蛇的七寸，只一用力扭扯之間，竟活生生地被牠扭斷，那蛇才真正死去。

蛇的勢子一鬆，怪物從蛇環中縱了出來，想是恨怒到了極處，身子脫困，就地下抓起死蛇尾巴，連抖幾下沒有抖直，又用兩隻利爪亂抓，往山石上亂甩，激得腥血四濺。約有頓飯光景，才行住手。那蛇竟被牠蹂躪成了個稀軟膿包，仍和先前弄死人畜一般，朝空中一甩，陽光之下，活似吸水赤虹，箭一般往澗那邊射去。

紀女這三鏢只要晚發一步，那毒蛇不中那致命的藥鏢，穿起時恰巧怪物趕到，兩下裡必要拚個死活。誰都是猛惡非常，不死不止，結果非到兩敗俱傷不可，豈不可以坐收漁人之利？或者將鏢稍為早發些時，打中怪物固妙，即使不中，使其傷重而不死，也有那條毒蛇去向牠糾纏不休，何至把一個文武全才的好女子弄到那麼悲慘的結局？可見冤孽註定，無可避免。

紀女見三鏢同時發出，怪物好似並未警覺，心正暗喜。倏地瞥見怪物身前竄起一條紅東西，恰好擋在怪物頭前，代怪物挨了一鏢，接著便聽鋼鏢擊在石上之聲。那紅東西竟是一條朱麟長蛇，已將怪物上身絞住。初意還以為蛇挨一鏢未中要害，這種不常見的紅蛇，其毒無比，只要把怪物咬上一口，自己便可脫難。及至仔細一看，那蛇雖將怪物纏住，不但沒咬著怪物，蛇的七寸反吃怪物抓緊。只見牠只管兩爪亂抓亂扭，連身往山石上磨擦撞擊，一時血肉紛飛，知道蛇必無幸，怪物一脫身，仍然要尋自己晦氣。

紀女剛想就此逃走，猛又想到怪物行動如飛，自己腳程萬跑牠不過，何況又累了這大半日。仍抱著適才拚死之心，把牙一錯，鼓起全身勇氣，右手持矛，左手橫刀，翻身朝怪物跟前跑去。準備趁怪物與蛇廝併之際，對準怪物要害，刺牠一下，只一失手，立刻橫刀自刎。主意打好，剛一起步，怪物已從蛇圈中脫身出來。前爪抓住蛇尾掄將起來，一路亂抖亂舞，整塊山石挨著便碎。人如被牠打上，怕不成為肉泥。不由膽怯氣餒，哪裡還敢上前。就在這進退兩難之際，那怪物倏地將蛇一扔，便朝紀女奔來。知難免死，便也不再作逃走之想，暗將氣力運在右臂之上，等怪物近前拚個死活。

那怪物又是新勝之餘，獸性發作，一見紀女立而不退，正合心意。長嘯一聲，身子一縱，便到了紀女面前，相隔數步遠近落下。仍和先前一樣，咧著一張怪嘴，垂著長可及地的一雙前爪，緩緩走近。

紀女見怪物快到，更不怠慢，猛地一聲嬌叱，雙足一點勁，端著右手毒矛，對著怪物口中刺去。原以為怪物老是張著大嘴，只要稍微刺破點皮，便可成功。卻未想到怪物前爪連臂長約丈許，那根短矛不過五六尺左右。身剛縱起，矛還未刺到怪物口邊，吃怪物兩臂一抬，兩隻前爪伸處，一爪輕巧巧地將矛接住，一爪已向紀女抓到。

紀女見勢不佳，心中一害怕，昏亂中也忘了用刀自刎，反一刀朝怪物來爪砍去。刀剛砍在怪物爪背上面，耳聽咔嚓一聲，矛已折斷。怪物雖中了一刀，並未怎樣。自己只覺眼前一花，膀臂間一陣奇痛，怪物猙獰凶惡的面目，相隔自己頭臉僅只尺許，不由嚇了個膽落魂飛，連驚帶痛，立時暈死過去。

過了一會，紀女覺著身子凌空，臂間似被什麼東西抓緊，耳邊又聽水響。睜眼一看，身子已被怪物擒住，凌空捧起。經行之地乃是一片湖蕩，怪物就在那湖面上踏波飛行，並不往下沉溺，腳打得水皮直響。紀女知難活命，暗用氣力，想往湖中掙去，讓水淹死，也許能落個全屍。偏那怪物十分把細，紀女剛一挺身，便被怪物抓緊雙臂，勒骨也似疼痛起來。掙了兩次沒掙脫，只得聽其自然。

紀女明知必死，漸漸心定膽大起來。定睛看那怪物，除身長力大，爪利如勾，遍身黃毛，生相獰惡外，最奇的是那一雙怪眼，眸子一半突出，精光閃爍，時紅時綠，滴溜溜亂轉，變幻不定。還有那兩條臂膀也長得駭人，乍看去頗似那通臂猿猴的一類東西。細看胸臂短毛生處，竟隱隱生著一片細密的逆鱗，無怪乎刀箭都不能傷牠分毫。正想不出是什麼山精野怪，業已抵岸，怪物竟輕輕將紀女放下，喜得大嘴怪笑不止。

紀女四外一看，存身所在乃是湖中心一座沙洲，四面俱被水圍，與陸地隔斷。暗忖：「此時不急速尋一死法，等待何時？」想到這裡，見怪物相隔自己約有丈許，立足處正在湖邊，一個冷不防，雙足一頓，便往湖中躍去。怪物好似早已防到她要尋死，紀女方才縱起還未落入湖中，便被怪物一爪抓住，依舊捧起，走向沙洲中心離水較遠的一片樹林之內，輕輕放下。紀女以前目睹怪物生裂人獸頭腦慘狀，以為這次擒回，必將怪物惹惱，去死愈近，便將雙目一閉等死，誰知半晌沒有動靜。再睜開眼一看，怪物仍站在身前嘻嘻怪笑，目不轉睛注定自己，幾次欲前又卻，看去歡喜非常，大有小兒得餅之樂。

怪物何等猛惡，這半日工夫，無論人獸毒蛇，都是遇上便死，何以單不傷自己？正在猜疑，猛一眼看到怪物肚腹底下一物翹然，忽然靈機一動。再證以怪物欲笑神氣，想到難堪之處，真個比死還要難過。不由急得渾身是汗，兩淚奪眶而出。

紀女正在失魂喪膽，張惶四顧，忽見身側不遠豎著一塊崚嶒石筍，高約丈許。還恐怪物察覺，強提著心緩步移近前去。等到距石只有四五尺之隔，倏地將頭一低，雙足一頓，直往那石上撞去。眼看頭離那石僅只尺許，隨將雙眼一閉，自分這一下必定腦漿迸裂，死於就地，就在死生瞬息一際，忽聽叭的一聲，臂間一陣劇痛，接著又是叭的一聲巨響，身子又被抓住。驚亂中回頭一看，怪物已將自己抱住，一張毛臉正向兩腮上挨來，連怕帶急，狂叫一聲，便自暈死過去。

紀女這大半日功夫，本已飽受辛勞驚恐，又當亡命奔馳之餘，心力交敝，哪還經得起這麼一下，由此便不知人事。過了好一會，才漸漸醒轉，覺的渾身上下都在作痛。鼻間還聞著一股膻氣。睜眼一看，怪物正趴伏在自己身上，手臂全被壓住，動彈不得。怪物的一顆頭還只管在自己臉上聞嗅不休。立時急怒攻心，狂叫一聲，二次又暈死過去。

等到紀女再醒轉來一看，怪物已不知去向，四外黑沉沉的，用盡目力，只依稀辨出一些景物。那地方彷彿是一個洞穴以內，睡的所在是一塊大石條上面，還鋪有獸皮。全洞大有三四丈，並無門戶。紀女想將身掙起尋找出口，昏惘中猛一使勁，才知兩手已被怪物用東西捆住。腳跟上面亦捆著一根山藤，藤一端用一塊大山石壓住。休說掙下石來，連起坐都十分費事。

身已被汙，先是急憤求一速死，幾次用力想將手足的藤掙斷，以便起身尋一自盡。偏偏那種苗疆中出產的山藤異常柔韌結實，而且怪物事完之後防她尋死，連捆了好幾道。紀女雖會武功，當時力已用盡，哪裡掙得它斷。只急得兩淚交流，心如刀割。

紀女正在情急無計，猛又想起：「老父年邁，隱身苗疆，只自己這麼一個相依為命的女兒，平日愛如性命，如果歸時知道自己失蹤之事，怕不急死。勢必問明入山根由，前來尋找，怪物那般厲害，遇上豈能免禍？」想到這裡，不禁汗流浹背，心膽俱裂。後來勉強鎮定心神，沉著氣仔細想了想：「自己反正是死，何不稍緩須臾，如果怪物不速下毒手裂腦生吃，索性假意順從，由牠擺佈，哄牠鬆了綁索。只要能夠過湖，尋著一兩支毒箭毒鏢，便可乘牠熟睡之際，拚著被牠粉身碎骨，照準兩隻怪眼刺將下去，與牠同歸於盡，既可報仇，又免老父回山尋來遇禍。」越想越覺有理，便靜靜盤算，耐心等候。

過有個把時辰，忽聽洞壁外面有大石挪動之聲。一會，日光透入，現出一個洞口。跟著便是怪物走了進來，兩臂上好似捧有許多帶著枝葉的東西。紀女才知道這洞門戶就在面前，洞並不深。只因怪物出去時用大石堵死，黑暗中看它不出。正在尋思，那怪物已直往身前走來。一到先把兩爪所捧之物放在石上，睜著一雙怪眼，仔細朝紀女察看。

見她已醒，好似高興非常，歡笑了一聲，將一顆頭低將下來，兩爪按定紀女，渾身上下一陣亂嗅亂舔。紀女被牠舔到癢處，再也忍耐不住，不禁笑出聲來。怪物見紀女發笑，沒有像初擒到手時那般死命亂掙，越發心喜，先將紀女腳上捆的山藤除去，那麼堅韌的山藤，被怪物的利爪一抓一捏，立時寸斷，卻又未傷著紀女的皮膚。紀女見了好生駭然，愈知用武不行。因為腳被捆麻，只微伸了幾伸，稍為活動點血脈，便即止住。怪物捧起兩腳，嗅了一陣，又看了看紀女面色，連手上綁藤也給去掉。紀女也不理牠，只將兩手連搓帶搖，少解麻癢。怪物見她始終沒有動，喜歡得亂蹦亂叫，不時仍伸下頭來亂聞亂舔。

似這樣騷擾了一陣，忽伸怪爪，從捧來的那一堆枝葉中取了一枝，遞給紀女。紀女接過一看，乃是十幾個枇杷，被怪物連枝採來。看見食物，猛想起自己正在饑渴萬分，便摘下來吃了七八個。將要吃完，怪物又遞過一支。除枇杷外，還有桃杏和許多不知名的山果。紀女才知道怪物通人性，適才出洞竟是為自己去找食物。飽餐了一頓，才吃了十分之二。怪物似嫌她吃得太少，又強著她吃，紀女連連搖頭方止。

吃完之後，以為怪物必然要上身蹂躪。誰知怪物除了不住滿身聞舔外，並不似先時那般狂暴。後來竟將紀女抱出洞外，放在石上，口中怪叫，兩爪上下四面亂指，意思好似說那裡就是牠的巢穴。紀女見那洞穴位置在一座泥石混合的矮崖以下，地勢極為隱僻。

這時皓月當空，碧霄澄霽，襯著四外清波浩浩，湖平如鏡，花木扶疏，因風凌亂，真個是清景如繪，幽絕人間。若換平日與老父同此登臨，豈非快事？不想為了救治苗人，力行善事，深入荒山，遭此慘禍。與自己並肩把臂的，卻是一個獰惡無比的山精野怪。蒼天無知，恨其夢夢，一陣心酸，不由淚流滿面。

怪物倒也情重，見她如此，也著起慌來，不住口叫爪比，意在勸解。紀女恐露破綻，以後難於破解，只得勉抑悲苦，強作笑容。怪物時刻留心，見她不再尋死，說不出的心喜欲狂，想盡方法，作出諸般醜態，以博紀女的笑臉，紀女不示意進洞，牠也在身側陪著，寸步不離，直到月落參橫，東方漸曉。紀女先是怕牠又動淫邪，樂得挨過一刻是一刻。後來委實體憊難支，便在石上倒下。怪物見她臥倒，便輕輕將她抱起，走入洞去。

紀女情知難免，強又強不過，只率由牠。誰知怪物竟老實起來，將紀女放到石上，自己便伏臥在紀女的腳頭，動也未動。紀女睏極，一切均聽其自然，倒頭便自睡著。

及至一覺醒來，覺著手腳依然作痛。睜眼一看，洞口漆黑，怪物已走。只洞口石縫裡有幾點漏進來的日光，手腳仍和昨日一般，被怪物用山藤捆了個結實，知道怪物雖不傷害自己，可是防逃防死之心，決非一二日內可解免。欲速不達，只得過些日再說。不過心中奇怪：「自己怎會睡得這般死法？被怪物捆得這麼緊，竟一絲也沒覺察。」好生不解。

不一會，紀女便又聽洞口移石之聲，怪物走進，除和昨日一般攜來許多山果外，還夾著一條生鹿腿。到了紀女身前，彷彿比昨日又略鬆些。一到，先解去她手腳的捆藤，後來聞舔了一陣。取了帶來的東西，抱著紀女去至洞外，一面遞過山果，一面又指了指那條鹿腿。紀女暗想：「日以山果為食，也難充饑。」見那鹿腿生劈下來未久，十分新鮮，便取向湖邊，用水洗剝乾淨。一摸身上，衣服雖然被怪物昨日裂成條片，幸而兜囊完好，剩有一種火種，也未失去。只是這麼大一條鹿腿，沒有刀，不能整個吃食。明知刀矛等物俱遺在對岸，只是無法取用。無奈何，只得拾了些乾柴，把火點燃，持著鹿腿往火上去烤。那肉太厚，外面已焦，內裡未熟，又不能再烤下去。只得停了手，打算冷一會，再試撕著吃。

那怪物先見紀女烤肉，只在一旁歡躍，也不擾她。及見她把肉烤好後，對肉發呆，竟識得她的心意。走向前來，抓起那條鹿腿，兩爪一陣亂扯，俱都撕成一二寸粗細的肉條。紀女見牠能解人意，便和牠比手勢，要那遺落的刀矛鏢箭。怪物只是呆笑，意思未置可否。紀女以為牠不懂，比了一陣，也就罷了。

因為一日一夜工夫，紀女只昨晚吃了些果子，腹內空虛，便挑了兩條熟而不焦的鹿肉一嘗，竟是香美異常。又比手勢叫怪物吃。怪物卻搖了搖頭，只吞吃了幾十個山果。

紀女吃完鹿肉口渴，也跟著吃了些山果。又將餘剩沒有燒熟的肉條在火上烤透，準備晚間餓了食用。由此起，那怪物便歡歡喜喜地陪伴著她，寸步不離。除不時捧起身子聞舔外，並沒有別種淫邪舉動。

直到天近黃昏，紀女將存烤的鹿肉又吃了個飽，怪物忽要紀女進洞。紀女想連鹿肉帶回洞去，怪物又將頭連搖。紀女恐明早未必有鹿腿帶來，仍然拿了。怪物也未強加阻止，只笑了笑，就進了洞。先把紀女聞舔了一陣，忽然連聲怪叫，用爪朝石旁抓起一把山藤，便去捆紀女的手腳。紀女自是不願，忙連說帶比，哀聲央求。心想：「一次免捆，日後便可乘機下手。」誰知怪物並不理睬。紀女看出怪物不願傷她，舉動甚是留心，便和牠強爭。正在手舞足動，猛聞一股奇香透腦，面上似有枝葉拂過，立時便不省人事。

醒來一看，黑洞洞的，手腳已被捆好。知道怪物一時決不肯放鬆自己，枉被污辱。見怪物如此機靈，要是報仇不成，豈不更冤？如就此尋一自盡，又恐老父尋來，遭了毒手，不得不含垢忍苦，以待良機。

紀女傷心悲哭了一陣，怪物又從外面回來，與上兩次一樣，把紀女抱出看月。到了洞外一看，不特火已升起，火旁還堆著兩條肥鹿腿和日前遇見怪物失去的一把苗刀。才知怪物竟似明白自己的心意，怪不得適才不叫取那殘肉。照此下去，不難有機可乘，不禁悲喜交集，便用刀割了些鹿肉烤吃。乘著怪物歡躍高興之際，紀女又比手，要那失去的鏢矛，怪物搖了搖頭。及至連比了幾次，怪物竟怒嘯起來。

紀女見不是路，忙即止了手勢。暗忖：「這東西如此性靈，看牠每次出門那麼防備嚴密，說不定用心業已被牠看破。」不禁又愁急起來。當晚怪物雖無別的不利舉動，卻沒有昨日對待紀女親昵。紀女對月閒坐了一會，示意回洞。怪物仍將她抱了進去。

紀女心雖憂急，且喜那怪物好似生有特性，自從被擒第一晚受了姦汙外，一直沒再受過蹂躪。每日都是刻板生活，怪物臥在紀女腳頭，總在天未明前出去，交午回來。申酉之交又走，入夜方回。每次出去，必將紀女用山藤捆綁。回來必帶許多山果獸肉之類與紀女為糧。似這樣過了好些天，紀女枉自焦急，無隙可乘。幸而怪物心靈，言語雖然不通，手勢比上兩次就懂。

紀女漸漸也聽得出嘯聲用意，因和牠一要鏢矛，怪物便即怒吼，也就不敢造次。又恐老父尋來遇上，只得和牠比手勢，勸怪物遇見生人不可傷害。怪物對這個倒似解得，將頭連點，方略放心。因每次怪物回洞解綁時，山藤全被掐斷，而沙洲上花樹雖多，那種山藤卻不見有。用時怪物往石旁一撈就是，而且綁時總是聞著一股子異香，即行昏迷，不知人事，因而想查個究竟。

這一日又值下午怪物出去之時，紀女乖乖地任怪物捆綁，暗中留神，將氣屏住細看。

那土穴不封閉時本來透光，又值斜陽反射之際，看得甚是清楚。果見怪物捆身之際，忽然在石後取出一根長才數寸，生得極緊密的五色小花，朝著自己鼻間掃了一下。猜是那花作怪，忙即裝作昏迷，把眼一閉，耳聽怪物轉身，才瞇縫著眼偷偷一看，見怪物已往洞外走去，洞口也未用大石封閉。約有頓飯光景，正想脫身之際，怪物忽又轉來，一爪仍拈著一技小花，一爪卻抓著一大把去了枝葉的山藤，匆匆塞向長石之後。又朝自己周身聞嗅了一陣，然後縱出洞外，將大石移來堵好洞口，長嘯一聲而去。

紀女想起：「那種五色異花，在沙洲後東面生有一大叢。那日自己無心中想採一枝聞香，被怪物搶去扔入湖內。原來有迷人的功效。如能在暗中藏起一兩枝，乘怪物和自己親熱，一個冷不防給牠聞上，至少必有個把時辰昏迷，豈不可以下手？」盤算了一陣，怪物便已回轉。同時紀光也領了苗人尋到湖邊。紀女想採那花，特地強為歡笑，要怪物伴著往沙洲後面深林之中閒走。因怪物寸步不離，剛一走到花的前面，便遭攔阻。恐惹怪物疑心，越不好辦，只得暫且忍耐，遇機再行設法。這時天已昏黑，便取些魯肉飽餐了一頓。

紀女終是急於報仇脫難，趁著月色，仍邀怪物陪往沙洲後遊玩。到了半夜，花未偷採到手，忽然刮起風來，拔木揚塵，勢甚猛烈。紀女身旁遺留的火種本來不多，二日前業已用完，每次烤完鹿肉，總將餘火留著備用。這時因是一心專注在花上，通未在意。

不想狂風驟至，等到想起，跑向藏火之處，一些餘燼全被大風刮滅吹散，一點火星俱無。

紀女不由著起急來。正和怪物在比手勢，怪物忽朝對湖連指。紀女定睛從藏身的密林中往隔湖岸上一看，竟有一點火星明滅了兩下。當時還疑是螢光木火之類，正想和怪物比說，怪物已將她抱起回到洞中，匆匆用山藤將紀女手腳綁好，放在石條上面，出洞用石堵好而去。

回洞時節，紀女偶一計算被困時日，猛想起：「適才所見，頗似苗人吸煙發出來的火光。莫非老父回家，聞得凶信，帶了苗人尋來？若被怪物發覺，怎生得了？」剛想到這裡，怪物業已動手將她捆好，走出洞去。

紀女越想越覺所料不差，只急得通體汗流，無計可施。身子在石條上一陣亂掙，滾下地來，滾到洞口。就著石隙往外一看，外面黑洞洞的，那洞又在叢林深處，有草樹阻隔月光。只聽大風呼號，恍如潮湧，與湖中波浪擊石打岸之聲響成一片。湖對岸的情景，除有時發現怪物那一對放光的怪眼一閃而過，以及間或從狂風中傳來的一兩聲怪嘯外，別的什麼都難聞見。提心吊膽在黑暗中過了好一會，忽然雷雨交作，對面景物更難窺察，又是好些時候才止。

紀女心想：「怪物這次出洞不在預定時間以內，對岸如果是老父帶人尋來，兩下裡決不會遇上；老父如為怪物所傷，怪物必早回洞。一去許久未歸，再加上適才所見怪物一雙怪眼閃爍往來之狀，必與來人在那裡爭鬥馳逐。這半夜工夫，雷雨全住，反聽不見一絲聲息，難道老父業已看出自己和所帶苗人俱為怪物所傷，特地往竹龍山桐鳳嶺請了無名釣叟之類的能人前來除害報仇不成？自己失蹤業已多日，老父先見同行苗人屍首，必當自己也為怪物裂腦而死。倘如斬了怪物，便行回去，自己即使將被綁山藤磨斷，洞口大石也推移不開，豈不活活困死洞內，臨死也不能見老父一面？」

紀女心裡一著急，便哭喊起來。夜深山靜，容易及遠，果然不久便有了回音，竟聽出是老父口音。紀女這時又恐怪物他去，並未伏誅，又是欣喜，又是憂惶，不知怎樣才好。直到紀光將她尋見，抬回家內，方哭訴了經過。

當時紀女便要尋死。紀光因只生此女，自是不捨，再四溫言哭勸說：「我年將入暮，只你一女承歡。雖然禍生不測，為怪物所汙，至多不嫁人，也就是了。你縱不念自己，難道也不念及為父麼？」紀女聞言，才去輕生之念，拚以丫角終老，忍辱偷生。

苗人們經此一來，越發感戴，都把他父女當作親長看待。紀光除偶然出門行醫，代苗人販運應用東西外，倒也相安。

誰知三兩個月過去，紀女肚子漸漸大起來。起初天癸逾期不至，還只當是上次涉險，受驚受寒所致，又羞於出口。後來紀光看出有異，一診脈，竟是懷孕，才知紀女與怪物雖只春風一度，已然成胎，一則因是怪種；二則當地苗人對於少女貞操雖然不看重，到底心中慚愧。父女商量，決計用藥將胎打落。紀光醫道原好，打胎卻是初次，又是自己女兒，自然格外細心從事。誰知那胎竟非常結實，紀光連用重藥，想盡許多方法，一絲也沒效果，反令女兒白受了許多苦處。萬般無奈，才想起往桐風嶺去求當初傳授醫道與自己，誼兼師友的無名釣叟醫治。

紀光到了那裡，把女兒所有遇難經過一說。無名釣叟細問了怪物的聲音形象，大驚說：「此乃深山木客一類，名為葛䰰。目如閃電，爪若利鉤，行動捷於飛鳥，力能生裂獅象，爪能活捉鷹隼，專食生物腦髓和松柏黃精山果之類。因牠行動舉止像人，喜把人當作同黨，並不輕易傷害。一生只交合一次，雖然凶狠異常，對於配偶最是情重。而求偶之期，每年只有一日。在此春情發動前後十餘日中，暴烈無比，人獸遇上，均無倖理。

「只要過去那前後十幾天，或者將配偶得到，人如遇上，不將牠激怒，至多受些囉唣，不致送了性命。以前莽蒼山玉靈岩左近曾出過一隻，被武當派一位名宿收去，看守洞府，甚是得用。我有制牠之法，並能用藥化去牠先天中遺下的那一點僅有的淫根，使其歸入玄門，得歸正果。可惜事先不曾知道，被你弄死。此物天性最靈異多疑，滿身逆鱗，除七竅要穴外，刀箭不入。這也是牠犯了淫孽，活該死在你的手內。天時人事，般般湊巧。否則除了仙人飛劍法寶，休說你傷不了牠，一旦讓牠發覺來者是牠的仇敵，當時你和同去的人任是逃避得多快，也休想活命。

「令嬡所懷異胎，休說藥力難施，就是我能將其打落，於心也是不忍。此子有此異稟，除相貌稍醜外，一切俱勝似常人十倍。依我之見，令嬡元氣大傷，生子之後恐難永年。你膝下無子，正可留下此子，以娛晚年。將他害死，豈不可惜？你且回去，臨產之前，必定難產，到時我自來解救。」

紀光聞言，只得帶了女兒回來。紀女依然恐為人知，哭泣欲死。紀光心憐愛女，只得遷到無人之處隱居，到了生養之後，再作計較。想了想，昔日怪物盤踞的沙洲，不但地勢隱秘，而且四面環水，湖光山色，水木清華，端的似仙靈窟宅，人間福地，遷到那裡去住，豈非一個絕妙所在，便去和酋長說，湖心沙洲容易藏妖，打算移去坐鎮，就便清除餘孽，請他派人相助，建兩間房舍。酋長聞言大喜，便派了數十名苗人，帶了用具，隨同前往，只一二日工夫，就蓋了一所房舍。紙窗竹屋，淨几明窗，加上四周的嘉木繁蔭，湖風嵐影，越顯得景物清幽，勝似圖畫。父女二人督率苗人，造了一隻小舟，才行遣散回去。閒來無事，便去湖心打槳，洲旁垂釣，養鳥蒔花，讀書習武，倒也怡然自得。

那裡以前是怪物窟宅，紀光父女遷去未久，惟恐還有別的異物前來侵害，除偶然日裡蕩舟過湖，到山寨中去與苗人治病外，從不輕易遠離，一直無事可紀。

那孕竟懷了一年多才行臨蓐，生時甚是難產。生前三天，無名釣叟到來，紀光延接進去，見紀女腹痛如割，正在掙命。無名釣叟一按脈象，說還有三日才得降生。便給了一粒止痛丹藥。又吩咐紀光速將預先找來的幾名山婦喚至面前，擇出兩名強健聰明的，授了方略：將產婦房中打掃乾淨，除產榻外，所有什物一齊挪走；等後日嬰孩一降生，便將產婦抱往隔壁一間靜室之內，大家迅速退出室外，將門窗緊閉；等嬰兒縱躍力竭，無名釣叟才行人室，去他先天中帶來的野性。一切吩咐停妥。

紀女服藥之後，疼痛漸止。紀光才放了心，陪著無名釣叟，出來觀賞沙洲風景。無名釣叟看了，說道：「你以前可聽人說起過，這裡有此湖蕩麼？」

紀光道：「起初因為採藥，這一帶苗疆的山水形勝，差不多足跡殆遍。以前除妖時，忙於救人報仇，還不甚覺察。自從移居到此，越看湖那面的一片山崖泉石，都似曾經來過。依稀還記得起這沙洲四外，只是一片微凹的草坪，花樹叢生，左側崖上還有一道大瀑布，並非湖蕩。後又尋到那崖上，雖然崖石大半崩墜，瀑痕猶在，越發猜是前數年採藥人入山舊遊之地。看這湖面其圓如鏡，湖底平坦，沙洲恰在湖的中心，頗似有人開濬，心中奇怪，便問那晚除怪同來的許多苗人。竟有好幾個說這裡以前數年確曾來過，所見瀑布林密，均極相同，並無湖蕩。如是人為，何人有此妙法？至今疑團未解。道長動問，敢是看出有異麼？」

無名釣叟笑道：「此物真個神奇，可惜淫孽殺孽太重，落到這般結果。」

紀光道：「聽道長之言，莫非這湖也是怪物葛魍所濬麼？」

無名釣叟道：「誰說不是？此物身輕如葉，長於踏波飛行，性尤靈異。極喜修治山林，開闢泉石，最愛濱水而居。牠必見這裡群山環拱，曠宇中開，景物幽麗，仗著識得水土之性和天生的靈心利爪，把這草坪上蕪雜草樹之類全行拔去，將凸出地上的餘土堆在中央，積成一座沙洲。然後推倒岩石，引那條瀑布由源頭下注，從地底灌入草坪，成此湖蕩。又在沙洲上面種了許多奇花異草，嘉木繁蔭，以為牠的窟穴。不想枉費許多心機，白白送你享受了。」

說到這裡，正行經沙洲後面。無名釣叟一眼看到那一叢備具五色的繁花，便問紀光道：「此花也是原有的麼？」

紀光移居之後，才聽紀女說起，那花聞了令人昏迷不醒，並不知道那花的來歷和用處，本想請教，聞言便將花的作用說了。

無名釣叟道：「此花乃人間異寶，名為夜明草，又名雪桃，生在川滇黔一帶高山絕頂積雪之中。花形如梅，分九片，一支八十一朵，貼莖而生。雖然聞了使人昏迷，卻專治蠱毒，靈效無比。因為產自雪山高寒人跡不到之區，休說是人，產花之處必有冰崖雪屏，鳥獸也難攀援立足。而且極為稀見，連我到處留心，也只得到過一株，業已用完。

「這花還有一樣功效：服了輕身、明目、益智，只是服時須要掩鼻屏氣，方不為花香迷醉。除了像怪物這種身輕力健，能踏雪飛行的異獸，便是仙人，也還得預先查出產處，才能得到，你休要輕視了它。

「不過這種靈藥移植在此，恐難生長。這裡奇花異草雖多，獨此最為難得，又是這般多法，怪物移來，必有用意，日久自會發現。等令嬡產後，可將此花交我帶回山去。此物非極寒之區不能久植，我也沒有保養之法，只好把它製成解蠱毒的靈藥，用來救人罷了。」

紀光近日正因此花原是終年長開，不知怎的，這一年多工夫竟會無故減少，遠不似初來時那般繁茂，先並不甚看重，只當作玩賞的花草而已。一聽無名釣叟說得這麼珍奇，是解蠱聖藥，好生心喜，連忙應了。二人在沙洲上游觀談笑了一陣，又回屋去看了會產婦，談到夜深，才行安歇。

兩日無話。到了第三日夜晚亥子之交，產婦忽然發動，腹痛如割。紀光因無名釣叟說過，此時藥力難施，好在一切均已準備停當，安排就緒，只得任那幾名健壯山婦扶持紀女，在室中掙命。可憐紀女疼得通體抖戰，面目鐵青，所出急汗都如豆大。似這樣疼到快交子正，無名釣叟知是時候了，忙命紀光傳語，室中山婦千萬小心，迅速行事。話剛說完，嬰兒已從紀女產門中掙將出來。緊接著，紀女身側扶持的兩個山婦便將紀女捧起，走往隔室。

那按著嬰兒的兩個山婦，只覺嬰兒異樣，也未看清面目手腳。正斷了臍帶，大家忙亂之際，那嬰兒一出娘胎，天生神力隨著增長，哪裡還按得住，山婦手剛一鬆，便被他身子一挺，縱將起來，滿屋飛躍。苗人婦女原極怕鬼怕怪，雖然事先再三交代，因知紀女不夫而孕，所懷乃是神胎，動手時節俱都是提心吊膽，哪裡還經得起這麼一來，嚇得紛紛奪門而逃。嬰兒見人逃走，莫名其妙，秉著先天野性，長嘯一聲，便即躍追上去。

剛到門口，無名釣叟早在那裡相候，手一晃，朝嬰兒迎頭一按，推入室中，急忙將門關閉。嬰兒被關，哪肯老實，立時跳躍起來。那幾間屋子，苗人建得本來結實，又經無名釣叟指點，窗外面橫七豎八釘了許多粗竹。嬰兒雖然天稟奇資，畢竟還是初涉人世，純然一片混沌，雖在門前吃了一掌，始終不曾想到衝門而出，只管在室內蹦跳叫嘯，也無人去理他。

無名釣叟又給產婦服了些寧神補氣的丹藥，對紀光道：「嬰兒降生，令嬡已無危險。只是尚須將息數月，才能勉強康復。我不想此子天性竟野到如此。這裡四面環水，有我在此，也不愁他跑脫。你已然累了一日一夜，盡可前去安歇。索性等到明晚他餓極之時，我再去收伏他便了。」當下將嬰兒交由山婦把守，如衝出室來，即來報信；不可攔他，以防為他所傷。吩咐已畢，仍一同回到紀光房中安歇。

紀光一面心疼愛女，一面又因無名釣叟說嬰兒稟賦特異，雖是怪物的種，總算是自己的外孫，女兒的骨血。女兒現在已誓不適人，只要產後平安，異日此子長大，也可稍解她的寂寞。想了一陣，不特把以前厭惡之心全都冰釋，反倒憂喜交集起來。

紀光滿肚皮思潮起伏，哪裡還睡得安穩。偷眼一瞧無名釣叟，盤膝端坐在當中榻上，業已入定，鼻間兩道白氣，箏直也似射出三四尺遠近，不住伸縮舒卷。暗忖：「無名釣叟劍術驚人，已有半仙之分。可惜自己相遇太晚，不允收歸門下，只在半師半友之間，略得了點養生安命之訣，平時想起來就悔恨無及。當初想令女兒拜他為師，他又說女兒前生孽重，與他無緣，執意不肯。後來遇見怪物，果然應驗。他既讚賞新生嬰兒資質，不知肯收不肯收？」

紀光想到這裡，側耳一聽，嬰兒房中，跳躍叫嘯之聲已止。打算往女兒房外問一問產後有無痛苦，就便背著無名釣叟，撥開一點窗隙，看看嬰兒是何形象。便輕腳輕手走下榻來。回頭見無名釣叟鼻間白氣越發粗勁，吞吐更疾，猜是入定已深，便往外走去。

紀光到嬰兒室外，天已大明，見防守山婦因熬了一夜，俱都沉沉入睡。貼壁一聽，室中靜悄悄的，忙將山婦搖醒。先繞過嬰兒室外，也不顧甚骯髒，探頭往女兒房中一看，只愛女仰臥榻中，室外朝陽正射到她臉上，面容仍然難看，人是早已瘦剩了一把骨頭。

所幸睡狀穩熟，沒有呻吟之聲，略覺放了心。兩個山婦，一個伏几而臥，一個正背著身子整理湯藥。恐她看見自己，出聲招呼，將嬰兒驚醒，輕輕退了出來。

然後走向嬰兒窗外一看，除非將窗板下了，將窗紙戳破，否則雖有一兩處細縫，卻看不清裡面。窗板俱被竹皮釘牢，去時又極費事。紀光轉身尋來一把小刀，想將窗縫挑大些，以觀室中嬰兒動靜。正用刀輕輕在撥，忽聽一種噓噓之聲，由遠處傳來，只叫了兩聲，便即停止。一會又遙聞潮水作響，浪起潮鳴。因為一心在撥那窗縫，以為起了大風，是潮浪擊蕩之聲，並未在意。不多一會，水聲又止。

這時，窗縫業被紀光撥成一指多寬，並將刀上沾了口唾沫伸進去，將窗紙弄濕挑破，全屋景物，已可一覽無遺。一看那嬰兒，身長不像初生，約有三四個月大小。只是骨瘦如柴，手足細長，生著半寸來長的指甲，形如獸爪，滿身細茸茸的黃毛。面貌雖不似怪物那等醜惡，卻也有幾分相像之處，看上去頗為結實堅強。想是叫跳了一夜，有些力乏，赤條條拱背環身，臉朝外側睡在地下。牆壁上木石剝落，盡是指爪痕印。

紀光剛看得有趣，猛聽身後竹籬搖動作響，立時便有一股奇腥之味襲來。紀光覺出有異，偶一回頭，不知何時從竹籬外面爬進許多五顏六色，千奇百怪的毒蛇。有的上半身已穿過竹籬，下半身還盤糾在竹籬之上。最前面幾十條小的，已蜿蜒著過來，離身只有丈許光景。個個昂頭怒視，紅信焰焰。最大的幾條，竟似有大碗口粗細。不由嚇了個眼花繚亂，膽落魂驚，哪裡還敢細看，將足一點，往外屋內縱去。

腳才落地，想起這蛇既多且毒，斷非人力所可驅除。嬰兒室門雖然封閉甚固，產婦室中門窗俱是竹葦等物所造，如被蛇衝進去，怎生是好？心裡一著急，驚惶忙亂中，也忘了招呼無名釣叟，順手摘下外屋的苗刀毒弩，拔步便往產婦室內跑去。自來產婦避風，門窗全行關閉。紀光到了一看，大蛇已從外面天井中竄向產房窗前。那兩扇窗戶吃牠們一撞，便將柵撞斷，緩緩探頭而入，目同電射，毒口開張，磨牙吐信，腥涎四流。室中兩名山婦早嚇得失聲怪叫，亡命一般奪門逃去。

紀光這時心疼愛女，已把生死置之度外。一手緊握苗刀，一手端著毒弩，看準那蛇的口睛等處，正待發放。誰知窗外如兒啼一般，呱呱叫了兩聲，那蛇倏地撥轉頭，退了出去。紀光知道今日來蛇太多，其怒難犯，見牠們自行退走，愛女在側，投鼠忌器，不敢再去招惹，連忙停手。用刀尖點著窗門，將它關好。然後將室中桌椅移過去抵住。回顧床上愛女並未驚醒，於是不敢遠離。因聞蛇叫甚急，就著窗槅上紙破處往外一看，只見大小群蛇業已聚集一處。內中一條朱鱗大蛇，頭上生著肉角，白腮三稜，聲如兒啼，在數十百條大小群蛇環拱之下，昂然翹舉，正面四面顧盼，猜是群蛇之首。因見群蛇久踞不退，遲早是禍，正在焦急。不料那為首朱蛇忽然怪叫了兩聲，撥轉了頭，直往房側土坡下穿去。其餘大小群蛇，也都蜿蜒抽身，似錦帶一般，緊緊隨在朱蛇之後。轉眼之間，俱都鑽入以前怪物所居的洞穴之內，一條也沒剩在外面。

紀光這時才想起，自己忙中大錯，眼前放著無名釣叟在此，不去求救，卻來與蛇拚命。幸而下手稍慢，否則一擊不中，將蛇惹惱，父女二人豈不是要同歸於盡？事在危急，再也不暇顧及汙穢，正要回身抱起女兒，逃往無名釣叟的室中求救，猛見窗外打一道電閃。再往窗隙外一看，無名釣叟手正抱著那初生的怪嬰，已端端正正地盤膝坐在離洞穴兩三丈遠近的一塊大石之上，一雙炯炯有光的眼睛，注定穴口，面容甚是嚴肅。紀光知他為了除蛇而來，心中大喜。膽子一壯，便停了手，索性用手中刀將窗格挑破了一個小洞，往外觀看。

紀光起初聽見洞中群蛇一片奔騰之聲，甚是囂雜。末後只聽呱呱叫了兩聲，群蛇頓息。忽然洞口一花，數十顆五顏六色、千奇百怪的蛇頭同時鑽將出來，約有七八尺光景，下半截身子還在洞內，俱都將頭向上昂起朝外，環成一個圓圈，如數十根光杆蓮蓬相似，定在那裡動也不動。再看無名釣叟，仍和適才一樣，無甚動作。手上怪兒似已睡熟。

稍過片刻，無名釣叟忽從大袖內取出一個黑葫蘆。不知怎地一來，便將手上嬰兒驚醒。那嬰兒先天性子極野，醒來見身體被人抱住，立時怪叫了一聲，手腳齊施，亂掙亂抓。無名釣叟目光注定前面，只回手摸了兩下，嬰兒便即老實，不再作聲掙扎。

這裡嬰兒方始寧靜，洞中若干蛇又是一陣子奔騰騷動。接著呱呱兩聲怪叫過去，從那數十條群蛇圈成的蛇環當中，倏地鑽出那條肉角朱鱗的怪蛇。這條想是蛇中之王，群蛇都似在聽牠號令進止。朱蛇一樣是上半身先出來，一顆頭卻在環中翹舉，昂得更高。

一出現，先昂著那顆怪頭，吐著二尺長火焰一般的紅信子，往四處一看。一眼望到前面無名釣叟和那手上的怪嬰，猛地一聲怪叫，其聲慘厲，令人心顫，形容不出，比起適才所叫數聲還要難聽十倍。那怪蛇叫後，三角形的兩腮便怒脹起來，立時比斗還大。口裡發出嗞嗞之聲，身子不住微微屈伸，身上逆鱗急浪也似顫動。環中群蛇好似有些畏懼，不約而同將頭一低，紛紛向外避開，中間空隙越大。那怪蛇的顫動也越來越疾。

紀光知道那蛇見了生人發怒，就要作勢衝出。這般凶毒之物，休說被牠咬上，難以活命；便聽牠那一聲怪叫，也覺體麻寒噤，周身毛根直豎。無名釣叟既來除牠，為何將嬰兒也帶了出來。好生不解。打算乘怪蛇全神貫注前面之際，對準牠口眼等處，給牠射上兩毒藥弩箭。又因事前沒與無名釣叟知會，看無名釣叟神態甚為慎重，恐於事有礙，不敢妄發。

紀光正躊躇不決，那怪蛇倏地將頭向後微縮，再往前一伸，朝著無名釣叟將大口一張，便有數十道顏色灰黃的毒氣，比箭還疾噴將出來。哪知這裡蓄勢噴毒，無名釣叟那邊也早有準備，覷準怪蛇之口，雙目微一開闔之間，兩道白氣便射將出來，長約二丈，散佈開來，將毒氣完全包住。接著舉起手中葫蘆，將蓋揭開，朝著前面那兩道白氣，怪蛇所噴毒氣便似一團雲煙，往裡飛滾而入，只聽一陣陣噝噝之聲，一會都收入葫蘆之內。

說時遲，那時快，怪蛇見內丹已失，不禁萬分急怒，一聲慘叫，連身竄起。無名釣叟已將葫蘆蓋好，兩條白氣吸入鼻中，大喝一聲：「孽畜劫數已至，還不授首！」說時一道光華從身畔飛出。兩下裡相隔原不甚遠。蛇身並未出盡，正似一道赤虹往前竄起。

還未下落，無名釣叟的劍光已繞向蛇身，一下將牠斬為兩截。那下半截蛇身搭落洞口。上半截蛇身仍和未死一般，張口吐信，呱呱怪叫，朝無名釣叟衝去。那道光華真也神速，將蛇一斬兩段，早又回頭追來，朝著斷蛇頭上又是一繞。先將蛇身直劈兩半，然後一陣亂絞，只見光華閃閃，轉眼間成了碎段。怪蛇伏誅，洞口群蛇立時一陣大亂，紛紛作勢向前逃竄，無名釣叟將劍光一指，便朝群蛇飛去，齊洞口橫著一繞，這數十條很毒很粗的惡蛇，蛇頭像山石暴崩一般，紛紛斷落。蛇群乍見劍光，自是害怕回竄，蛇頭被斬，又是一陣亂縮亂擠，那麼大一個洞口，立被死蛇殘身堵死，蛇頭和血肉堆了一地，奇腥之味刺鼻欲嘔。

紀光知道洞中還有不少毒蛇，恐留後患，剛想出聲呼喊，無名釣叟已走向窗前說道：「紀賢弟，我已見你令嬡，適才想已受了虛驚。此時洞中還有餘蛇，連這洞外死蛇腥毒，俱須除盡，以後此間便是樂土。嬰兒性野，被我用法禁住。先時用他為餌，此時已無用處，可將窗戶打開，接抱過去，使他母子先行相見。等我把這裡清除完了，再說詳情吧。」紀光聞言，忙將窗戶打開，接過嬰兒。方要稱謝，無名釣叟已回向洞口，將手一指，一道光華飛進洞去。只聽洞中群蛇慘叫與騰躍之聲亂成一片，約有頓飯時光，騷動方息。

這時紀女已醒轉。見紀光抱著嬰兒站在窗前，好生奇怪，忙問：「爹爹，怎的不怕汙穢，進房則甚？」

紀光正略說前事，忽聽窗外無名釣叟呼喚，連忙跑出去問。無名釣叟笑道：「群蛇已被我用飛劍斬盡殺絕，總算替世人除了不少大害。只是先斬的那條蛇王其毒無比，身軀又極龐大，甚難處置。此地四面皆水，無法運走；火化土葬，也是不妥。一旦遺毒，禍患無窮。苗人膽子極小，此事難命他們去。你去將鋤箕等物取來，我給你口裡啣了靈丹，先由我將堵洞蛇屍消盡，你可將這外面的死蛇斷體運入洞中。等我用消骨神藥化去之後，再連那有蛇毒的石土掘去，填入洞口，就此將洞堵死，以免為害。」

紀光領命，忙去將應用之物取來。無名釣叟早從身畔取出一個白玉瓶兒，用指甲連挑出了好幾次粉紅色的藥粉，彈向洞口死蛇身上。紀光便幫著用樹枝將那些死蛇叉起，塞進洞去。過不多一會，洞口那麼多的蛇屍漸漸由大而小，化成奇腥無比的綠水，順洞口凹處往裡流去。最後才收拾到那蛇王的殘屍。紀光正一段段搬運之間，忽見死蛇斷腮間露出一團肉紅東西，細一看，竟是新生嬰兒的胎胞，不知何時被蛇吞入口內，還未化盡。記得嬰兒生時，無名釣叟曾命人將胎胞丟向昔日怪物所居洞內，莫非群蛇來犯，已有前知？

剛要發問，無名釣叟已然笑道：「今日之事，全從嬰兒身上引起。少時我進屋，將此子野性化去，再詳說吧。」

紀光道：「聞得毒蛇大蟒，大都頭骨等處藏有寶珠，這麼些厲害的大毒蛇，怎的一顆無有？」

無名釣叟道：「奇蛇毒蟒大都藏有寶珠。這僅是些尋常毒蛇，年代也不夠。那條蛇王雖是奇毒無比，但是條雄的，所煉丹元已被我行法收去，所以沒有珠子。經此一來，本山附近百里之內，毒物已然除盡，盡可高枕無憂了。」

二人隨談隨動手，個把時辰過去，所有地上帶血肉腥涎的泥土俱都鏟起，填入洞內。無名釣叟又彈了一些消毒的藥，然後用劍光斬斷岩石，封了洞口。因湖水被群蛇泅過，難免有毒，又留了數十粒靈丹備用。這才一同回轉室中，吩咐將嬰兒抱來，看了看，驚問道：「嬰兒吃過母乳麼？產婦性命休矣！」紀光聞言，連忙走至產房外面去問。

原來紀女本把怪物恨如切骨，懷胎之時，恨不能把胎兒打掉。被無名釣叟力阻，說所懷乃是異胎，無法打落，更是添了羞忿。產前嬰兒在腹內轉身，又受了許多痛苦，愈把嬰兒恨如切骨。及至降生下來，服了無名釣叟靈藥，疼痛漸止，沉沉睡去。醒來時，正值紀光出去收拾汙穢，將嬰兒交她暫抱。紀女初接過來時心中還是厭惡，隨手將嬰兒放躺在榻上，連手都懶得撫摸。這時室中山婦全都嚇得躲向一邊。工夫一大，紀女覺著無聊，偶對嬰兒一看，雖然生相奇醜，那一雙眸子卻是光芒炯炯，靈活非常。試一摸他周身肌肉，竟是比鐵還硬。而且剛生嬰兒，竟知戀母，見紀女一摸他，便咧著怪嘴，朝著紀女直笑。因為手足被無名釣叟點了穴道，不能動轉，只將頭往懷中直拱，口裡咯呀不絕，迥不似適才在隔室騰躍時怪嘯之聲那般難聽。

紀女想起無名釣叟所說許多異處，自己為怪物所汙，萬不能再適人，此子雖是怪種，到底也是自己骨血。一邊想，一邊撫視，漸漸轉憎為喜，動了母子天性，慈愛起來。一把將嬰兒抱過來，臥在自己腕上，只顧逗弄，不禁越來越愛。末後見嬰兒老是仰面注視自己，一顆頭直往胸前連拱，一時情不自禁，便開了懷，餵嬰兒吃乳。產婦初生，才只幾個時辰，哪有多少乳汁。乳頭才被嬰兒咬住，便覺吮吸之力甚大，渾身麻癢，禁受不住。欲待不與，嬰兒又求乳甚急，只得強忍著由他吮吸。不多一會，紀光便來抱走。

無名釣叟看出有異，問知前情，歎道：「令嬡前生孽重，我只說人定可以勝天，誰想依然難保，枉費我許多心力了。」

紀光驚問其故。無名釣叟道：「令嬡全身精血，五分之二耗於怪物，五分之二耗於嬰兒，只有五分之一留待自己苟延殘息。否則，只要常服我的靈丹，未始不可多活一二十年。如今骨髓俱枯，元陰已竭，縱然多服靈藥，也不過是一二年間的事罷了。」

紀光聞言，自是悲苦。無名釣叟勸道：「數由前定，哭也無用。我此次事事謹慎，一切均早有防備，卻未料到產婦會給嬰兒乳吃。且莫愁苦，好在還有些日壽命，許能從死中求活，也說不定。此子如不遇我，自是難料；此番化去他的惡根野性，便是仙佛中人，也算你不幸中之大幸了。」說罷，將嬰兒禁法一解，那嬰兒便從紀光手中縱起丈許高下，伸出兩條比鐵還硬鳥爪一般的小手，對準無名釣叟便抓。

無名釣叟命紀光速去，將應用食物果子取來，一面閃躲。一會食物取到，無名釣叟先取了一枚果子，咬了兩口拋掉。等嬰兒拾起學樣，剛咬一口，又給他劈面搶來吃了。

然後又將別的食物果子，擎在手內不與。嬰兒已是餓急，不由怒發如雷，兩條細長手臂像雨點一般朝無名釣叟頭臉上抓去。嬰兒雖有異稟，怎能挨得上，只急得口中怪嘯連連不絕。無名釣叟也不理他，等他跳叫力乏，意欲少息，又用食物上前引逗。約過有兩個時辰，嬰兒通未停止，漸漸目露凶光，野性大發，口中涎沫亂噴，幾次伸出手爪，做出攫拿之勢，與怪物在日生裂獸腦時的神氣一般無二。無名釣叟知是時候了，便不住抽空去拔扯他身上的黃毛。嬰兒又疼又惱，欲罷不能，不由急怒攻心，連身縱起，怪嘯一聲，口張處，噴出一團半寸方圓的紅塊。立時兩腳一登，四平八穩，由近屋頂處跌將下來。

紀光上前一看，業已暈死過去。無名釣叟忙從懷中取出一把極鋒利的小刀，匆匆將嬰兒後腦剖開，從腦門附近割下一塊比鐵還硬的三角骨頭，放入另一個玉盒以內。然後取了一粒丹藥，手研成粉，灑在創口。從法寶囊內取出先準備就的生鹿皮與收口的靈膏，將創口貼好。無名釣叟動作甚快，等到一切準備停妥，嬰兒已然回醒，睜著兩隻怪眼，不住東張西望，口邊帶著一絲微笑。雖然仍舊醜怪，已露出初生嬰兒的天真，迴不似先前那般凶悍猛惡之態。無名釣叟給了他些果子食物，嬰兒笑嘻嘻接過便啃。人小食量卻大，又加生來就長著上下四個門牙，不消一會，便吃了好些。越發歡喜，賴在無名釣叟懷裡，只管呀呀學語，甚是依戀。

無名釣叟便命紀光將嬰兒抱了進去，吩咐產婦不可再給乳吃，餓了只可給他飯食果餌之類。因為產婦懷著這種怪胎，精血元氣已然耗損大多，他生具異稟神力，再給乳吃，精血更要被他吸盡，縱使華、扁復生，也無能為力了。紀光稱謝領命，抱了嬰兒進去，依言吩咐，將嬰兒暫交山婦抱持，紀光二次出來，無名釣叟才說起除蛇經過。

原來那頭生肉角的朱蛇，名為獨角吹蚺，其毒無比。便是慣產異蛇的苗疆，也不常見。原是一對，以前被怪物葛魍弄死的，乃是一條母蛇。無名釣叟先聽紀光說起紀女曾發毒藥鏢弩誤中大蛇，沒有打中怪物之事。因知怪物力大無窮，爪利如刀，差一點的蛇蟒不敢輕攖其鋒，怎會鬥了好一會，才被怪物弄死？雖覺那蛇不比尋常，也未斷定是這獨角吹蚺。再加紀光父女移居沙洲前後，並無異兆，也就罷了。

直到紀女臨產前三日，無名釣叟來到紀家，第二日無心中在沙洲上遊玩，行經怪物所居的舊洞，看見洞口草色有異，洞外沙土中隱隱有蛇蟠之跡，細一觀察，知有奇毒異蛇來過。暗忖：「這裡湖蕩沙洲俱是怪物新鬭不久，聽紀光說，平時連個蟲豸影子都無，怎的會有這般大而毒的蛇？而且洞口土石，有幾處都被蛇口啃碎，痕跡新舊不一。分明來此尋仇不遇，怒到極處，恨而如此，其來並且不止一次。」無名釣叟正在奇怪，猛想起紀女遇怪時，誤中大蛇之事，覺得有些暗合。二次又一細問紀光前事，那蛇形狀竟似獨角吹蚺。這東西專愛尋仇，些須忤犯必報，越知所料十有二三不錯，當下便留了心。

晚間入定時，澄神息慮，運合陰陽，按先天易數細一推算，才知雌蛇死後，被怪物扔落山澗，身上帶有怪物爭鬥時遺留的氣息。隔了好久，才被雄蛇尋去聞見，雄蛇四出尋找怪物報仇，幾次尋到怪物所居的洞內，這東西也頗有靈性，只當怪物未死，不在洞中，所以沒有擾害旁人，逕自回轉。這次怪嬰兒一降生，那蛇就在湖蕩左近潛伏，牠如聞見嬰兒從先天中帶來怪物的氣息，定要跟蹤尋來。無論人畜，只要被這種毒蛇吹上一口毒氣，準死無疑。

無名釣叟說了上述經過，接著說道：「當時我恐嬰兒受了傷害，所以才吩咐將嬰兒室中門窗封閉嚴緊。我知嬰兒將生在半夜，彼時正是天地交泰，毒蛇尚在洞中蟠伏吐納，來時必在天明以後，特地命你前去安睡，由我一人暗中處置。我本不難迎頭用飛劍將牠殺死，一則牠那毒氣如能當牠噴時收斂了去，日後頗有用處；二則這蛇又是蛇中之王，遠近百里以內的毒蛇聽見牠的嘯聲，俱要趕到，這次前來與前幾次不同，必定帶有許多同類，正好誘牠入洞，一網打盡。嬰兒胞衣氣味最重，我已預先命人等嬰兒一降生，便扔在昔日怪物所居的洞內。同時我將本身真氣調勻，準備同蛇鬥時，將牠內丹化成的毒氣包住，收入玉瓶之中。

「那毒氣非常厲害，我不知牠年份的深淺，一絲也大意不得。我還未十分將氣煉凝，正在入定之際，你已然悄悄出去，隔窗偷看嬰兒，又私將窗板挑破。如非那蛇聞得胎衣氣味比嬰兒濃厚，趕尋了去，此時嬰兒焉有命在？等我煉好真氣，忽聽蛇嘯之聲。再一看你不在榻上，忙出來一看，那蛇已從屋前繞向後洞，那先前拱破產婦室中窗戶的一條大蛇剛剛退出。我隔窗看見你父女無恙，才放了心。便隱過一旁，等群蛇蜂擁入洞，才行現身，朝著洞口坐下，引牠出來就戮。當初未有湖蕩前，那洞原是平原中僅有的一塊大石，雖有洞穴，裡面全是堅石，並無出路。蛇到裡面，只見胎衣，不見仇敵，越發急怒發威，亂咬了一陣，吞下肚去，我在洞外微一引逗，便將牠引了出來。先用真氣收了牠的丹元，然後無分大小，一齊殺死。

「如今毒蛇已盡，俱化血水。只是那一股奇毒之氣閉在洞中，無處宣洩，日後必定生成一種五色彩菌。這東西配治蠱藥，以毒攻毒，大有功效。日後發現，不可用手去挨，速往桐鳳嶺送信，我必親來採取。令嬡除非採得千年靈芝，終難永年。我走時再給她留下數十粒丹藥，最多可保五年壽命。嬰兒萬不可憎他異種。須要好好看待，異日也是我輩呢。」

紀光聞言，含淚稱謝，當下便要將嬰兒拜在無名釣叟門下。無名釣叟笑道：「若論我為人，卻也介乎仙俠之間。可惜當初投師走錯了路，誤入旁門，所學除行醫外，俱非玄門正宗。還算我心術端正，見機又早。當先師遭劫之際，我剛學成劍法，觸目心驚。想改投正教，又覺不報仇而事仇，有負師門恩義。這才立誓積修外功，力行善事，使各派道友知道旁門之中一樣也有正人。但等功行圓滿，再行兵解，轉這一劫，以求正果。

「如收徒弟，異日便免不得有了門戶之見，將來學成在外，定必生事，反而累我。當初不肯收你，只允傳你醫道，也因此。此子有這般奇特的稟賦，異日自有機緣相就。如今剛生下他，我就肯收，也難傳授，何必忙在一時呢？」

紀光知道無名釣叟性情古怪，不敢再為深說，只得罷了。

三朝之後，無名釣叟作別走去，紀光挽留不住，只得恭送過湖。回家見紀女伏臥病榻，甚是清瘦，好生痛借。除盡心愛護外，又將無名釣叟留下的丹藥按時與她服用。

紀光醫道本已得了無名釣叟真傳，這幾日又在百忙中抽空領教，益發精進，每日診治，紀女病體自是逐漸有了起色。就這樣，還是過了百天才能下地。

大半年以後，表面上看似復原，細按脈象，真元仍是虧損到了極處。紀光知道愛女決難長壽，心中異常愁苦。還算嬰兒靈敏，自生下地以來，身健力大，不需乳食。又經無名釣叟去了腦中惡性，除性情古怪外，天性最厚，一點點的年紀便知孝順，還可略慰母懷。紀光給嬰兒取了個名字，叫做紀異。

第七章　續命無方

話說光陰易過，轉眼便是四五年光景，紀異已長到有八九歲大孩般高矮。只是骨瘦如柴，看身體彷彿極瘦。可是生具異稟，不但縱高跳遠，捷逾猿猱，而且身子比燕還輕，竟能飛行林杪，枝柯不動。尤其是一雙怪眼炯炯放光，就在黑夜之間，也能辨晰毫芒，目光所及，纖微必睹。一雙長臂利爪更穿木裂石，真個是力大無窮，世所僅見。紀光父女見他這般異相，一些也不嫌他醜陋，反倒更加疼愛起來。

這天紀光父女祖孫同席吃飯，因是夏日，便擺在湖邊。恰值日落之際，夕陽光從林蔭中斜射到紀女臉上。紀女自從產後起床，一直無恙。紀光每日見慣，也不似前此那般憂不去懷。這時正坐在紀女對面，覺出她顏色不對，仔細一看，肉皮裡已無血色，甚是難看。覺得女兒近來眠食如常，並無病狀，還以為是陽光映射之故，當時雖有些吃驚，也未出口。及至匆匆吃了飯，紀光叫紀女伸出手來，一按脈，才知一兩天工夫，脈息已有了死徵。猛想起無名釣叟行時之言，屈指一算，離產子之期正是五年。看神氣，至多還有十日壽命。心裡一酸，不禁流下淚來。

紀女本聰明，猜是不妙，便安慰紀光道：「女兒自經大變，恨不速死。只因爹爹膝前服侍無人，又承無名仙長靈藥保命，多偷生了這幾年，已是多餘。更幸此子雖是怪種，頗異常兒，如今業已逐漸長大，雖只五歲，卻比大人還強。女兒就算短命，也是前生孽重，食報今生。爹爹有他，不愁沒人服侍，女兒雖死九泉也瞑目了。」

紀光含淚答道：「話不是如此說。無名仙長行時，雖有我兒只有五年壽命之言，並非毫無解救。前年來收蛇菌，我又問過他，也說是時至再看，目前難定。如有可生之路，何忍使你撇我而去呢！」

紀女苦笑道：「並非女兒不願活，只是無名仙長所說那千年靈芝，漫說無處尋覓，縱有也是神靈怪物守護，我你俱是凡人，哪裡能得到手？否則像無名仙長所賜靈丹，平素治療沉疴，何等靈效！女兒吃了這許多，也只保得這五年，別的藥還有什麼效驗？」

父女二人越說越傷心，說到末後，竟抱頭痛哭起來。

紀異年雖幼小，早已明白事體。見祖父、母親痛哭，心裡悲慟已極。暗中只打主意，表面上卻絲毫不露。只把深含痛淚的怪眼，一翻一翻地望著乃母出神，一句話也不說。

紀光父女並未在意。父女相對愁思，終是不捨分離。紀光知道除了求無名釣叟，別無方法。但是自己已然被他拒絕過了兩次，再說，未必有用。忽然想起孫兒年紀雖幼，比起大人還要矯健得多，又是無名釣叟垂青之人，他如單人前去，或者無名釣叟念在他一番孝思，能給他設個法兒。明知紀女業已神遊墟莽，此去毫無把握，但是死馬當作活馬醫，也不能不作此打算。便和女兒說了。紀女一聽桐鳳嶺相隔那麼遠，紀異單身前往，到底年紀太幼，難以放心，力持不可。父女二人正在竊竊私語，紀異五官何等靈敏，竟然全聽了去。暗忖：「明著說去，母親必不放走。」便坐在旁邊，故意裝出要睡神氣。紀光父女商量了一陣，仍未決定。見天色已晚，便喚了紀異回房安歇。

紀異候至午夜，見母親仍在祖父房中泣話，越發心酸。再也忍耐不住，逕將房門倒掩，偷偷越過竹籬，到了湖邊。紀異雖不似乃父那般能在水波上踏波飛跳，因為先天遺傳，從小就愛狎弄波濤，能在水底遊行。這時更恐解船驚動祖父，便將衣服全脫下來，啣在口裡，輕輕步入水中。將頭昂起，雙足一蹬，就在滿天星光之下，遊魚也似直往湖的對岸泅去。一會抵岸，且喜衣服未濕，穿好便即上路。

此地去桐鳳嶺只有兩條路，紀異曾聽紀光說過，小路雖是崎嶇，一則要近得多，二則恐乃母趕來追上，便一路翻山越澗，上下峭崖峻阪之間，由小路往桐鳳嶺那一面趕去。畢竟紀異年幼，平時出獵鳥獸，採取花果，俱在近湖十里以內，不曾出過遠門；紀光所說路徑方向又只是一個大概，離家不到百餘里，便迷了路，走入亂山之中。

紀異一見沒有路徑，心中自然焦急。轉眼過午，論走的路已超出了幾倍，仍然未到。出門未帶食物，不由腹饑起來。紀異救母心切，仍然飛也似前進，順手採了些道旁山果充饑。苗疆深山，毒草毒果甚多，不知怎的，一個不經意，隨手採了一種不知名的毒果，塞入口內。剛咬一口，覺得鹹臭無比，連忙吐出，口裡已沾了毒汁。再走片刻，漸漸口渴欲焚，心頭煩惡，難受已極。想要飲水，附近不但沒有一個溪澗，連果子也難尋到。越走越乾，口裡似要冒出火來。

正在無計可施，忽然一眼望到前面峭壁上有幾株紅草，其形如蘭，又細又長，如錦帶一般飄飄下垂。山風動處，蘭葉當中現出一個比碗大的柑子，顏色金黃，湛然有光，看去肥大可愛，碧莖朱葉，掩影生輝。紀異當時渴極求解，也沒想到柑子怎會長在初夏時分，又長在蘭葉中間。見那柑子離地有數十丈高下，背倚危崖，下臨絕壑，崖壁除這幾枝蘭葉處，寸草不生，無可攀附，一次又縱不上去。一時情急，將鞋脫去，施展天生奇能，用那比鐵還硬的長指爪，像壁虎一般地爬上去。

相隔還有數十丈，便聞到香風透鼻，轉眼到達，一看上面崖壁已凹縮進去，成了一片畝許大小的平崖。那柑子生根之所就在崖前，根前石土零亂，彷彿剛才不久有人來此掘過。紀異也不管它，翻身上來，坐在崖邊，摘了柑子。剛用手一掰開，那般清香之味真是難以形容。只是與常柑子不同，柑皮去了一層又一層，剝到末了，僅剩彈丸大一個果形，如去殼荔枝，色如碧玉，四周有一圈淺綠色的微暈，鮮豔奪目。紀異見柑子大小，不足解渴，未免有些失望。及至塞入口中，竟是一包汁水，到口融化，滿嘴甘腴，芳騰齒頰，把適才煩渴全都解去，立時精神大振。

再往崖下一看，雖然自己慣於跳高縱遠，像這般數十丈高下的危崖，卻未憑空跳下去過。因情急賈勇上來，手足已受了一點傷，再用前法下去，不禁為難，跳下去又覺有些膽怯。方在沉思，將下不下之際，猛想起下既為難，何不往上尋路？回頭一看，身後靠崖處是一洞穴，穴底彷彿有光。紀異起身鑽往洞中，照那發光處走去，兩三轉後，居然走出洞外，面前又現出一片平崖。奔向崖口，雖然一樣是峭壁如削，卻是藤蔓糾結，不似那一面寸草不生，而且中途盡多落腳之處。忙攀藤蔓援了下去。還未到達崖底，便聽上面銅鐘崩裂般連連怪聲吼了兩聲，接著便聽叭噠叭噠由遠而近，甚是疾驟，震得四山俱起了迴響。

紀異心中驚疑，仰頭往上一看，那東西已到了崖口。由下往上望，只看見一個有圓桌面大小的腦袋，顏色碧綠，爛糟糟的，生著不少酒杯大小的眼睛，金光四射。張著血盆大口直噴白霧，正在據崖張望。紀異雖然膽大，畢竟年幼，自從出世以來，幾曾見過這般凶惡的怪物。心裡一害怕，打算急速下降逃避。不曾想手一慌張，正抓在一根朽藤上，咔嚓一聲，將藤拉斷。偏巧這一處崖壁是凹進去的，又在忙亂之中，再抓別處已來不及，竟凌空十餘丈墜了下去。

紀異當時覺著身子輕飄飄的，與往常不同，也未在意。落地時，身略一穩，即行站定，一點也沒受傷。見手中還抓著半截斷藤，忙隨手扔去。還以為上下相隔甚高，怪物未必能夠追來。誰知起初怪物見至寶被人盜走，憤怒追來，順著人的腳跡，追到崖口，並未看見紀異。紀異如將身子貼壁隱在崖凹藤蔓之處，怪物目光雖然靈銳，也看不見，略待一會，自會回轉。這一慌張落下，反被怪物覺察。銅山東崩，洛鐘西應般一聲怒吼，震得四山都是嗡嗡之聲，震耳欲聾，半晌不絕，怪物吼罷，竟不顧命地從崖上縱下追來。

紀異經行之處，一邊是撐天危嶂，僅有這半壁腰上橫著的一條險徑，另一面更是一片平滑不能立足的峭壁。中間隔著一條十餘丈闊，其深莫測的廣壑，雲霧沉沉，望不見底。這一條路寬窄不一，寬的雖有數丈方圓，窄的卻只有尺許，崎嶇峻峨，不比平原大坂，可以奔騰馳逐，這東西更不似平常見慣的野獸，可以和牠力搏，來時又是那般先聲奪人，嚇得紀異連頭也不敢回，一個勁往前逃走。怪物腳步沉重，發出叭咻叭嗟之聲，山搖地動般追來。

眼看離身越近，路忽分成兩條岔道，寬處業已走完，越走越窄。一頭是絕地，無路可通；另一頭雖然面前一段稍窄，只要越過臨壑那一段險徑，便是一片盆地。論理原該往活路上逃走，紀異忽然靈機一動。暗忖：「這一面雖然有路可逃，但是怪物行走這般迅速，難免不被牠追上。那面雖是死路，可是路極險隘，山石确犖，上下蜿蜒於危壁之間，連像自己這般矯健輕小的身材都不能並肩行走，怪物身軀比兩個水牛還大，即使凶狠異常，沒有牠容身立足之所，牠也無奈己何。不如逃向絕路，且避開眼前危機，再作計較。」

想到這裡，便往那條絕路上飛跑下去。約有半里之遙，聽到怪物怒嘯不絕，只是追逐之聲漸遠。同時前面的路也將近走完，為峭壁所阻，休說人行，便是猿猱也難攀援。

這才回頭注目一看，那怪物果然吃了身軀太大的虧，盤踞在一段下臨危壑，上覆危崖的險路口上，無法過來，頭上金光閃爍如星，不住聲地怪吼。

紀異驚魂乍定，方得仔細觀察。見那怪物生得身長兩丈以內，通體碧色，滿生綠絨。乍看爛糟糟的，伏處前高後低，看不見後半身。一顆滾圓圓的大頭上生有七個眼睛，足有酒杯大小，睜合之間光芒遠射。大鼻掀天，宛若仰盂。雖然吼嘯連聲，嘴卻閉住，也不知有多大。腿似不長，腳爪也為綠絨一般的毛團遮住。看去形相甚怪。

紀異膽力絕壯，先時害怕，全為怪物先聲所懾。及至怪物為地形阻住，追不過來，雙方對耗了一陣，見怪物也無甚奇特伎倆，膽子不由漸漸大將起來。暗想：「後退無路，前行又為怪物所阻，自己還肩負關係著母親生死大事，莫非還和牠耗上一年不成？」越想越後悔，不該往絕路上逃走，鬧得進退兩難。幾次四面尋找，俱都無可飛越。怪物形象凶惡龐大，手中又無有兵刃，到底有點膽怯，不敢硬闖。

正自惶急，猛見這一條險徑的峭壁上面生滿許多石包，大多形如半珠，大小不一。心想：「這怪物儘管不退，何不將這壁上的石包扳了下來，去將牠打走？」當下隨手抓住近處石包，兩手用足平生之力一扳，嚓的一聲，居然扳了一塊大碗公大小的石塊。紀異心中大喜，忙將那石頭放在足旁，又去扳第二塊。接連動手，連大帶小，約扳有十幾塊。

這才挑了一塊大的，站起來身來，對準怪物頭上打去。耳聽像打破鼓一般，噗的一聲，打個正著。

那怪物本已耗得有些不耐煩，經這一下，越將牠惹惱。晔的一聲怪嘯，那口邊忽然噴出一團濃霧，頃刻之間散佈開來。這裡紀異還不知道利害輕重，只管將石連連往雲霧之中打個不休。那雲霧也越來越密，怪物漸漸全身都被遮沒。憑紀異那樣的天生神目，也只看得出一些星光在霧中閃動。不多一會，紀異扳下來的那一堆石塊業已打完，怪物兀自吼嘯不退。再尋石塊來打時，雲霧已到身前，到處白茫茫，哪裡還看得見峭壁上面的石包。好容易發現身後高壁，離地丈許有好幾塊石頭附在上面，想去扳下來。身剛縱起，猛覺雲霧中的那些星光離身甚近。紀異微一尋思，知那正是怪物的眼睛。如算距離，至多不過七八尺以內。

原來怪物四爪本有攀崖附壁之能，紀異的石頭有幾塊正打在牠的癢處，激得牠口中噴出雲霧，側著身子抓住危壁，似壁虎一般挨將過來。直到近身，紀異才行發覺。紀異石頭還未取到手內，怪物鼻息已經聽得甚清。心裡一著急，不知不覺往上一提勁，竟飛躍起有十來丈高下。那雲霧已然瀰漫全崖，適才下面所見壁上石包業已躍過，慌亂中伸手向壁間一抓，沒有抓住，一個抓空，往下墜去，正落在怪物的頭上。只覺足底軟綿綿的，立時又覺怪物回頭來咬。這一驚非同小可，仗著平素膽大心靈，百忙中還想起只要能越過怪物，便是前面那條險徑，可以逃出。忙用力一墊步，從怪物身上飛躍過去。他卻不料到處雲封，路又險窄，事前沒有看準落腳之所，怎能存得住身？一個落空，直往那無底絕壑墜去。

那絕壑下面盡是極深的污泥，無論是人獸，下去便即沒頂而死。紀異雖然失足，神志並未昏亂，還在拚命提著氣，準備落底時不致受傷。正在身子輕飄飄地往下墜去，忽聽上面一聲大喝，接著一道閃電，自空而下，閃了兩閃，腰間便被抓住，往上提起。紀異先當是怪物追下，方要掙亂，忽聽腦後有人喝道：「異兒，我來救你，不許亂動。」耳音甚熟，頗似無名釣叟。及至到了上面一看，立身所在已是高崖頂上，面前站定一人，果是無名釣叟，不禁喜出望外，連忙跪下行禮。

無名釣叟將他拉起，說道：「這絕壑底下，全是千百年來兩崖藤蔓花果落下去積成的污泥，深固難測，毒更無比。這毒氣在下面瀰漫，離地高約數百丈。我如不來，你縱不中毒送命，為這污泥所陷，也絕無生理，這也是你孝心感動，才使我陰錯陽差，趕來此地。你看崖壁上的怪獸還在麼？」

紀異一心只在乃母安危，一旦與無名釣叟不期而遇，恨不能立時就同了回去，什麼都顧不得。聞言也不去看，只哭求：「仙長，快救我娘一命！」無名釣叟見他剛經大險，安危鮮奇毫不在念，好生讚歎。

紀異方在催促，忽聽半崖腰有人大聲說道：「此子果如道友之言，此時情殷於母，道友可送他回去。我已收服此獸，且待中秋節後，雲夢山相聚吧。」說話聲音越來越近，一片白光從崖底升起。當中現出一個羽衣星冠的蒼鬚道者，手中抱定一個和家貓大小的野獸，形狀與先見怪物一般無二，只是要小得多。晃眼工夫，沖霄直上，沒入遙空，不知去向。

無名釣叟見紀異什麼都如不聞不見，惶急之態甚是可憐，便不和他再多說別的話，將他抱起，吩咐：「我這就同你前往，不要害怕。」說罷，將足一頓，駕起遁光，直往紀家飛去，不消多時，便落在湖心沙洲之上。

紀光父女正在屋外焦急，見無名釣叟果然攜了紀異回轉，俱都大喜。紀異一落地，又朝無名釣叟跪倒求救。無名釣叟道：「你先莫著急，我既前來，自然是要略盡一些人事。可惜你的緣分不深，靈藥精華已被旁人得去。只憑著你這點孝思，乃母可多活兩年而已。」說罷，將身後葫蘆兒揭開，用手拈出十幾枝顏色鮮紅的蘭葉，對紀光道：「此乃三千年幽岩朱蘭，道家奉為異寶。若得蘭實服了，可以長生不老，乃是亙古難逢之物。待我用玉刀切斷，搗成朱泥，和成梧桐子大小的丸藥，每日與令嫒晨起服上兩粒，預計又可保得兩三年無恙了。」

紀光父女聞言，方在拜謝，紀異一聽，詫異道：「這蘭葉這般難得？適才我遇見怪物的高崖下還生得有一株，與這個一般無二，我還不知它能救母親。仙長會飛，何不去把它採了來，與母親做藥吃？」

無名釣叟聞言，對紀異細看了看，驚道：「這朱蘭生在你我見面的一個崖洞外面，地勢極為隱僻險峭，猿猴都難攀援，你是如何上去的？」

紀異道：「我因途中吃了一個黃顏色的三角野果，當時覺得口裡又辣又麻，連忙吐出。隨後越走越渴。路上滴水俱無，偏又再尋不見一個好吃的山果。實在渴得難受，無心中看見高崖上有十幾枝朱蘭葉，風一吹，現出一個大柑子。一時情急，不顧命爬了上去，採到手裡，連剝去許多層皮才得到嘴。那柑子和別的柑子樣子味道都不同，真是又甜又香，一包水，吃下去，嘴就一點也不渴了。我從未爬過那般高的崖壁，上倒好上，下來時卻有些害怕。我才從崖洞中穿尋到了一面有藤蔓地方縋了下去，沒到底，便遇見怪物追來。如非仙長搭救，命都沒有了。」

無名釣叟笑道：「那千年蘭實，竟是你吃了麼？我今早到此，你外公、母親正在著急，要去尋你。我說你仙福甚厚，決然無害，答應代他們去尋。回到桐鳳嶺一看，你卻未到。我又在附近山谷中四處找尋，中途遇見崑崙派道友蒼鬚客程迪，說聽他門人歸報，盤龍嶺絕壁高崖之上，生著一棵朱蘭，只是未曾結實，旁有神獸守護。這朱蘭生在不見日光的危崖之上，乃天地靈氣所鍾，三千年始一開花結果。蒼鬚客依言尋到，知道不久便要結實，每日均去看望，準備一結實便行採服，連那神獸一齊收走。

「誰知今日偏巧發生要事，去得晚些，路上相遇，邀我去看。我因此物舉世難得，便隨了同去。到了一看，蘭實已為人採走。此物精華已失，三日之內便要枯萎，只得各人分取了些蘭葉。偶聞神獸嘯聲，尋到側面，看你與怪獸正在下面危壁之間相持，我便和蒼鬚客說了你降生的大概。因他要看你能力稟賦，所以遲到你失足墜落之時才行援手。先只說那般高崖，非你力量可達，蘭實定是被另一人盜去，不想無心中卻便宜了你。那神獸名為火眼碧猔，又名噴雲獸，身生多目，能大能小。每遇怒極，必先將雲霧噴出，遮護全身，再行前進。不但力大無窮，迅捷如飛，而且眼藏毒淚，五尺之內射人必死，真個厲害無比。如今已為蒼鬚客收去看守門戶。也是你孝感動天，才有這等仙緣奇遇呢。」

紀異一聽，蘭實如給他母親服了，便可斷病除根，延年益壽，好生悔恨，不該吃它，不禁又自怨自艾痛哭起來。

無名釣叟勸道：「你莫要悔恨。那千年蘭實乃是亙古難遇的天材地寶，一得到手，當時便要吃下去，才能有效，稍過片時，色香味俱敗，靈氣全失，有何用處？你在先本已誤服了山中蟒涎所化的毒果，如非巧服靈藥，再過些時，便要煩渴而死。不是你稟賦特異，連那高崖也上不去，即使想要帶回，怎能做到？此事關乎運數，不能強求。我因不堪為人師表。承令祖再三相托，打算將你引進蒼鬚客的門下。他見你質地甚好，已然應允。不過他近來正在清理門戶，又受了一個多年不見的好友之托，等我和他相見之後，便須前往赴約，有三五年光陰耽擱。再加你母只有這兩三年壽命，你祖父也無人服侍。一則成全你的孝道，特地使你晚入門十年，二則算出你還另有一番機緣，須等你遇合之後，中途遇到危難，那時定來度你入山。此後須要好好修持，靜待時機，無故不可殺害生靈，以免誤卻前程要緊。」

說著，無名釣叟早把那些朱蘭搗碎成泥，又取了幾粒靈丹研散，和成梧桐子般大小的丸藥。吩咐紀女拿去，每日如法服用。紀異雖覺兩三年壽限太短，不久即到，心中悲苦，卻也無法。私心還想在這兩年工夫，朱蘭靈芝之類的靈葉也許能夠找到，決計等無名釣叟走後，再去滿山尋找。因恐祖父、母親阻攔，心事並未說出。只不住向無名釣叟探聽，這些天生靈藥是何形狀，以免遇上時又失之交臂。無名釣叟憐他至孝，倒也不惜盡心指教。因這一來，紀異在十九俠中最稱博識，日後同門師弟，先後有好幾個人俱得了他的益處。此是後話不提。

這一次，無名釣叟被紀光父女祖孫三人再四挽留，住了五日，才行別去。在這五天之內，無名釣叟除教紀異一些博物知識外，又把醫術秘奧儘量傳給紀光，命他隨時在苗疆之中行醫濟世，日後終有善果。紀光自是一一記在心裡。

無名釣叟一走，紀異晝夜關心乃母安危。先是推說遊玩和打獵、採果之名，在附近一帶深崖峻壑之內，尋找無名釣叟所說的種種靈藥異寶。漸漸越走越遠，不特遠近周圍數百里全被尋到，便是昔日誤走危崖，遇見神獸之所，也去過好些次。仗著服了蘭實之後，益發身輕力健，捷逾猿鳥，每去一次，最多的也只當日便來回。日久，紀光父女俱都看出他的行徑心思，雖然疼愛逾恒，知他比大人還矯健得多，倒也沒甚不放心處。反正不讓去，也禁止不了，只得由他。紀異見祖父、母親除了囑咐出門時須要帶上兵刃暗器，諸事小心外，並未攔阻，自合心意，索性言明了再走。

光陰易過，轉眼一年多的工夫，除常見之物外，無名釣叟所說的各種靈藥，一無所獲。紀異絲毫不灰心，仍是苦求不休。紀女心疼愛子，知道無名釣叟話已說完，紀異只是徒勞，來日苦短，恨不得母子常聚，不願離開。紀異事處兩難，既不捨得違背母親，又恐良機坐失。真個是勞心焦思，日無寧處。

日子就似這般過去，不知不覺間已是兩年將近，眼看聚首光陰越短。紀光知道修短有數，雖然傷心，也是無法。紀異年紀又長了兩歲，越發知事，比前更加焦急。因近來日裡母親不許出去，便在半夜裡起身。仗著那一雙天生神目和飛快的腳程，出去窮搜崖澗，到了天明之後才廢然而返。一想到傷心處，便背著人痛哭一場。

這日一看藥罐，見餘藥還多，紀異以為乃母所服的靈藥，兩年光景才服了不足一半。想起無名釣叟所說，三年之內服完藥後，如果無繼，才算無救之言。照目前存藥計算，乃母壽命至少還有兩年，心裡略寬了些。暗忖：「那年所遇蒼鬚客，看神氣似比無名釣叟道行還高。那朱蘭葉有一多半被他帶去，定然也是和成靈丹，想來還有，如尋到此人苦求，或者有救。只那雲夢山不知在哪一方，無從前往。也曾連問祖父幾次，那地方肯定在遠處，恐自己又要私逃，所以執意不肯說。偏巧日前母親教讀《漢書》，正講起漢高祖下雲夢的一段，才得知道地點是在湖北。若和上次一樣偷跑，路太遠了，母親必不放心，明說又不行，不去更是無望。」

他又盤算了多少天。見母親雖然照舊服藥，時常面帶悶苦之容，與往常不同。並且一步也不許離開，心中不解，益加憂心如焚。最後決定，仍是在靈藥未服完以前，趕往雲夢山去求蒼鬚客解救。即使不遂心願，那山既是仙靈所居，也許能尋到靈藥仙草之類，到底比起只在附近山谷窮搜要多幾分指望。便留了一封極懇摯的書信，在半夜裡偷偷起身，往湖北雲夢山上而去。

那雲夢山，就在雲夢澤的附近。山並不算大，可是洞壑幽冥，窮極深秀。紀異雖是靈敏，一則年紀太輕，沒有出過門；二則又不懂得外邊事故；三則身上未帶著盤川。起初在山中奔馳，還能和上次一樣，採些山果，飲些山泉，以充饑渴。即便出了山，走入苗人的村落，有那知道紀光的人，固不把他當作外人看待；就是不認得紀光的，紀異是連日連夜趕路，單討一點吃喝，也還辦得到。等到一路趲行，出了雲貴省界，走入兩湖邊界，誰知越是熱鬧的地方，人情越薄。有時不只要不出吃的，連問路都因紀異不明世俗虛套，說話直率，生得又那般醜陋，不討俗人歡喜，所以不是不理，便是故意捉弄，使他走了許多冤枉的路。他還不敢耽擱，路上至多打一個盹，連睡也未睡好。也不知受了多少饑渴勞頓，好容易才算走到。按他腳程，不過數日可達，卻走了大半個月光景。

雖然僥倖到達，那蒼鬚客所居的洞穴，卻無人知道。紀異先在前山尋訪，打聽了兩天，沒有頭緒。第三日起，也不再打聽，一個人滿山苦找，又是兩日。雖是焦急，還以為乃母手中無名釣叟所賜的靈丹尚未服完，晚些日回去，除了母親、祖父惦記外，大事無礙。蒼鬚客既在山中居住，已然到了地頭，早晚間不愁尋他不著。

這日走向一個極幽僻的山洞之中，照例先跪倒默祝一番，然後邊走邊喊。入洞走有半里之遙，漸覺地面平潔，與別處所見洞穴不類。方在猜想莫非蒼鬚客就住在此洞內？

忽然到了盡頭。這種失望的事兒，紀異連日經過甚多，並未怎樣在意。正待回轉，忽聽哞的一聲獸吼，聽去甚是耳熟。再仔細一聽，那聲音就在洞壁裡面，餘響猶然未絕。紀異猛想起這吼聲分明和先前在危崖上巧得蘭實所遇怪物的吼聲一樣，後來無名釣叟曾說那東西是個神獸，已為蒼鬚客帶回雲夢山去看守洞府。這裡既聽到吼聲，必與仙居不遠，不禁又生了希望。

停步回身一看，洞中石壁頗有許多裂痕，試著用力推扳，竟然隨手而動。斷定仙人必在裡面，因防外人入內，特地將入口之處堵死。便擇了一塊可以扳動的石頭，用盡平生之力往外一扳。那一塊六七尺大小嵌在壁上的石頭，像後面有人推拱一般，沙沙兩聲，往外直突出來。紀異恐被石壓傷，連忙縱開時，咻的一聲，石出洞現。未及細看，洞壁後面的一怪物，早跟著衝將出來，渾身碧絨，頭上星光閃閃，正是以前所遇的噴雲神獸。

紀異識得牠厲害，倉猝中喊聲：「不好！」拔步便往洞外逃走。逃出還沒多遠，後面神獸已然追臨切近。洞中路徑又黑暗曲折，越靠近洞口，地愈坎坷不平。幸而紀異目光敏銳，如換旁人，就是好好摸索而行，也難免跌倒，何況飛步逃走。紀異一聽神獸追聲甚緊，心裡一慌，恰巧經行之處有許多坑穴，極為險峨，不知怎的一個不留神，踏錯了步，腳被石窩陷住一絆，栽倒在地，立覺一陣腥風從頭上吹過。剛在害怕，猛一動念：「自己此來所為何事？神獸既在此守洞，這裡明明是仙人所居，尋還愁尋不到，怎便逃跑？死活也須將牠制伏，才能得見仙人。」

紀異想到這裡，勇氣大壯，一翻身便即縱起。正待向神獸打去，匆匆回頭一看，那神獸並未追來。記得初跌倒時，吹過一陣腥風，莫非那東西已趕到前面？怎的會不傷自己？且不管它，仍往洞的深處趕去。二次趕到盡頭一看，不由大失所望。原來那洞壁後面的石壁通體渾成，僅有數丈深廣。一層複壁，為神獸藏身之所，已於破壁時逃去。再看被自己扳落石塊的外層洞壁，卻似人力堆砌而成。先還以為仙人仍藏在其內，故弄狡猾，不見自己。及至面壁呼喊乞哀，號哭跳躍了一陣，仍是一絲影響全無，不禁失望。

紀異剛一回身，猛地眼睛一花，那神獸不知何時又回來，正蹲伏在頭層洞壁外面，頭上諸目閃如繁星，對著自己。紀異這時已是情急悲憤，奮不顧身之際，哪還有甚害怕，大喝一聲，便朝神獸撲去。那神獸竟不和他對撲，撥轉身朝洞外飛逃。紀異見了這般光景，膽力越壯，飛也似拔步便追，不一會，追出洞外，隨著神獸身後，一路穿山越澗，往前追趕。追了一陣，追入一個兩面危崖的深谷之中，眼看前路越窄，形勢越險，已然將到盡頭，神獸擦崖而行，漸難容身。所經崖處，兩崖藤枝樹葉斷落如雨。紀異方在心喜神獸走入絕地，那神獸忽然哞的一聲怒吼，身上綠絨團團鼓起，平地一躍，往盡頭處的崖頂上飛去，數十丈高的峻崖，竟然一躍而過。

紀異見那峻崖雖然壁立，中間仍有幾處危石可以攀附，和起初遇怪物時那座寸草不生、上凸下凹的削壁比較，上去容易一些。又加最近幾年服了蘭實之後，益發身輕如葉。

母親存亡在此一舉，既已追到此地，如何肯捨，便也大喝一聲，跟著往峻崖上縱去，第一步先縱到離地十餘丈的一塊崖石上面。第二步又縱高了七八丈。再想往上縱時，那立足之處，比起頭一二步要小得多，僅能容足，上面可以攀附的地方又相隔愈高，不比平地上躍，可以作勢，須要凌空拔起。正在為難，忽見側面壁隙裡掛著一根山藤，離頭只有兩三丈遠近。紀異恐神獸去遠，更不怠慢，雙足一點，斜縱過去，一把撈個正著。好在身體輕靈，多年老藤甚為結實，一路攀援，捷逾猿猱，不消片刻，相離崖頂不過數尺，同時已到那山藤生根之所。匆匆捨了山藤，腳踏藤根，一使勁，竟然縱上崖頂。四外一看，那崖頂上光平，約有百畝。再看神獸，已不知跑向何方。心裡一急，拔步往前跑去。跑到崖口一看，腳底下白雲滃莽，其深莫測。

紀異正待回身，奔向側旁兩面觀察，忽聞神獸吼聲就在崖底，只因白雲蔽目，看牠不見。崖壁又是下削，無法下去。一時情急，暗忖：「神獸吼聲甚近，想必也和來的一面高下差不多。以前被怪物追逐，從數十丈危崖下躍，聽無名釣叟語意，如非壑底有那毒的污泥，並不至於受傷。彼時年紀尚幼，如今又大了兩歲，長了許多氣力本領，水性更是精通。死生有命，為救母親，跌死也值。」

想到這裡，更不再作思索，大喊一聲：「蒼鬚仙人，可憐可憐我吧！」人隨聲下，竟不顧命地直往無底深壑之中縱去。立時墜入雲中，頓覺風生兩臂，溫霧沾衣，周身都被雲包滿。下墜之勢本速，轉眼工夫，業已穿破雲層，漸漸望得見下面的景物。紀異原本時時留意，提著氣穩往身子，以便到地時不致受傷。一見雲霧漸稀，忙往下看，不禁悲喜交集，想喊未曾出口。只覺花明石秀，水木清華，一一呈現目前，身子業已落在一人掌上。等到那人將他從手中放下，慌不迭地抱住那人，雙膝跪倒，不住哭求：「仙師救我母親一命。」

那人將他扶起，安慰道：「你小小年紀，跋涉山川，經行絕險，為延母命，幾次奮不顧身，似你這等純孝，真是難得。只是你母前生之孽過重，運限已終，除了千年芝仙的血，便是神仙也無能為力。我連日正在封山修道，如非今日白眉老禪師命李道友來此傳諭，也難前知。既容你到此，必為你設法。不過你母還有十五六日壽命，那千年肉芝現在峨嵋山凝碧崖大元洞內，受峨嵋派老幼群仙寶愛，再有十二年便成正果，取它生血醫人，談何容易。如今遠水不救近火，要想叫你母不死，勢所難能。為今之計，只有拿了白眉老禪師所賜的百年茉莉之根，趁你母元氣未盡時，連同殘餘的幾粒靈丹，一同服下。不消片時，人便死去，再由汝祖擇一好風水之處埋葬。等到九年之後，你已為母積了許多功德，足可挽蓋前愆；同時必與峨嵋派發生淵源，再行拜上峨嵋，求來芝血，開棺救母，不但起死，還可長生。除此之外，不論仙凡，皆難為力了。這是李甯大師，法號甯一，上前拜過。」

說話的人，正是紀異連日所尋的蒼鬚客。旁邊還坐定一個中年和尚。紀異聞言，一聽乃母只有十五六日壽命，不禁又驚又詫又傷心，眼含悲淚，先朝李寧拜禮之後，重又跪問道：「來時我母親靈丹還有多半罐，預計可服二三年，怎便只有十五六日壽命呢？」

蒼鬚客道：「這是你母慈愛，見靈藥日少一日，恐你傷心，特地行此拙計，用別的草藥和成與靈丹相似的丸藥。她本人卻能鑒別，每日仍拿真的服用。一則免你徒勞之苦；二則藥盡即死，事出倉猝，有你祖父在旁，不致再生別的變故。用心可謂良苦，誰知差一點連母於最後一訣都不能呢。」話未說完，紀異一陣急痛攻心，「哇」的一聲未哭出來，竟然閉了氣，昏死過去。

李寧道：「此子至性，與小女英瓊可相彷彿，無怪連近來不問世事的家恩師都感動了。」說時，蒼鬚客已將紀異扶起，在背心上打了一掌，當時緩醒過來，號啕大哭。蒼鬚客道：「你哭有什麼用？我那守洞神獸，因為犯了我的家規，幽閉業已半年。今日接了白眉老禪師法諭，才特地開了封鎖，由牠將你帶到此地。仗著你天生異稟，兩次縱躍危崖，身經奇險，以示冥冥中業代汝母一死，以免逆天行事。你將來如果前靈不昧，等汝母復活以後，歸到我的門下，如能修好，必成正果。這九年之別，豈能算遠？還不聽我的話，快辦正事！」紀異聞言，如夢初覺，悲切切重又拜倒，請求解救之方。

蒼鬚客道：「依你腳程，如知路徑，回去至多七日可達，你母子二人不可貪圖這數日之聚。那靈藥多服一粒多一粒的好處，到家以後，稟知汝母和汝祖父，速將所餘靈藥全數服下。過了三個時辰，再將茉莉花根用酒研服，不消片時，人便死去。切忌放聲悲哭。九年之後，求來芝血，自可回生。我本想送你前往，但任你歸途跋涉，也無非使你多受辛勞，成全你罷了。昨日白眉老禪師路過此地，見你在前山逢人詢問，細算前因後果，除命李禪師來此傳諭，另又給你四封柬帖，上面標明月日，到時開看，自有好處。

「老禪師以前也是前輩中最有名的劍客，今歸佛門，不久即成正果，飛升西土。你得蒙他垂憐，仙緣不淺。九年之後，我仍在此等你。回去好好照我所說行事。這崖你下得來，卻上不去，我仍命守洞神獸送你出去吧。」說罷，喊了一聲：「阿良！」便聽哞地應了一聲。

紀異循聲注視，才看清四外景物。這地方並不甚大，不過里許方圓。四圍削壁，拔天直上，形如一個深井。東壁最遠，有一道飛瀑如白龍倒掛，下注成一個大潭，珠霏玉屑，煙騰霧湧，隱聞轟雷激蕩之聲，洪洪不絕。頭上白雲滃莽，看不見天。地面一律平坦，滿種松杉楩楠之類，嘉木繁茂，自成行列。西壁有個高大石洞，洞口磐石一方，大可畝許，上置茗杯，便是蒼鬚客與李甯大師的坐處。

這時那噴雲神獸正從東面樹林之內飛奔而至，到了蒼鬚客面前，跪伏在地。蒼鬚客道：「孽獸，今日如非命你接引孝子，至少還得困你二年。還不背他出去！」神獸聞言，又哞的應了一聲，便起身走向紀異身旁。蒼鬚客說了歸途路徑，便命紀異騎了上去。紀異早已歸心似箭，叩了兩個頭，便縱向神獸背上。剛一騎好，那神獸早四蹄展開，跑將起來。紀異下來時是南面崖壁，見牠只在地上來回飛跑，並不往南崖上縱，好生奇怪。

正在焦急，那神獸已越跑越快，突然哞的一聲怒吼，就在這山鳴谷應，餘音蕩耳之際，身上綠茸球團團鼓脹，前足一抬，恰如飛鳥鑽天一般，直往頭上白雲之中穿去，到了崖上停住。

紀異縱將下來，先謝過了神獸，然後認準路徑，飛步往回路上跑去。連跑邊看，才知來時走了許多的冤枉路。這時紀異真是歸心似箭，路上差不多連歇腳飲食的時候都少，睡眠是自然更談不到。歸途路徑雖有人指示，不再繞道，日子少了幾天，但是所受的辛苦饑渴，比起來時還要勝過許多。縱然天生異稟，小小年紀，經受這多天的磨折勞乏，鐵打身體也禁不住。

及至到家一看，祖父和母親正在相對悲泣，愁容滿面。紀女見他空手回來，不禁有些絕望。且喜愛子無恙，明知必死，反而坦然。先還當是紀異不知自己用假藥騙他之事，連忙斂了愁容，裝出笑臉，將紀異摟到懷中，剛喊了一聲：「么毛。」紀異自是萬分忍耐不住，「哇」的一聲，放聲大哭起來。紀光父女當他沒有尋到雲夢山，路上受了委屈回來，正待溫言撫慰，紀異已嗚咽著一一說了經過。

原來紀女對於本身雖然達觀，不以生死為念，可是上有老父，下有愛子，哪一根痛腸也難割斷，不過運數所限，無法罷了。平日因知乃子生有至性，唯恐到時又出變故，才配了些假丹藥，好讓紀異看了，見藥還多，以為母親離死尚早，一則可以略微寬他一點心，二則免得情急出事。等真藥服完，忽然身死，他已無計可施。但是這短短兩年多的歲月，光陰真比黃金還貴。來日無多，去日苦短，紀女總恨不能父女母子三人朝夕都不離開來才好。偏生紀異一心想延長乃母壽命，到處找靈藥仙草。紀女憐他孝心，既不忍心強加禁止，又想起如非他上次去尋無名釣叟，巧得靈藥，自己早已身歸黃土。見他如此，或者能有萬一之望，只得由他。後來見他窮搜崖澗，終無所獲，光陰已過了一年多，母子相聚之日越少，這才不准他再往外跑。

這日紀異半夜出走，紀女早起看了他所留的書。再一計算餘藥，僅敷個把月之用。雲夢山遠在湖北，相隔數千里。紀異年幼，不識路徑，身上又未帶著旅費，不但徒勞無功，不知要受多少艱難辛苦。中途折轉還好，要是一味冒險前進，母子便永無相見之期；有無災禍，更是難料。想要追他回來，他那般快的腳程，怎能追上？萬一兒子未尋到，藥卻用盡，死在路上，連父女也不能永訣，豈不更慘？越想越急，不禁悲從中來，拿著那封書，就往紀光房中跑去。

剛一出門，便聽籬落外紀光與人說話的聲音。紀女探頭一看，那人乃是無名釣叟，正與紀光對坐談話哩。這一來真是如獲至寶，喜出望外。忙將氣一沉，略緩了緩步，先上前拜倒行禮。未及張口，紀光見女兒手中拿著紀異所留的書，又見她張惶神色，已知來意。忙先安慰道：「女兒莫心焦。我今日起得獨早，見了異兒留書，一查看，早就走遠，追他不上。知你見了定要焦愁。平時我雖有些疑心你所服靈丹怎會還有那麼多？因為即使有假，事已至此，問明之後，徒增悲痛，也就罷了。適才正為異兒出走著急，恰值無名仙師駕到說起，才知照日計算，真藥所剩無幾，我兒壽命已無多日。我正求仙師再發慈悲，代將異兒尋回，你就來了。」

無名釣叟接口道：「兩年以來，異兒這等至性至行，已動了天心，到處都有仙靈默佑。休看他年紀太幼，道途險阻，此行定有所獲。適才為令嬡起了一卦，主於先凶後吉。

「異兒雖還得些日子才回，蒼鬚道友必能見到。異兒是他異日最心愛的衣缽傳人，既允相見，無論如何為難，也不能袖手。只不過對異兒來說，中間略有阻礙而已。過了這一關，令嬡不特起死回生，還可得享修齡。我不去把他中途尋回，一則有事他去，二則特意使他多受一點辛苦，成全他的孝道。話已說明，無須再為焦急，也不必去尋他，到時自會回轉。」紀女聞言，自是轉憂為喜。無名釣叟原是路過，便道看望，坐了一會，又囑咐了紀光一番話，便自走去。

經此一來，紀光父女雖然略微寬懷，無奈平時俱把紀異愛如性命，見他小小年紀，孤身千里涉險，怎不心疼。父女二人每從早到晚，盼他早回，真是望眼欲穿。光陰易過，轉瞬多日，仍未見他回轉。那藥所剩無多，服不到幾天，無名釣叟之言雖不至誤，可是也有多受險難之言，不禁又焦急起來。

這日父女二人因盼紀異歸來，說起前後諸事，越說越傷心，正在傷感，恰值紀異趕回，匆匆互說前事，父女祖孫三人，計議停妥。內中只有紀異一人最是傷心。紀光父女俱認為是絕處逢生，萬想不到的事，除了殷殷惜別而外，把連日愁雲全都打掃乾淨，並不怎樣悲苦。當下便照蒼鬚客所說行事。

紀光先將家中現有的食物備了幾樣可口的菜肴，與女兒餞別。紀女雖然死去九年，仍可還陽。不過在這生離死別之際，誰當著也是有些酸心。這一席別酒，三個人誰也吞吃不下，只把那別緒離情說個不休。勉強終席，天已不早。又備香燭謝了神仙。算計不能再延，才將白眉禪師所賜茉莉仙根，連同餘剩靈藥，與紀女分別服下。棺木只是兩口現成的大缸，早已備好，放置當院掘成的深坑之內。

約有個把時辰過去，紀女覺得頭暈身慵，沉沉欲睡，忙和紀光說了。紀光一按脈象，知是時候，便命紀女盤膝坐在缸中，舌抵上顎，澄心息慮，瞑目入定。又用備就的木棉山麻之類，將身旁圍得空隙填滿。不消頃刻，紀女鼻間忽然垂下兩根玉筋，氣息已斷，只是全身溫暖，神色如生。紀光忙和紀異將另一口大缸扣在上面，將四圍浮土陸續埋攏。

那紀異眼含痛淚，早已傷心到了極處，只因紀光恐紀女將死未死以前，聞到哭聲，亂了神思，再三禁止，沒敢哭出聲來。及至紀女一死，哪還忍耐得住，「哇」的一聲沒有哭出，重又暈倒在地。慌得紀光忙丟了鍬鋤，將他抱起。一眼看到臉上，覺著神色有異，試一按脈象，不禁大吃一驚。忙將他抱入房中，照穴道一陣按捏，費了好些手腳，紀異才得緩醒過來。口中喊了一聲：「娘！」便號啕大哭起來，強掙著要往院中縱去。

紀光含淚按住他道：「孫兒不可如此。你母九年之後，仍要重生，全仗你一人修為。你因在路多受山嵐惡瘴，大病已成，再不聽我的話寬心自愛，倘有差他，不特你母重生絕望，撇下你爺爺老年孤身，何人扶侍呢？快聽我的話好好睡倒，不許妄動，等我弄藥給你醫治才是。」

紀異聞言，吃了一驚，方不敢強掙，嗚咽著說了幾句：「孫兒沒有甚病，爺爺莫焦急，讓孫兒再往院中看上我娘一眼。」隨說還想起身時，猛的一陣頭暈眼花，兩太陽穴直冒金星，又復暈倒榻上，周身火熱，人事不知，口口聲聲只喊著娘不止。紀光見他病症已然發作，不致悶塞在內，略微放了點心。一邊愛孫病危，一邊愛女身亡，都是一般輕重，哪一邊也須顧到。匆匆忍痛含悲，便先到院中將浮土掩好。然後回身進房，仔細觀察紀異脈象。

原來紀異在路上連受風寒瘴毒，饑渴勞頓，又加憂鬱過甚，把病都積在裡頭，全仗體魄強健，支持了這些天。可是身子越強，受病也越比常人厲害，到家時已在漸漸發作。

因紀女臨難之際，紀光通未覺得。紀光適才見他粒米未沾，自己又正一心專注在女兒身上，只當他是捨不得母親，傷心過甚，不但沒有顧到，又強禁他悲哭。紀異連急帶痛，胸中那股抑鬱不平之氣無從發洩，益發把病全逼在裡頭。後來滿腹悲苦，實忍不住，剛一張口，氣便閉住。等到紀光將他抱起，看出不妥，病勢已現危急之象了。

紀光仔仔細細診完了脈，查清病源，開了藥方，好在家中百藥俱備，便取湖水煎了，連洗帶服。這一病直醫了八九個月，始行痊癒，把個紀異身上黃毛都脫了一大半，又養息了兩三個月，前後約有一年光景，才行復原。紀光每日都用溫語勸慰解釋，才將悲懷漸漸止住。

紀異病將好時，見乃母墳頭無甚蔽蔭，扶病在墳頭四外植了許多四季不凋的長春樹。

這種長春樹，生自苗疆深山之中，與別處不同。樹秧最易長成，不消半年多，便已碧幹亭亭，狀如傘蓋，葉大如掌，甚是鮮肥可愛，只有一樁壞處，這種樹只生在高崖石隙之中，平地移植易生白蟻。紀光祖孫都不知就裡，及至移植以後，第一年還好，第二年春天便發現樹上有了白蟻。

這種惡蟲並無眼睛，身輕透明，生就一張尖銳的嘴。看似膿包，卻是厲害非常，無論多堅硬的東西，只被牠一鑽便透。往往山中人家房窗戶壁，看是好好的，忽然整個坍塌，成了一堆灰沙，便是受了此物之害。而且孳生極速，無法撲滅。有了這東西，不特沙洲那片竹屋要成灰燼，就是地底兩口大缸，日久也難免被牠鑽透。紀女屍骨若為白蟻所毀，縱是大羅神仙，也無法使之還陽。這一來，怎不把紀光祖孫嚇倒。忙想方法除滅時，誰知這東西越來越多，饒你早晚不停手，看看將完，一會又復大批出現。紀女屍骨又因地氣所關，萬不能移。急得紀異晝夜悲泣不止，末後竟在墳上仰天號位，誓以身殉。

紀光既痛愛女，又憐外孫，正打算往桐鳳嶺無名釣叟那裡求救。也是紀異孝感動天，第三日天將明時，紀異伏墳痛哭之際，忽聽樹上有飛鳥振翼之聲。仗著天生夜眼，抬頭一看，見從空中飛落許多白鳥，正在繞樹上下飛翔，啄木之聲密如串珠，撒豆一般毫不休歇。轉眼天明，往樹上一看，那鳥生得俱是雪也似白的毛羽，與鷹差不多大。紅眼碧睛，鐵爪鋼喙，神駿非凡，見人甚馴。所啄之物，正是樹上的白蟻。加上鑒別之力極強，往往一塊好地皮，當牠鋼爪落處，便抓起一塊泥土，底下必是白蟻往下鑽的巢穴，內中總有成千成萬的白蟻，蟻穴一現，只見鳥喙亂落如雨，頃刻吃個淨盡。

原來這種白鳥，苗人名為銀燕，乃是白蟻的剋星，專以白蟻毒蟲之類為糧，集群而居。許多惡鳥見了牠，都得遠避。這些初生不久的惡蟲，哪經得起牠一陣啄食，一天過去，蕩然無存。

這些異鳥初來時，紀光已聞聲出觀。後來看出所掀起的蟻穴差不多都是二三尺深淺，知道惡蟲初生，入土未久，於事無害，不由寬心大放。紀異更是喜出望外，把那些異鳥愛如性命，感同恩人，惟恐其食完白蟻走去，倉猝間又想不出代替食物。便和紀光商量，把家藏許多吃的東西全搬出來一試，只要鳥一食，便可作日後準備。誰知那鳥性子奇特，紀光祖孫搬出許多東西，連看也不看一眼，只管繞樹飛翔，卻不領主人的盛情。末後紀異一時情急，無物可取，連鹽也抓了兩把出來，這回居然有了奇效，鹽還未撒在地上，那鳥已向手間啄來，喜得紀異慌不迭地將鹽一撒，回身便跑，將家中存鹽略留少許，餘者全都搬出。群鳥把鹽吃得高興，竟引頸交鳴起來，音聲清脆，如同金玉交響，甚是娛耳。由此，這一群十餘隻銀燕，便留在沙洲之上，再不飛去。三兩年後，便成了一大群。

紀異本領日增，除了侍奉外祖，靜待乃母復活外，閒中無事，便以調鳥為樂。那些異鳥本來靈慧非常，一教便會，後來竟與紀異成了形影不離，在家還好，每一過湖出遊，鳥群便飛起空中，相隨同往。紀異嫌那木槳不趁手，紀光又給他打了兩條鐵的。

紀光因想給女兒和自己積點功德，以為九年後女兒復活之基，自從紀異痊癒以後，便收拾好了藥囊貨箱，不時往來雲貴川黔苗疆之中，以賣貨行醫為名，濟人行善，端的做了不少好事。遠近山民，俱稱之為么公而不名，無不十分敬愛。

紀光初出門時，也曾帶過兩次紀異，原想教他歷練，就便可為自己膀臂。誰知紀異生性剛直，愛打不平。在山民區內，因為不識不知，民俗忠厚，又都尊崇紀氏祖孫，還不常有不平之事。一至鬧市城鎮，或是各族雜居的所在，少不得便有倚官壓民，以強凌弱的事兒發生。紀異看在眼裡，怎能容讓，一見便伸手，伸手便是亂子。紀光雖也是扶弱抑強，甚而還命紀異去代作之時都有，卻不是這等明張旗鼓的胡來。見紀異如此作為，不由害了怕。仗著自己地熟望重，又會一身武藝，一個人足可對付；真遇勁敵，再回來喊了紀異前去相助，也還不遲。因此稍生一點的地方，便不再許紀異同往。紀異雖然不願，一則不敢違命；二則自從鬧過白蟻之後，每次出門日子一久，便不甚放心，怕有別的蟲豸之類毀傷母墓，每一想到，總恨不能插翅歸省。尤其那一群銀燕，紀異走到哪裡，都飛在空中跟著，萬一墓上又有白蟻之禍，那還了得。心中雖想跟著外祖父出去跑，事實上卻有許多礙難。再經紀光再三勸說禁止，也就罷了。於是紀光老是獨行獨往，留下紀異看家守墓。

紀異閒來無事，除了把紀光所教的經書和武功一一溫習苦練外，不是帶了一群銀燕在湖中打槳為樂，便是上山行獵，下水摸魚。紀光每次出門，至多不過一二月光景。祖孫二人除了眼巴巴盼著九年之期快到外，日子過得甚是安樂。

當紀光第一次在江邊榴花姊妹茶棚中救人的頭一天，紀異因紀光新從遠地回家，這次出門只在近處與人送貨，至多不過兩三天耽擱，想給外祖弄點素常喜吃的好菜，便往附近一座懸崖叫做墨蜂坪的去捉兩隻活的山雞。好在沙洲四面環水，人獸俱難飛渡，便將門反扣。帶了一把苗刀和兩樣暗器，也不坐那小船，先把上下衣脫下來，照往常往空中一扔，便有兩隻為首的大銀燕飛過來，用爪抓住。然後口啣著刀和暗器，泅過湖去。

到了對岸，將手一招，接過銀燕所抓的衣服，重新穿在身上。一聲長嘯，拔步往前跑。那兩隻為首的大銀燕便領了那一群雪羽，約數百隻，紛紛升起天空，擺成一個大圓陣，隨定紀異前進。銀光閃閃，映日生輝，襯著朱目碧睛，真是好看已極。

紀異腳步如飛，不一會，眼看快到墨蜂坪。紀異又是一聲長嘯，將手朝四外天空一陣亂指，又朝天比畫了一個大圓圈。那些異鳥也真靈慧，只聽為首二鳥聲如鸞鳴般吟嘯了兩聲，鳥群立時上升雲空，分散成了兩個單行，分左右朝前抄去。紀異還未到坪上，那些銀燕前端已由分而合，每只相隔丈許，成了一個里許方圓的燕陣，將墨蜂坪那一塊地方團團圍住。各在空中停著，只將兩翼招展，不往前飛。遠遠望去好似天上星光集成的一圈銀虹，煞是奇觀。

紀異自從馴養練好這些異鳥，除有時成心和鳥獸力搏逗弄外，打起野味來，先將燕陣排成，然後隨意指揮。那些異鳥便照他吩咐，憑著鐵喙鋼爪凌空下擊，要多要少悉憑意旨，休說像山雞一類的飛禽，便虎豹豺狼這些猛惡的野獸，也非敵手。可是紀異從不貪多，只要夠食用便罷。這次一則想捉兩隻活山雞回去，祖孫二人下酒，二則想醃臘些來過冬；故此先將燕陣排成，從空中包圍上去，以便挑肥的捉。

那墨蜂坪僻處萬山叢莽之中，乃一塊數十畝方圓的平地，地上芳草綿芋，四外崇岡圍繞，溪流索帶，繁花如錦，掩映生輝，端的是一個好所在。那裡不但山雞甚多，還有一種墨蜂，釀出一種紫蜜，為補陰聖藥。以前無人去過，自被紀光祖孫發現，才取了這墨蜂坪的地名。

近坪一帶路雖險峨，紀異仗著身輕力健，穿行樹杪，縱躍如飛，不一會已到坪上。如照往時，那些山雞大都三兩為群，不是蹲伏地上，便是臨流照影，繞著光平的崖石。山雞一見人來，必定驚飛而起。紀異如今懶得親身捕捉，只須揀定兩個肥的，口中長嘯，將手一指，空中銀燕自會分出一二個追將下來，用鳥爪將牠們抓住，甚為省力。可今日坪上山雞俱不知何往，一隻形影俱無。紀異並未在意，便往坪側一片樹林之中搜索。這林中也有一片小空地，盡是細沙，山雞時常在此孵卵，紀異以為至不濟總要遇上幾個。

進入林中一看，地上落英繽紛，卵巢甚多，要尋山雞，仍是一隻沒有。正在失望奇怪，忽聽那個為首的銀燕連聲吟嘯。知有發現，連忙縱出林來看時，並不見山雞蹤影。兩隻大銀燕已由空中朝自己飛來，轉眼落下。紀異將兩隻精鐵也似的臂膀往腰間一叉，兩燕便集在上面。

紀異一見這等形狀，照著素來習慣，分明是要自己立時回去，好生不解。忙問道：「這裡山雞都逃完了麼？怎的那旁林內還有那麼多雞下的蛋？還不快給我找去。」說罷便下號令，長嘯一聲。兩燕只管延頸連鳴，意似催他速走，動也不動。紀異性情執固，要做甚事，不成不休。不由怒道：「我不信那麼多的山雞，半個多月工夫，全絕了種。今天不捉到幾個，無論如何我也不回家。你們還不給我找去！」說罷，將雙臂一抖，又是長嘯一聲，將手四處亂指，意在命空中燕群分散開來，四處找尋。為首兩燕這才勉強慢騰騰飛起，飛到高空，朝左側面飛去。那空中燕群竟不似平日那麼聽話，不但未跟著飛去，連陣勢都一齊散亂，集在一起，背著為首雙燕的去路，似在緩緩後退。再看為首雙燕，一面緩緩前飛，不時回首長鳴，意似引路，紀異雖是驚詫，絲毫沒有覺出今日情形不妙。只回頭朝著後退的群燕罵了兩句：「偷懶的畜生！」便朝前面雙燕跟去。

那經行之路，是草坪盡處的一角，對面是一座廣崖，中隔溪泳，寬可丈許，一縱而過。這墨蜂坪，紀異祖孫雖來過幾次，因為東西南三面岩石雄秀，水木清華，俱曾遊到，獨這靠著北面的一角，只紀光採蜜去過一次。那裡不但荒崖濯濯，草木不生，而且崖盡處忽然下落數十丈，中藏一條暗谷，谷中一帶雖也花草繁茂，可是目光所及，只能看到入谷十來丈遠近。谷裡面既極深黑，看似無路，時常還有成千成百的墨蜂飛進。

那墨蜂與常蜂不同，蠆刺長而有鉤，有毒甚烈，螫人疼癢交作，多日不癒。紀光因坪上花樹間也有蜜可採，知道那谷深處必是蜂王多年老巢，在坪上採蜜還可，一近到谷中，谷中的蜂便成群飛出，追來螫人。這等蟲類僻處深山，人不犯牠，與人無害，多殺有傷天和；再加蜂群太多，又極愛群，招惹不得；又加谷中死氣沉沉，斷非善地，曾經再三禁止紀異不可進去。紀異也覺谷中無甚景致，谷口那點花草，坪上盡多，蜂群尤其討厭難惹，故從未去過，今日也是一時任性，執意非尋到山雞不可，以致惹出事來。雖然因禍得福，畢竟日後樹下一個強敵，糾纏不清。直到兩上峨嵋，求了玉清大師相助，才解了這場冤債。此是後話不提。

且說紀異快到谷口，那前飛雙燕已是越飛越高，沒入雲中，只剩兩個白點，在當空盤旋不進。路太險峻，紀異一路躥高縱矮，跑高了興，目光只注到前面，也未留神別的。

剛一進谷，一眼看見前面谷裡有一團黑影閃動，彷彿文彩班斕，先當是什麼遊獸潛伏在內。紀異目力本強，再進前幾步，定睛一看，竟是成千成萬的山雞。每隻俱將雙翼展開，一隻疊一隻壓作一堆，動也不動。看見人來，意似有些畏懼，互相昂首伸喙，作出飛鳴之狀，不知怎的卻飛不起來。嗚聲也甚低微，啾啾不已，密如串珠。紀異暗忖：「尋了這大工夫，通沒尋到一隻，不料全數聚伏在此。記得這裡墨蜂最多，幾時改做了山雞的巢穴，今日一個墨蜂未見？」

正往前進，距離那一群山雞只有兩丈遠近，唾手可得，忽然脖子一涼，從谷頂滴了一點水下來。紀異用手一摸，黏膩膩的。抬頭一看，乃是一個大有兩丈的蜂房。那墨蜂身上顏色漆黑，所製成的蜂房卻是白的。放在暗中，還有些微亮光，亮得很顯。心想：

「這麼大蜂巢，那蜜不知有多少。等到捉了山雞之後，趁著蜂群不在，取些攜走，豈不是好？」略一端詳高下，取時並不費事，便跑到那一大堆山雞跟前，覷準兩三個又大又肥的，伸手便捉。那些山雞好似失了飛翔之力，只管將頭搖擺驚鳴，一隻也不能飛起。

紀異的雙手剛捉住一隻，往上一扣，猛覺那山雞下沉之力甚大，好生奇怪。仔細一看，底下伏著的俱是牠的同類，卻又無甚牽絆。因為這東西已不能飛逃，反覺多取無甚意思。又想要取蜂蜜。便取了身帶麻索，一共捉了五隻大肥山雞。除第一隻似大力量在下面吸住外，以後幾隻捉時俱極輕易，紀異也就沒放在心上。

紀異綁好山雞，意欲命銀燕帶走，長嘯兩聲，不見雙燕飛下。恐蜂群回轉不好取，只得將五隻雞綁作一堆，提起來走向蜂房之下。拔出背後苗刀，兩足一點勁，飛縱起有七八丈高下，對準蜂房一角，一刀砍去。

這一段地方兩崖合攏，形如覆盂，乃谷中最低最暗之處。那成千雞群覆翼之下，原伏著一個身受重傷的妖人。紀異當時如果取了山雞就走，本可無事，偏巧無心中發現那數百年的蜂王巢穴，蜂群雖為妖人弄死得乾乾淨淨，一個無存，可是蜂房上設有妖人禁制山雞的邪法。紀異這一刀不要緊，恰巧砍在緊要所在，將妖人的一塊令牌砍斷，破了禁法。刀過處，咔嚓一聲，一片火光飛濺，紀異不由嚇了一跳。腳剛及地，便聽叭嗒一聲，連蜂房帶蜜，砍落了一大塊。

紀異聞得清香撲鼻，知是最上好蜜。方在心喜，忽聽身後一聲長吁。接著便是呼呼展翼之聲，如同潮湧一般。那一大堆成千成百的山雞，倏地紛紛鳴嘯，此撞彼擠，直往谷外飛去。頃刻之間，風捲殘雲，一齊飛盡。

紀異見山雞一齊驚走，飛出谷去，也沒細看身後。剛要把刀插入蜂房以內，帶回家去，猛又聽谷頂岩石有了崩裂之聲。恐崖石墜下來壓著，忙即縱開。上面兩丈大小的一團極大黑影已經墜下，落在地上，瞠的一聲巨響，震得山谷俱起回音。緊接著一片白光從谷頂射將下來，黑暗之中驟得光明，立時眼前一亮。

紀異聽得那響聲大而發飄，不似岩石。等塵土稍靜，近前一看，正是上面懸著的那個大蜂房。因為近根之處被紀異適才連砍帶受大震，雖然年代久遠，比起尋常蜂巢堅固得多，但怎經得這種天生神力，這一刀恰砍在緊要所在，本身大重，漸漸支持不住，整個墜落下來，底部中心還連著一塊岩石。這谷頂本來有一條縫隙可透天光，直達谷底，寬窄大小不一，只蜂房附近的所在最大。偏巧有一面岩石為蜂房所占，日久年深，蜂房越積越大，將透光之處完全填滿，餘者也都被谷頂老藤蔓草遮，看不見天，所以終年黑暗。蜂房一落，上面天光透下，全谷通明。

紀異見那蜂房外表如附霜雪，其白無比。成千累萬的蜂巢約有拇指大小，只當中一個蜂巢比碗還大。微一挑破，那蜜卻像紫玉一般又香又亮。知道外祖看見，必定欣喜異常，樂不可支，正在高興，那大蜂巢中忽有兩點豆大的金光一閃。低頭細看，內中竟伏著一個大如碗缽的墨蜂，金光便是蜂的二目所發，蔓鬚如鐵，銳同金鉤，生相甚是猛惡。

紀異雖常和毒蛇猛獸廝拚，這等毒惡的大蜂，卻是頭一回見到，料是蜂王無疑。知道這東西一鳴，則萬蜂全集，不是鬧著玩的。先還不知蜂王已為妖人弄死，不由吃了一驚，忙將苗刀按著蜂巢出口，又回手取了兩枝毒箭，準備隔巢打去時，見那蜂雖然神態如生，卻是無甚動作。試拿那毒弩的尖往巢中一撥，連動也不動，才知已死多時。但仍不放心，便用弩箭刺入蜂身，挑將出來，扔過一旁。暗忖：「這塊蜂房，如此大法，怎生帶走，如分幾次搬運，又恐走後為別的野獸毒蟲跑來侵蝕作踐。」

近代武俠經典復刻版

青城十九俠（二）魔宮風暴

作者：還珠樓主
發行人：陳曉林
出版所：風雲時代出版股份有限公司
地址：10576台北市民生東路五段178號7樓之3
電話：(02) 2756-0949
傳真：(02) 2765-3799
執行主編：劉宇青
美術設計：吳宗潔
業務總監：張瑋鳳

出版日期：2024年9月
ISBN：978-626-7464-87-8
風雲書網：http://www.eastbooks.com.tw
官方部落格：http://eastbooks.pixnet.net/blog
Facebook：http://www.facebook.com/h7560949
E-mail：h7560949@ms15.hinet.net
劃撥帳號：12043291
戶名：風雲時代出版股份有限公司

風雲發行所：33373桃園市龜山區公西村2鄰復興街304巷96號
電話：(03) 318-1378
傳真：(03) 318-1378
法律顧問：永然法律事務所 李永然律師
北辰著作權事務所 蕭雄淋律師

行政院新聞局局版台業字第3595號 營利事業統一編號22759935

定價：320元

國家圖書館出版品預行編目資料

青城十九俠 / 還珠樓主著. -- 臺北市：風雲時代出版股份有限公司, 2024.09
冊；　公分
ISBN 978-626-7464-87-8 (2冊：平裝). --
857.9　　113008573